短歌紀行

短歌で旅日記

吉岡節夫

燃焼社

はじめに

平成二十一年七月に定年になり東京から大阪に帰り、日記を付け始めました。二年程が経ち、以前から年賀状などで短歌を詠んでいたので、日記も短歌で表現できないかと思い立ち、四季折々の日常生活を詠むようになりました。当初は定年生活の変化の少ない日常を毎日短歌にするのは大変で、一首詠むのにも時間がかかりました。慣れるにつれて会社生活では気にも留めなかった季節の移ろいや気象の変化、動植物にも敏感になり、言葉が浮かぶようになり、短歌に詠めるようになりました。

まだ母親が存命であり、大学で聴講したり、語学勉強をしたり、合唱を楽しんだりと定年生活を楽しんでいました。また、二年間働いたりもしましたが、海外旅行のことは忘れていました。母が亡くなり、一周忌が済み、時間ができてから、若い頃を思い出し、海外旅行をする気が起きて来ました。普段付けていた日記代わりの短歌も旅行中も詠むようにしました。平成二十六年十二月から令和二年二月までに四十一回となり、本年中に五十回の予定を組んでいました。五十回になったら纏めようと思っていましたが、三月以降、新型コロナウィルスの流行で旅行ができなくなり、この機会に整理することにしました。

旅行先はヨーロッパが多く、南米、アフリカ、オーストラリアにも行きました。若い頃の十回、二十二カ国を含めると五大陸八十カ国を超えました。

旅行中は通常の観光だけでなく、時間があると、短歌の題材を探すためにも観光客の行かない街中を歩き、現地の生活ぶりを見るようにしていました。

短歌は観光が終り、当初はその日の夜に詠んでいましたが、疲れて言葉が浮ばず、すぐ眠くなり、捗りませんでした。そこで、一晩眠り、記憶が定着してから、翌早朝の頭が冴えているうちに前日の行程を思い出し詠むようにしました。また途中から、帰りの機内では旅行全般を短歌に詠むことにしました。

初めの頃の旅行では観光内容をうまく詠めず、時間もかかりましたが、徐々に慣れて来て要領も掴み、情景を言葉に起こせるようになりました。

写真で見れば一目瞭然ですが、短歌の言葉でイメージを膨らませ情景を思い浮かべて旅行の気分を楽しんでいただければ幸いです。

新型コロナウィルスの流行が終息し、渡航が可能になれば、元気なうちは短歌紀行を再開しようと思っています。

令和二年十二月六日　吉岡 節夫

短歌紀行　短歌で旅日記・目次

短歌紀行

短歌で旅日記

第一回　イタリア（平成二十六年十二月十四日〜十二月二十一日）

日本→フィンランド→イタリア

十二月十四日（日）大阪 晴→ヘルシンキ 晴→ミラノ 雨

出発日 四時に眼が覚め 眠られず 五時に起きては 荷物確認
トランクを 大学横の 悪歩道 引きずり運び 二の腕痛い
関空の 国際線は 初利用 荷物検査は 多いに混みし
丸坊主 僧衣着こなす グループは 日本で修行 西洋の人
朝早く やっと昼食 機内食 量が少なく 物足らなくて
夕食の ほんの少しの ワインでも 気持良くなり 緊張ほぐれ
十時間 うんざりしたは 若い時 歳取り乗るは 短く感じ
ヘルシンキ 搭乗口が 変更で 時間少なく 皆急ぎ行く
ヘルシンキ 乗換えミラノ 夜七時 雨降る中を 十三時間

十二月十五日（月）ミラノ 雨後曇り→ベローナ 曇り→ベネチア 雨

時差のため 朝の三時に 眼が覚めて 以後眠られず アラームを待つ
腹減って 朝食待てず バイキング 普段と違う 料理も選ぶ
今朝もまた 昨晩通り 霧雨が 視界が効かず 気温も低い
ミラノ城 霧雨の中 散策を 白く霞んで 人は少なく
スカラ座は 地味な建物 目立たない ガイド説明 意外な感じ
アーケード ガッレリア抜け ドゥオーモが 圧倒するか ぱっと現れ
先端に 像が聳えた ドゥオーモの 白いファサード 霧に霞んで
ドゥオーモの 広場に光る モミの木の クリスマスツリー 季節を知らす
ドゥオーモの ステンドグラス 色の濃さ 数の多さに 魅きつけられし
細い道 古い建物 縫って来る トラムが醸す 歴史の街を
ベローナの 世界遺産は クリスマス 広場はツリー 屋台賑やか
ジュリエット 館のテラス 見上げつつ 像の乳房に 触れる人々
アリーナの 古代ローマの 競技場 今はオペラの コンサートする

十二月十六日（火）ベネチア 雨→フィレンツェ 曇り
雨の中 舟タクシーで ベネチアへ 溜息橋の まず見物を
ベネチアの ガラス工房 実演を 見物したら 商品勧め
店員に イタリア語にて 質問を 練習を兼ね 何とか通じ
傘差して ゴンドラ乗って 一巡り リアルト橋が 右手に見えし
サンマルコ 広場に鐘が 鳴り渡る 塔の上部を 皆見上げたり
徒歩で行く リアルト橋の 渡る先 地元の市場 売り子賑やか
魚屋に 魚の名前 イタリア語 尋ねた後に 和名を教え
アペニンの 山の高速 霧濃いが トンネル抜ける 視界が晴れて
フィレンツェの 駅を通って レストラン 豆のスープで 体温もる
イタリア語 ガイドや店で 実践を 発音良いと 誉められ嬉し

十二月十七日（水）フィレンツェ 晴→ピサ 曇り→フィレンツェ 曇り
朝起きて 雨が上がって 初めての イタリアの空 晴れ渡りたり
トスカーナ 低い丘には 家々が レンガ色して バスから見える

ピサに着くドゥオーモ広場 建物の 白大理石 青空に映え
広場には 正円形で 八面の キューポラの屋根 礼拝堂が
ファサードの ピサ様式が 特徴の ドゥオーモ映える 芝生の緑
有名な ピサの斜塔が ドゥオーモに 重なり見えて 傾き分かる
この目にて ピサの斜塔の 傾きを 実感できて ほんとに嬉し
見上げると ピサの斜塔に 登る人 塔から顔が 不安になりし
若者が ピサの斜塔を 支えよと 手を差しだして カメラにポーズ
百ドルの ユーロ両替 念入りに 偽札チェック 光りにかざし
フィレンツェの 全景見える 丘の上 アルノ川には ベッキオ橋が
ウッフィツィの 美術館では ボッティチェッリ ビーナス誕生 人気の絵なり
ドゥオーモの キューポラ目指し 階段を 息を切らして 汗も流して
フィレンツェの 夜景が見える キューポラで 流れる汗に 風気持良し
キューポラで 時報代わりの 鐘の音 疲れた体 励ますように
鐘が鳴る ジョヨット鐘楼 次登る 更にくたびれ 夜景で癒える

イタリア→バチカン市国→イタリア

十二月十八日（木）フィレンツェ 晴→チビタバニョーレッジョ 晴→ローマ 晴→
バチカン 晴→ローマ 晴

高速は 濃い霧の中 観光は 心配するも 突如晴れたり
急峻な 山の頂 家が立ち 住む人わずか チビタバニョーレッジョ
忽然と 周囲の谷を 背景に 聳える街は まさに絵になり
隔絶の 天空の都市 対岸の 崖から谷を 橋にて渡る
朽ちそうな 屋並の街に 猫だけが やたらに多く 人に馴れたり
頂きの 古い塔持つ 教会に 老婆が一人 暗闇に座す
十五年 二度目のローマ 懐かしく 思い出しつつ せわしい夕べ
バチカンの サンピエトロの 寺院脇 太い柱の 回廊進む
寺院内 ミケランジェロの ピエタ像 混雑の中 足を止めたり
コロッセオ 周り一周 表側 人が一杯 裏側いない
夕暮れの トレビの泉 修理中 背を向けコイン 投げ再訪を
日が暮れて スペイン広場 階段に 人々座り 去る気配なし

夕食は カンツォーネ聴き 盛り上がる 目隠しされて 遊び興じる

十二月十九日（金） ローマ 晴→ナポリ 晴→ポンペイ 晴→ローマ 晴
ローマ発ち 旧街道の 松並木 頭でっかち バランス悪い
最高の 青空の下 南へと ナポリ湾には カプリが浮ぶ
青空の イタリア日和 ポンペイの 遺跡を巡り 旅締めくくる
ベスビオの 火山噴火の 遺跡見て ポンペイ人の 生活偲ぶ
なだらかな ベスビオ山の 姿見て 当時の被害 想像出来ず
二千年 一瞬にして 歴史から 消えた遺跡が 往時偲ばす
ナポリ湾 沈む夕日が ベスビオの 山肌赤く 淡く染め行く
王宮と ヌォーヴォ城を 車窓から ナポリ素通り ローマに向う
立ち寄った カメオの店で 店員と 伊語練習に 会話楽しむ
夕食の ピッツァ大きさ 女性には 多過ぎたりと 皆残したり
土産にと Tシャツ五枚 買い込んで 旅の仕上げを 終えローマへと

イタリア→フィンランド→日本

十二月二十日（土）ローマ 雨→ヘルシンキ 晴
明け方は よく眠りこけ アラームで 初めて起きし 旅の終わりに
イタリアは 最後の日まで 雨となる ローマ空港 帰国の空に
空港の 免税店で 値段見て 残るユーロを 使い切りたり
機内では 最後尾の席 トイレ横 音がうるさく 眠たり覚めたり

十二月二十一日（日）大阪 曇り
帰り便 満席の中 ワイン飲み 疲れで眠り 九時間が経つ
関空で 入国済んで 電車待つ イタリアよりも 気温は低い
墓参り 帰国報告 し終わって 今日の食材 買い出しに行く

第二回　北フランス（平成二十七年三月二十二日〜三月二十九日）

日本→フィンランド→フランス

三月二十二日（日）大阪 晴→ヘルシンキ 晴→パリ 晴

甥夫婦 二人の子供 出国へ 互いに手振り しばしの別れ
機内では ゲームにアニメ 夢中なり 思いの外に 静かでよろし
甥の子の 楽しき姿 見ていると 一人旅より 面白きかな
一人身の 我の楽しい 孫もどき 世話の七日の 道中思う
子供たち 喉が渇くと 機内では 勝手に行って コーラ手にする
初めての 飛行機に乗り 二人とも 元気に過ごす 十時間かな
二人とも 乗り継ぎ便は ぐっすりと 日本時間で 夜には勝てず
甥の子を 連れて三人 パリへ飛ぶ 二人の世話で すでに疲れし
夜遅く ホテルに着くと 子供たち 先にシャワーを 浴びさせ寝かす
蹴り脱いだ 毛布をかぶせ 甥の子に 夜回りをして 我もベッドに

三月二十三日（月）パリ曇り→シャルトル晴→シャンボール城晴→
シュノンソー城晴→トゥール晴

朝四時に 子ら目を覚まし 三人で テレビでアニメ 朝食を待つ
シャルトルの 大聖堂の 天井の 修復前後 色はっきりと
壁面の ステンドグラス 美しさ シャルトルブルー 目に鮮やかに
森続く 敷地の中に 真っ直ぐな 道が伸びたり シャンボール城
城の規模 ロワール地方 最大で 左右対称 優美な姿
昼食の 鴨料理食う 甥の子の 食欲ぶりに 主びっくり
青空に 流れの速い 川の中 シュノンソー城 雰囲気が合う
気品あり 白い優雅な 城姿 女性城主の 好み現れ
広大な 庭園にある 灌木の 迷路の中で 子ら隠れんぼ
夕食後 トゥールの街を 三人で 散歩に出かけ スーパー入る
風呂上がる 既に二人は 寝入り込み ガイドブックで 明日の予定を
寝入り後は 毛布一枚 目が覚めて やはり寒いと エアコン上げる

三月二十四日（火）トゥール 雨→モンサンミッシェル 晴

雨の朝 モンサンミッシェル 見えぬかと 不安であるが 着くと晴天
連絡の シャトルバスにて 海上の モンサンミッシェル 岩山近く
島までの 海上繋ぐ 橋の上 引き潮のため 周り干潟に
名物の オムレツの店 島内の 有名店は 見る人絶えず
昼食に オムレツ食べる ふわふわで 口に入れると とろける程の
頂きの 修道院の 塔目指し 島をぐるりと 景色見ながら
入場の 修道院の ホールにて 音響試す 「ふるさと」 歌い
テラスから 青空の下 展望が 干潟灰色 対岸緑
干潮の 干潟を歩く 人々の 島を目指した ツアーがありし
干上がった 広い干潟は 泥ばかり 満潮の時 景色は如何に
子供らは 親友達の お土産の 選びに夢中 付き合い疲れ
枕投げ 子供らの声 聞きながら 短歌で日記 考えあぐね
日の入りは 最後は雲に 隠れたり モンサンミッシェル 夕日当らず
夕食後 モンサンミッシェル ライト浴び 漆黒の夜に 島くっきりと

三月二十五日（水）モンサンミッシェル 雨↓オンフルール 曇り↓ルーアン 曇り↓
　パリ 曇り

雨上がり 陽の射す先に 虹が出て モンサンミッシェル 遠ざかりつつ
朝市の オンフルールの 街歩き 古い木造 教会の前
陽が射した 港を巡る 建物の こじんまりした オンフルールは
昼食で 仏語で会話 ウェイター 子供二人に お土産くれる
ルーアンの 大聖堂の 戦災を 逃れ輝く ステンドグラス
鐘楼と 尖塔見事 ファサードの ノートルダムの 大聖堂は
旧市街 木組みの家が 今残り 数世紀後も 人が住みたり
見渡すと 丘陵続く ノルマンディ 牧場の草 青々と伸び

三月二十六日（木）パリ 雨後晴

ベルサイユ 宮殿の中 部屋ごとの 豪華絢爛 王の権威が
雨が降り 寒さの中を ベルサイユ 庭園巡り 心底冷える
子供たち 中華料理で 久しぶり ご飯を食べて 満足をする

初めての エッフェル塔を 仰ぎ見て 姿形に 感動したり
エスカルゴ つまむ道具に 子供たち 使いあぐねて 手で持ち出して
セーヌ河 ナイトクルーズ 居眠るも ライトアップの エッフェル塔が
子供らと 楽しむための 予定練る 明日の一日 頭を絞る

三月二十七日（金） パリ 晴

人に聞き 迷いながらも 地下鉄で 降りて歩くと エッフェル塔が
券売機 迷っていると 男性が 手伝ってくれ 回数券を
地下鉄の 行きの電車は ラッシュ時で 二人しっかり パイプをつかむ
トップまで エッフェル塔に 昇りたり 三十分の 並ぶ甲斐あり
トップから 見渡す眺め 地平まで パリの景観 エッフェル塔で
疲れたと 腹が空いたと 二人とも サンドイッチの トッピングする
歩きつつ サンドイッチを 食べながら 凱旋門が 目の前見える
石段の 凱旋門を 登りたり パリの通りは 放射状なり
子供らに 用を足すため シャンゼリゼ カフェに入って 喉をうるおす

路線図で モンマルトルの 行き方を 凱旋門の 駅からメトロ
遠くから 白亜に見える 教会は モンマルトルの サクレクールや
丘登り サクレクールが 眼前に 讃美歌流れ ミサの最中に
教会の 前から望む パリの街 エッフェル塔が 小さく見える
地下鉄の 路線図慣れて 乗換えも スムーズにでき ホテルに無事に
子供らは 地下鉄の中 楽しくて 歌を歌って 二人戯れ
夕食の 時間来るまで スーパーで 土産を探す 子らを見守る
三人で 最後の夜は スパゲッティ ピッツア一枚 みんなで分ける

フランス→フィンランド→日本

三月二十八日（土） パリ 雨→ヘルシンキ 晴
帰国の日 パリは朝から 雨模様 名残の雨と 思うもよしと
空港で 残るコインで パリ土産 やっと自分の 買物できる
二人とも 思いの外に 一週間 あっという間に 過ぎたと言いし

三月二十九日（日）大阪 雨

二人とも 行きと異なり 静かなり 食欲もなく 眠りこけたり
入国の 出口を出ると お迎えの 両親目がけ 二人駆け寄る
無事帰る 甥に子供を 引き渡す ほっと安心 どっと疲れが
一人身に 疑似孫の世話 八日間 疲れ以上に 楽しさ勝る
両親の 遺影を拝み 無事伝え フランス旅行 ひ孫の二人
我が家にて 一人で食べる 握り鮨 やはりご飯に 勝るものなし
賑やかな 甥の子二人 夜過ごす 今夜は一人 静かな夜を

第三回　中欧五カ国（ドイツ・チェコ・オーストリア・スロバキア・ハンガリー）

（平成二十七年七月二十四日～八月二日）

日本→トルコ

七月二十四日（金）大阪 晴

洗濯し 荷物確認 ゴミを捨て 準備万端 ヨーロッパ行く

大学の 横の道路を トランクを 押して一汗 駅でくたびれ

短頭で 目鼻はっきり 中東の 香りを醸す 乗務員たち

トルコ→ドイツ

七月二十五日（土）イスタンブール 晴→ベルリン 晴

懐かしい イスタンブール 空港は 二十年ぶり 三度目なりし

空港の 免税店で 試食用 菓子を摘んで 時間を潰す

ベルリンは 木々の緑に 覆われて バカンス季節 人は少ない

ペルガモン 博物館に 大聖堂 シュプレー川に 遊覧船が

ベルリンの 壁崩壊の 現場見て 当時のニュース 思い出したり
分裂の 象徴たるや 壁破れ ブランデンブルク 観光客が
夕食の レストラン前 大通り 俄か行進 若者の群れ
バカンスの 季節を忘れ 若者が 愛をテーマに 踊り行進
ドイツの夜 九時を過ぎても 明るくて 夜明けも早く 目覚めも早い

七月二十六日（日） ベルリン 曇り→ポツダム 曇り→ドレスデン 曇り時々晴
乾燥で 口が乾いて 目が覚める 水を飲んでは 繰り返したり
ホテル出て 散歩に出たが 寒過ぎる 戻り長袖 着てまた散歩
大戦の 後の世界を 取り決める ポツダム会議 記念の館
日本の 降伏求む 会議の場 原子爆弾 完成暗示
サンスーシ 公園の中 高台の 宮殿からは 庭が一望
ドレスデン エルベ川岸 旧市街 空襲破壊 見事修復
青空に 黒く汚れた 建物の 古さそのまま 修復される
旧市街 古い建物 間縫い トラムが走り エルベを渡る

ミサ終わる 知らせを告げる 鐘の音 教会ごとに 打ち鳴らされる
ビール飲み ドイツ料理の 定番の ジャガイモ美味く 残さず食べる

ドイツ→チェコ

七月二十七日（月） ドレスデン 曇り→プラハ 曇り一時雨
プラハハム 西洋ワサビ よく効いて ビールに合って 昼食進む
プラハ城 丘より望む 旧市街 モルダウ流れ パノラマ見事
プラハ城 城壁囲み 王宮と 大聖堂に 修道院が
王宮を 抜け目の前に 聖ビート 大聖堂が 迫り来たりし
聖イジー 教会を過ぎ 城の奥 黄金小路 土産物屋が
カレル橋 欄干の像 旅人に 触られ光り つやつやとなる
旧市街 広場の前の 市庁舎の 天文時計 人だかりでき
市庁舎へ コルナ両替 塔登り 上で夕立 しばし留まる
塔からは ティーン教会 キンスキー 宮殿のある 旧市街広場
夕食の レストランにて 黒ビール 修道院の 雰囲気残る

三時間 歩き疲れて 肩こって 一万歩超え ビールが回る

七月二十八日（火） プラハ 曇り→ボヘミア 曇り→テルチ 曇り時々晴→
チェスキークロムロフ 曇り

朝食に 団体客が 時間前 ずらりと並び テーブル遠い
朝食後 ホテルの周り 散歩する プラハの墓地で 墓石を見る
ボヘミアの チェスキーシュテルン ベルク城 川を見下ろす 崖上に立つ
川渡り 古城に登り 眺めると チェコの田舎の のどかな景色
テルチ着き 広場賑わい 囲む池 一周するも 静寂なりし
中心の 広場の周り 色違う 三階建ての 棟が連なる
一階は 三つのアーチ 二階には 三つの窓に 三角屋根が
棟ごとの アーチ連なり 一階は アーケードなり 土産屋カフェに
ファサードが おとぎの国を 思わせる 色も落ち着く 小さな町は
バスで見る チェコの丘陵 なだらかに 湖沼が光る 陽が雲間から
牛が食む 牧場の草 刈り込まれ ビールの素の 大麦育つ

四日間 ビール天国 ドイツチェコ 味を比べて 昼夕飲みし
蛇行する モルダウ川の 曲がり角 街が開けた チェスキークロムロフ
夕食後 蛇行する川 左右とも 同時眺める 場所を探して
高台で 見知らぬ人と 馴れた猫 戯れながら 旧市街見る

チェコ→オーストリア

七月二十九日（水） チェスキークロムロフ 雨後曇り→モントゼー 晴→ザルツブルク 晴
朝早く 小雨降る中 旧市街 散歩に出ると 街静かなり
蛇行する モルダウ川の 最狭部 ホテルが立地 両流れ見る
崖上がり モルダウ川を 見下ろして 対岸見える 城館と塔
城ガイド 日本語喋り だじゃれ言う 笑いを誘い 場を和ませる
城上がり 眼下に見える 旧市街 蛇行の川に 挟まれしなり
城を出て モルダウ川の 蛇行部を 高台で見る ラフティングボート
旧市街 モルダウ川の 両岸を 散歩の後は 土産物屋に
土産店 何処も似たる 品ばかり テーブルクロス クッキーを買う

予定ない モントゼーにも 立ち寄りし かの有名な ミュージカルなり
灰色の 岩山を背に モント湖が 湖畔の街は 映画の舞台
思い出す ザサウンドオブ ミュージック 舞台となった 黄色教会
五線譜の 絨毯敷いた ホテル泊 音楽の町 ザルツブルクは

七月三十日（木） ザルツブルク 晴→ハルシュタット 晴→ウィーン 晴
裏山へ ザルツブルクの 展望を 時間が無くて ホテルへ戻る
ミュージカル トラップ一家 子供たち ドレミを歌う シーンの庭が
花の咲く ミラベル庭園 彼方には ホーエンザルツ ブルクの城が
旧市街 モーツアルトの 生家にて 甥の子らへの お土産を買う
ゲトライデ 通りの店で 気になった タマゴの殻の 彩色飾り
通り抜け 大聖堂の 広場出る 周囲を回る 重厚感が
コンサート 人気の人出 世界から ザルツブルクの 音楽祭に
静かなる ハルシュタットの 湖の 一本道の そぞろ歩きを
トラウン湖 水面に映る 山容の 岩肌荒く 険しい峰が

ドナウ川 ワルツの都 ウィーン着く 空に満月 明日も晴れる
ドナウ川 中州の島に ホテルあり 裏は公園 水辺も近い

オーストリア↓スロバキア↓ハンガリー

七月三十一日（金） ウィーン 晴↓ブラチスラバ 晴↓ブダペスト 晴
早朝の ドナウ公園 人いなく ウサギにリスが 走り回りし
ドナウ川 中州の岸辺 静かなり 川面を滑る エイトのボート
青空に シェーンブルンの 城の黄が 一際目立つ 敷地の広さ
城の部屋 マリアテレジア 権力を 誇示するまでの 豪華さ尽くす
裏庭の 幾何学模様 花で成し 菩提樹の木が 放射に伸びる
荘厳な シュテファン寺院 南塔 高さ三位の 教会の塔
スロバキア 平原の中 風力の 発電翼 ゆっくり回る
ドナウ川 岸の崖上 城聳え ブラチスラバの 砦となりし
旧市街 ミハエル門を くぐり行く 聖マルティンの 教会でミサ
ウィーン出て ブラチスラバを 通過して ドナウ流れて ブダペストへと

ハンガリー 大平原に 向日葵が 花の時期過ぎ 刈るの待つだけ
ブダペストドナウ両岸 点灯し くさり橋には 満月も出て
金曜日 明日は休みと 繰り出して 夜遅くまで 賑わい騒ぐ
カップルが ワイン片手に 肩寄せて 週末の夜 愛を育む
学生が 男女群れ成し 大声を 発し騒ぐは 万国同じ

ハンガリー→トルコ

八月一日（土） ブダペスト晴→イスタンブール 晴
最終日 目覚まし鳴らず 一時間 寝過したるも すぐに朝食
古めかし ブダペスト西 駅ホーム しばし見つめし 人の流れを
ブダ側の 丘の上ある 教会と 漁夫の砦の ドナウの眺め
昨晩の ライトアップの 建物を 青空の下 パノラマ見事
対岸の ペスト側でも 教会と 英雄広場 見学をする
「グンデル」の 名のレストラン 昼食を 受けたもてなし 老舗の味が
スマートな 給仕作法に 心地良く ラストランチは 思い出となる

ドナウ川 クルーズ船で パノラマを 前後左右と 堪能したり

丘からの 国会議事堂 船からも 近くで見ると 更に素晴らし

くさり橋 再度往復 ブダ側の 丘に登ると 眼下にドナウ

汗かいて 歩いて登り くさり橋 ケーブルカーも 見下ろすことが

丘の上 小太鼓聞こえ 衛兵の 交代式が 大統領府

ブダペスト 搭乗口で 聞くピアノ 短歌を詠むに 促されたり

機上へと 中欧旅し 帰途に就く すべての街に 想いを残し

トルコ→日本

八月二日（日） イスタンブール 晴→大阪 晴

帰り便 行きに比べて 背の痛み 感じぬままに 関空に着く

前二回 トランク開けず 素通りが 今回中を なぜかチェックを

関空の ビルを出るなり むっとする 空気まとわる 日本の夏が

明朝に 食べるものなく スーパーへ 食パンミルク 質素に戻る

第四回　南アフリカ四カ国（南アフリカ共和国・ボツワナ・ジンバブエ・ザンビア）

（平成二十七年十月二十日〜十月二十七日）

日本↓香港↓南アフリカ共和国

十月二十日（火）大阪 晴↓香港 晴

墓参り 今日から旅行 両親に 無事をお願い 掃除し帰る

シャワー浴び 荷物確認 着替えして 万事完了 いざ出発へ

英語ゆえ 座席交代 混乱が 何とか通じ 通路側維持

南アフリカ共和国↓ジンバブエ↓ボツワナ

十月二十一日（水）ヨハネスブルグ 晴↓ビクトリアフォールズ 晴↓チョベ 晴

前トイレ 人の出入りで 灯り漏れ ゆっくり寝れず うつらうつらと

若者が 民族衣装 出迎えの 伝統舞踊 空港の前

ジンバブエ 葉の落ちた木々 地平まで 広がる今は 乾期の大地

目的地 十九時間の フライトで ロッジに着くと バオバブ迎え

バオバブを中心にして ロッジ立つ ロビー入ると 圧倒される
ロッジ着き 部屋に入ると 天蓋の ベッドが二つ 夜蚊帳下ろす
ボツワナと ナミビア国境 チョベ川の 自然公園 ボートサファリに
ゆったりと チョベ川流れ サファリ舟 岸辺動物 ねぐらに急ぐ
母ヒヒの 腹につかまる 子ヒヒたち 落ちないように 走る親から
口開けて 甲羅干しする ワニの目は 閉じて動かず ひたすら熱を
チョベ川の 川面を照らす 夕日映え 目に眩しくて 空は茜に

ボツワナ→ジンバブエ

十月二十二日（木） チョベ 晴→ビクトリアフォールズ 晴
天蓋の 蚊帳吊りベッド 喉渇き 何度も起きて 寝不足になる
夜明け前 ロッジの中を 散歩する カバが草食む 川から上がり
でかいカバ 我に気付いて 川目指し 体似合わず すごい速さで
鳥たちが すでにさえずり 暗い中 姿見えぬが ごく近い木で
鳥たちの さえずり真似て 口笛で 吹き返す度 受け応え鳴く

チョベ川を見下ろす台地 ジープにて サファリドライブ 大揺れなりし
川原では 草食動物 草を食む シャッターを押す 休む暇なく
わだち行く サファリジープの 前突如 ゾウが飛び出し 我らびっくり
期待した ライオン探し 長時間 足跡だけが 地面に残る
つかの間の 空いた時間に 暑さ避け プールで泳ぎ 汗一流し
とうとうと ザンベジ川は 船多数 夕日眺めに クルーズに出る
川幅の 広い流れに 陽が沈む 空を茜に ザンベジ川は
レストラン 民族衣装 着せられて ドラムたたいて 手が腫れ痛い
バーベキュー 色んな肉を 試し食い 虫の幼虫 味クリーミー
フィナーレは 観客みんな 踊り合う 日本代表 阿波踊りする

ジンバブエ→ザンビア→ジンバブエ

十月二十三日（金） ビクトリアフォールズ 晴

朝起きて 昨夜のドラム 打ち過ぎて 指が腫れ過ぎ うまく曲がらず
まだ暗く 窓を開けると 星二つ 煌めき目立ち 目に飛び込みし

夜が白み 眼下の先に 白煙が 恐らくこれが ビクトリア滝
陽が昇り ザンベジ川が 光り出し ビクトリア滝 水煙上げる
部屋の下 薮の陰にて インパラが 群れで草食み オス我見張る
母猿が 乳飲み子を抱き 子猿らは 木々飛び交って 我怖がらず
驚嘆の 大地の裂け目 ジグザグに 地球の凄さ ビクトリア滝
水煙に 虹鮮明に 遠くから 裂け目にかかる ビクトリア滝
乾期でも 音水飛沫 この凄さ 雨期での様子 想像出来ぬ
驚愕の 裂け目に沿って 遊歩道 対岸の滝 水着の人が
断崖の 裂け目の下に ボート浮く 滝に近づき 見上げるために
木彫り売り まとわりついて 買う気さえ 失せるひつこさ 気分を害す
昼済まし 一眠りして 一泳ぎ プールの脇で のんびり横に
プール脇 日陰の中で 短歌詠む 気付けば横で イノシシ草を
夕暮れに ホテルの敷地 散歩する ゴルフコースに 野生動物

ジンバブエ→ザンビア→南アフリカ共和国

十月二十四日（土）ビクトリアフォールズ 晴→リビングストン 晴→ヨハネスブルグ 晴→
ケープタウン 曇り

ジンバブエ 最後の朝に 日の出見る 昇り始めの 茜の先が
ガードマン ゴルフコースで 付き添いを 危険動物 避けるためとや
インパラに ウォーターバック 群れ成して 適度な距離を 我らと開けて
付き添いの 若者英語 片言で 動物話 楽しい朝を
ジンバブエ ボツワナを経て ザンビアへ 今日は最後の 南アフリカ
米人が 席の間違い 認めない こちらも意地で 引き下がれよか
英語での やり取り限度 クルー呼ぶ やっと間違い 認めさせたり
なおあがき 何を今さら 代わってと 人をバカにと NOと拒否する
機内から ヨハネスブルグ 街見える 紫の花 ジャカランダなり

十月二十五日（日）ケープタウン 曇り一時雨→喜望峰 晴→ボルダーズビーチ 晴→
ケープタウン 晴

朝起きて 潮の匂いに 誘われて 大西洋の 岸辺を散歩
朝食に 蜂の巣ままの 蜂蜜を トーストに塗る これまた美味い
小雨降る ケープタウンは 雲が垂れ テーブル山の 頂見えず
断崖の テーブル山を 登る人 ロープーウェイで 下に見えたり
頂上は 視界が効かず 雲の中 植物保護区 固有の種類
思い出す バスコダガマを 喜望峰 記念に小石 二個持ち帰る
喜望峰 岩山登り 見渡すが 普通の岩場 特色はなし
切り立った ケープポイント 見物に ケーブルカーで 灯台目指す
灯台は 眼下断崖 岩棚に 大西洋の 波が砕けし
昼食で ロブスター一尾 久しぶり ワインに合って 口がほころぶ
住宅地 ボルダーズビーチ 家近く ペンギンが棲む 営巣地あり
ペンギンの 営巣地では 群れをなし 浜辺や岩や 潅木の中
ペンギンの 幼鳥の毛が 抜け始め 成鳥となる 時期迎えたり
ペンギンが 海から上がり ヨチヨチと 波にすくわれ 引き戻される
岸近く イルカが群れて クジラまで 潮吹く姿 大西洋で

夕刻に ケープタウンの 港着く ウォーターフロント 人で賑わう
港からテーブル山の 頂に かかる白雲 滝の如くに
甥の子の 二人絵はがき 英文で 英語の勉強 興味持てよと

南アフリカ共和国→香港

十月二十六日（月） ケープタウン 晴→ヨハネスブルグ 曇り→プレトリア 晴→
ヨハネスブルグ 雨

初めての モーニングコール 目を覚ます 朝四時ゆえに 自分で覚めず
夜明け前 ケープタウンの 夜景見て 早朝発の 空港向かう
最終日 ケープタウンを 後にして ジャカランダ見に プレトリア行く
マンデラの でかい銅像 手を広げ アパルトヘイト 廃止の証し
ジャカランダ 見頃は過ぎて がっかりも ところどころに 満開の木が
ジャカランダ 満開並木 探し出し 紫の帯 四方に伸びる
ジャカランダ ハイビスカスが 絡み付き 紫に赤 見事な対比
シマウマに ダチョウの親子 餌を取る 動物見つつ 野外でランチ

香港→日本

十月二十七日（火）香港 晴→大阪 雨

帰り便 疲れたものか よく眠れ 食欲もあり 体調もよい
香港へ 帰りの便の 長飛行 行きと違って 短く感じ
関空へ 全日空に 乗り換える 若い女性の 笑顔にほっと
夕暮れに 翼の先に 満月が 下は沖縄 雲に隠れし
日本人 心尽くしの もてなしに 心和らぎ ほろ酔い気分
日本食 緑茶サービス 人当たり 心なごます 日本の良さが
箸使い そばにうどんに ご飯まで 日本に戻る 気分になりし
旅終る 最後の機内 ほろ酔いで アフリカの夢 まだ鮮明に
電車降り 雨の降る中 傘差さず トランク押して 濡れるにまかす

第五回　台湾（平成二十七年十二月十三日～十二月十七日）

日本→台湾

十二月十三日（日）大阪 晴→台北 晴→台中 晴

ゴミ出して 鉢植に水 関空へ 駅への途中 墓参りする
台北で 現地集合 入国で ホテルの漢字 読めずに見せる
久しぶり アジアの旅で 台湾へ ヨーロッパとは 雰囲気違う
台中の 夜市混雑 ただならぬ 屋台呼び込み 若者叫び
日曜日 地元の人が 繰り出して 飲み食いどこも ぎっしり埋まる
臭豆腐 話に聞いた 店前を 通るだけでも すごい匂いが
三人が 迷子になって 大慌て 現地ガイドが 探しに出るが
先にバス 他の人連れて 行く途中 三人見つけ その顔安堵
バスに着き 電話するよに 運転手 現地ガイドも 安心戻る
台湾の ビール酷なく 値も高い 客家料理は 味薄すぎる

十二月十四日（月）台中 晴→日月譚 晴→台南 晴→高雄 晴

早朝の ホテル近くの 公園は グループごとに 太極拳を

台湾は バイク天国 交差点 縦横無尽 サラリとかわす

山の中 突如湖 現れて 日月譚の 紺碧の色

湖を 見下ろす位置に 文武廟 蒋介石が 建てたものなり

黒檀の 木彫りの店で ランチする 田舎料理の 素朴な味が

台南の 鄭成功を 祀る寺 台湾史には 傑出の人

高雄市の 蓮池譚の 龍虎塔 両塔登り 足が疲れて

湖の そばの寺から 拝む声 白装束に 鐘持ち鳴らす

高雄港 見下ろす寿山 陽が沈む 茜の空に ドローンが唸る

夕食の レストランには 中学生 団体で来て 大騒ぎなり

海鮮の 料理味わい エビ入りの おこわが美味く お代わり進む

次々と 中華料理は 皿が出て 急かされるよで 落ち着き食えぬ

食事終え 愛河クルーズ ほろ酔いの 頬吹く風の 気持良いこと

ゴイサギが クルーズ船の くぐる橋 身じろぎもせず 魚を狙う

十二月十五日（火）高雄 晴→台東 晴→三仙台 曇り→花蓮 曇り

霧覆う 高雄の町は おぼろげに 高層ホテル 港霞んで
陽が照って 南下するほど 風景が 北と異なり 気温も高く
台湾の 南海岸 バス走る バシー海峡 遙かフィリピン
南へと 景色も変わり 果物が バナナマンゴー パパイヤ植わる
海沿いの 椰子の並木は 実を付けて 道でおばさん 果物を売る
台湾の 山を横切り くねくねと 太平洋が 遠くに見える
空は晴れ 海風強く 浪頭 白く弾ける 太平洋が
台東で 食った果物 実は白く アケビのような 甘酸っぱさが
風強く 帽子押さえて 橋渡る 三仙台は 大荒れ天気
橋の上 風凄まじく 誰も来ず デジカメ一人 セルフィーで撮る
白い塔 小雨の中で 文字見えて 台湾通る 北回帰線
花蓮市の ホテル中華は しっかりと 味付けがされ 箸が進みし
バスルーム 窓側広く 独立し 白いバスタブ 目を引く部屋に
広々と ダブルベッドに バスルーム 一人寝るには 豪華過ぎたり

バスタブに どっぷり浸かり 夜空見る VIPの 気分で長湯

十二月十六日（水）花蓮 曇り↓タロコ 曇り↓花蓮 曇り↓七堵 曇り↓九份 曇り↓
台北 曇り

花蓮市の 港見下ろす 遊歩道 ガジュマル気根 風になびいて
朝食に 早く行ったが 混雑し やっと見つけた 奥のテーブル
バイキング 中華風にて 洋風の 献立不足 ややものたりず
切り込んだ タロコ渓谷 両側の 絶壁の岩 大理石なり
岩の間に 水湧き出した その上に 祠を建てて 犠牲者祀る
大理石 加工工場 案内の 日本女性の 言葉爽やか
花蓮から 特急電車 九份へ ランチ弁当 ご飯が美味い
九份の 山の斜面の 細い道 店がひしめき 人がつかえる
階段の 急な斜面に 黒塗りの 古風な家に 赤提灯が
九份の ガイドブックの この家は 風情があって 写真の的に
狭い道 修学旅行 中学生 混雑増やす 日本人なり

陽が落ちて 気温が下がり 寒過ぎる 風も強くて 身が凍えたり
台湾を 北から南 一周し 振り出し戻り また台北へ
予想だに こんなに寒い 台北を 南は暑く 冷房入れし
夕食の 四川料理は 辛いけど 薄味慣れた 口には美味い

台湾→日本

十二月十七日（木） 台北 曇り→大阪 晴
台北の 小公園で 女性たち 優雅な手ぶり 太極拳を
丘に沿う 故宮の館 歴代の 皇帝残す 工芸品が
精巧な 金属玉の 工芸品 中国歴史 極みを見たり
陶磁器の 絵柄と色の 斬新さ 権力富の 成せる技なり
衛兵の 交代式に 忠烈祠 半時間かけ 一部始終を
中華風 グランドホテル 聳えたり 蒋介石が 建てたものなり
台湾の 最後の食事 点心を 汁の美味さに 中華味わう
空港で 最後の最後 忘れ物 バス運転手 見つけてくれて

帰国便 台北からの 出発が 一時間遅れ 帰宅は深夜
関空に 着いて今年の 旅終る さて来年は 何処に行こうか
台北は 思いの外に 寒いけど 大阪は北 夜さらに冷え

第六回　バルカン半島五カ国（アルバニア・モンテネグロ・クロアチア・ボスニアヘルツェゴビナ・スロベニア）（平成二十八年一月二十八日〜二月四日）

日本→トルコ

一月二十八日（木）大阪 晴後雨
午後一で 銭湯に行き 垢落とす すべて着替えて 旅支度終え
家出ると 小雨が降るが 傘差さず トランク押して 駅まで歩く
深夜便 人少なくて 手続きも 楽に通って 搭乗口へ
機内にて 隣の席の お爺さん 仲良くなって 話が弾む

トルコ→アルバニア

一月二十九日（金）イスタンブール 晴→ティラナ 霧→クルヤ 霧→ティラナ 晴
赤白の ワインを飲んで 機内食 少ししてから 気分が悪い
ボスポラス 海峡黒く 真夜中の イスタンブール 夜景は見事
霧の中 ティラナ空港 着陸を 別の呼び名は マリヤテレサと

バルカンの 北朝鮮と アルバニア 秘密の国に 足踏み入れる
山裾に 広がる町の クルヤ来て スカンデルベグ 英雄の城
真白な 霧に覆われ 視界ゼロ クルヤの古城 町見下ろせず
城近く 路地の両側 店並ぶ バザールの中 人通りなし
首都ティラナ スカンデルベグ 銅像の 広場中心 街が広がる
時計塔 モスク教会 博物館 広場周辺 トーチカまでも
アルバニア 秘密の国と 聞かされし 街行く人に 暗さ感じず
アルバニア 観光客は まばらにて 博物館も ゆっくり見たり
英雄の スカンデルベグ アルバニア 心に根付き 銅像多い
昼食も 夕食さらに 量多く すべて平らげ もったいないと

アルバニア→モンテネグロ→クロアチア

一月三十日（土） ティラナ 曇り→コトル 晴→ドブロブニク 晴
外暗く コーランの声 聞こえ来る ホテルの窓に 顔付け見るが
夜明け前 ティラナの街を 散歩する 囲む山の端 赤く染まって

ティラナ市の 中心街の 広場にて 通勤の人 バスは満員
アルバニア 出国の際 買物を ユーロの釣りを レクの硬貨に
アルバニア モンテネグロに 入国し 石灰岩の 岩山続く
リゾートの アドリア海を 北上し 海辺の町は オフシーズンに
リアス式 入江の奥の コトル着く 岩山を背に 旧市街あり
城壁と 岩山囲む 旧市街 正門広場 時計塔あり
岩山を 背に双塔が 青空に 聖トリプンの 大聖堂は
岩山の 傾斜が急な 階段を 登るとすぐに 息切れ汗も
岩山を 登り見下ろす 旧市街 オレンジ屋根と 海の青さが
若者と 伴に登った 岩山で 写真撮り合い 眺めに歓喜
旧市街 入り組んだ道 辿り行く 迷いもするが 行きつ戻りつ
コトル発ち 静かな海を 入り江沿い 白い岩山 背後に迫る
クロアチア 民族歌謡 レストラン 飲み放題の ワイン楽しむ

一月三十一日（日）ドブロブニク 曇り
波の音 窓を開けると 下は海 ドブロブニクの 旧市街見え
朝早く 人の少ない 旧市街 旧港含め のんびり散歩
旧市街 至る所に 猫たむろ 路地に入ると 匂いが鼻に
朝食の レストラン階 見つからず 迷った人は 我だけでなし
巨大なる ピレ門くぐり 旧市街 プラッツァ通り 人出が絶えず
円形の 大噴水の オノフリオ 今も飲めたり ピレ門のそば
質素なる フランシスコ会 修道院 庭の回廊 柱美し
旧市街 大聖堂に 総督邸 ドミニコ会の 修道院も
要塞を 繋ぐ城壁 一周を オレンジの屋根 教会の塔
教会の 鐘の音鳴る 不定時に 城壁の上 あちらこちらで
運休の ロープーウェイの スルジ山 歩いて登る 一時間かけ
登山口 行く市街地の 階段が 急できつくて 汗びっしょりに
階段で スルジ山への 道を聞く 現地の人の 親切ぶりや
登山道 急ではないが 砂利が浮き 足が取られて 歩きにくけり

展望が 登るにつれて 旧市街 ドブロブニクの 城壁見事
頂上は 殺風景で 人いなく パノラマ開け 旧新市街
頂上の 展示館では 内戦を 屋上からは 眺め最高
クロアチア ユーゴ分裂 内戦の 被害の記憶 統一の糧
東西に 町が広がり 新市街 オレンジ屋根が 眼下一面
登山道 下る途中で 音楽が 旧市街から イベントなりや
旧市街 プラッツァ通り 仮装した グループ集い カーニバルなり
二日間 連続登山 疲れたり 瞼が重く 今にも眠る

クロアチア→ボスニアヘルツェゴビナ→クロアチア

二月一日（月） ドブロブニク 晴→モスタル 晴→トロギール 晴→スプリット 晴
夜明け前 プラッツァ通り ひっそりと 昨日の熱気 何処に行きし
オレンジの 街灯映す 石畳 プラッツァ通り 静まり返る
静寂の 人っ子いない 裏通り 出迎えるのは 猫入れ替わり
旧市街 朝日に映える 城壁が オレンジ色に 部屋の窓から

ボスニアへ 海岸線が 入り組んで 島か半島 見分けが付かず
ボスニアの 民族紛争 象徴の モスタルの橋 スタリモストへ
ムスリムと キリスト教徒 対立で 破壊の橋を 再建したり
緑濃い 川の流れの 石の橋 民族融和 象徴となる
石橋の 丸い下側 川入る スポット見つけ 撮影できし
川岸に 下りて石橋 仰ぎ見る 半円の中 ミラネット見え
高速を 石灰岩の 台地行く 集落あるが 不便さ思う
夕暮れに 台地より見る トロギール 夕日が映す 世界遺産を
トロギール 人工的に 島にして 街を守った 中世の民
日暮れ時 狭い路地裏 トロギール 街の教会 夕日が当たる
寝不足で バスに乗るたび 気持良く マイクの声で 目覚めることに

二月二日（火） スプリット 晴↓シベニク 晴↓オパティア 雨
朝食は 食欲があり たっぷりと 昨夜ぐっすり まだまだ元気
スプリット ローマ皇帝 宮殿の 跡に立ちたる 塔に登りし

塔からの 眺めを見ると 階段の きつい登りも 急に忘れて
宮殿の 地下の構造 今もなお 現役なるや ローマの技術
ネクタイの 発祥地たる クロアチア 初めて知りし スプリットにて
アカペラの 男性の声 カルテット 遺跡の中で 響き渡って
賑やかな 青空市場 見て歩く 素朴な人の 顔と仕草に
おばさんに ドライフルーツ 試し食い なるほど美味い 勧めるわけが
シベニクの 海に面した 旧市街 路地を巡って 道に迷わず
昼食の イカの姿煮 懐かしく 和食の味を 思い出させる
道中の バスの中では 直ぐ眠る やはり疲れが 溜まっているや
クロアチア 残ったコイン 処理のため 一番安い お菓子を買って
オパティアの 泊まったホテル 雨の中 照明当たり ピンクが映える

クロアチア→スロベニア→トルコ

二月三日（水） オパティア 曇り→ポストイナ 曇り→リュブリアナ 雨→イスタンブール 晴
オパティアの 瀟洒なホテル 暗い中 ライトアップで 雰囲気醸す

暗い中 メイン通りは カーニバル 仮面点灯 気分盛り上げ
ぶらぶらと メイン通りを 歩くうち 波の音聞き 岸辺に降りる
海辺にて まだうす暗い 遊歩道 歩く先には 対岸の灯が
最終日 本格的な 雨になり 寒さ弱まり ほっと一息
ポストイナ 鍾乳洞の 大きさに 圧倒されて 言葉にならず
トロッコの 行きの便には 遠足の 小学生で 賑やかなりし
トロッコで 鍾乳洞を 走り行く 頬打つ風の 冷たいことよ
ポストイナ 鍾乳洞の スケールは 秋芳洞と 比較にならず
最奥の 鍾乳洞の ホールでは コンサート可の 大きさなりし
トロッコの 帰りの便は 先頭に 座って気分 子供になりし
最後の地 スロベニア首都 リュブリアナ 瀟洒なビルが 中心部あり
市庁舎と 新旧市街 つなぐ橋 三つに分かれ 三本橋と
リュブリアナ 三本橋の 広場より 市庁舎の上 城が聳える
小雨降り ぶらぶら散歩 リュブリアナ 小じんまりした 素敵な街よ
横の席 トルコの親子 母親は マージャンゲーム 娘は読書

トルコ→日本

二月四日（木）　イスタンブール　晴→大阪　晴

帰国便　空席があり　二人席　一人で使用　ゆったりできし
機内食　ワイン頼むが　ひび入りの　グラスから漏れ　床に流れて
機内では　食後眠るが　数時間　その後眠れず　本を読みたり
この旅行　全行程の　全食事　すべて完食　美味しく食べる
毎朝の　散歩欠かさず　一万歩　ほぼ完遂し　体調管理
便通は　腹も下さず　日々あって　寝不足なるが　好調維持を
旅行中　昼夜酒は　欠かさずに　ワインビールは　地元が美味い
この旅も　短歌で日記　欠かさずに　ノルマと思い　六回目なり
バルカンの　アドリア海の　国々は　イメージよりも　素敵な街が
ＪＲ　駅から降りて　トランクを　押して帰るが　疲れ倍増
帰宅して　明日の朝食　買い込んで　メイル郵便　確認済ます

第七回　ポルトガル・北西スペイン（平成二十八年三月二十五日～四月一日）

日本→ドイツ→ポルトガル

三月二十五日（金）大阪 晴→フランクフルト 晴→ポルト 曇り
トランクを 駅まで引くが 道悪く 力が要って 両腕だるい
関空の 駅の改札 待ち合わせ 甥の子二人 手を挙げ知らす
シベリアの 上空飛んで 雪原が 下を覗くと 一面真白
甥の子ら ビデオサービス 楽しんで アニメにゲーム 飽きずに続け
乗継の 六時間待ち 二人とも 椅子で眠るが 我は見守り
乗継の 機内で二人 時差のため 食事もせずに ずっと眠りし

ポルトガル→スペイン→ポルトガル

三月二十六日（土）ポルト 雨→サンチャゴデコンポステーラ 大雨→ポルト 曇り
時差のため 少し眠るが 目が覚めて ポルトの夜景 雨で霞んで
ポルトガル ポルトを発って ミーニョ川 国境越えて スペイン入る

雨の中 サンチャゴ目指し 高速の 海辺休憩 雨止み写真
巡礼の 歓喜の丘は 土砂降りで ずぶ濡れの中 銅像に着く
土砂降りも 杖突き歩く 巡礼者 ポンチョを着つつ ゴールは近い
昼食の 熱いスープで 温まる 冷えた体も 一息付けて
昼食の ガリシア料理 ムール貝 タコにチーズに コロッケ美味い
ムール貝 お代わり頼み 三人で レモンを絞り 残さず食べる
巡礼の 道の終点 サンチャゴは 聖地の一つ ヤコブを祀る
カテドラル 前の広場に 巡礼者 雨に打たれて 膝着き祈る
カテドラル 栄光の門 ヤコブ像 巡礼者たち 触って祈る
雨の中 アラメダ公園 カテドラル 丘の上から びしょ濡れなるが
サンチャゴを 観光するが 雨の中 靴の中まで 水滲み込んで
相傘で 甥の子一人 抱き寄せて 濡れないように 歩きまわりし
観光の 気分にならず ただ歩く 雨と寒さの 身はずぶ濡れに
ポルトへの 帰りのバスは 疲れ果て 暖房入り 直ぐに寝入りし

三月二十七日（日）ポルト晴→コスタノヴァ晴→プサコ曇り
ヨーロッパ サマータイムが 始まって今日一時間 早く進みし
窓開けて 雲の切れ間に 青空が 覗いて今日は 天気回復
ドンルイス 一世橋で 写真撮る 通るトラムを バックに入れて
ドウロ川 両岸台地 繋ぐ橋 斜面を上がる ケーブルカーが
アズレージョ サンペント駅 タイル絵は 駅舎そぐわぬ 見事なものよ
金箔の 彫刻覆う 装飾が サンフランシスコ 教会内部
ボルサ宮ドウロ川下り 川岸へ レストラン街 カイスダリベイラ
サンデマン ポルトワインの 醸造所 黒ソンブレロ マントがマーク
岸辺には ワインの樽を 積んだ船 架かる鉄橋 眺め素晴らし
昼食の 鴨のご飯は 口に合う 残さずすべて 平らげたりし
コスタノヴァ 海岸の街 カラフルな 縞模様なり 家の正面
プサコ着く 国立公園 森の中 宮殿ホテル 観光名所
ロビー前 赤絨毯の 階段の 壁アズレージョ タイル画見事
部屋の中 百年前の 調度品 雰囲気古風 時代を感じ

森の中 整備のされた庭と池 宮殿映り 静寂の時
宮殿の 屋敷と庭の 探検を 子供と伴に 楽しみたりし
宮殿の 客間でディナー 雰囲気で ワインが進み 料理も美味い

三月二十八日（月） プサコ 小雨↓コインブラ 曇り↓ナザレ 晴↓アルコバサ 晴↓
リスボン 晴

森の中 小雨に煙る 宮殿の ホテルの朝は 冷やりとして
コインブラ 大学の町 イースター 祭日のため ツーリストのみ
鉄の門 くぐり大学 中庭へ 時計塔立ち ラテン回廊
図書館の 見事な飾り 本の虫 退治のために コウモリを飼う
大学の チャペルに設置 三千の パイプオルガン 壁面に出て
大学の 丘から街へ 下る道 ファドのギターの 爪弾く音が
ポルトガル 由来のお菓子 金平糖 地元の店で 見つけ土産に
ポルトガル 名産コルク 加工した 帽子を買って そのまま被る
観光化 ナザレの浜は 様変わり 三十年は 長いと感じ

砂浜に 黒のスカート 伝統の 民族衣装 着た女性なし
昼食は 大きなイワシ 丸焼が デザートお菓子 パンデロウ食う
カステラの 起源となった パンデロウ 素朴であるが 味に酷なし
崖の上 記憶に残る 雰囲気と あまり変わらず 懐かしかりし
崖の上 礼拝堂の 展望台 ナザレの浜に 波打ち寄せる
声楽の デュエットの歌 アルコバサ 修道院へ 迎えてくれる
アルコバサ 修道院の 大きさと 飾りけなしの アーチの柱

三月二十九日（火）リスボン 曇り→オビドス 曇り→シントラ 曇り→ロカ岬 晴→
　　リスボン 曇り

オビドスの 城壁の中 瓦屋根 白壁の家 石畳道
オビドスの 城壁の上 三人で 一周巡り 眺め堪能
城壁の 急な階段 スリリング 教会の塔 ブドウ畑が
天正の 遣欧使節 謁見し 滞在したと シントラの地へ
シントラの 王宮巡る 各部屋の 天井の絵が 皆素晴らしい

王宮を 見下ろす山の 城跡は アラブ時代の 今は廃墟に
ユーラシア 最西端の ロカ岬 大西洋の 荒波寄せる
石碑には カモンイスの詩 刻まれる「ここに地が果て 海が始まる」
ロカ岬 春の陽気で 花々が 崖の上まで 咲き乱れたり
ホテル着き 夕食までの 空き時間 地下鉄の駅 探し回って
リスボンの 夜ファドを聴き ワイン飲む ギターの調べ 哀愁に満ち

三月三十日（水） リスボン 曇り後晴後雨
リスボンの 観光すべて 懐かしい 三十年の 年月を経て
丘と坂 川に面した リスボンは ケーブルカーと 市電で巡る
テージョ川 ベレンの塔に 発見の モニュメント像 ザビエルがあり
ジェロニモス 修道院の 回廊の 二階から見る 中庭アーチ
名物の エッグタルトは 美味かりし 並んで買った 甲斐がありけり
バイシャ地区 サンタジェスタの エレベーター リスボンの街 テージョ川見え
地下鉄で 乗り放題の 一日券 入りは〇K 出は拒否に会う

地下鉄の ロシオ駅にて 職員に レシート見せて 切符交換
ケーブルカー グロリア線で 展望台 カテドラルから サンジョルジェ城
ラウラ線 ケーブルカーは 家の壁 すれすれ通り 横人歩く
二回とも ケーブルカーは 上り乗り 下りは横を 歩いて下りし
地図だけで 方位感覚 当てならず ケーブルカーは 二度とも聞きし
リスボンの 天気の変化 気まぐれで 昼間の晴れが 一転雨に
十二番 フィゲイラ広場 発着の 市電が路地を 上り下って
市電から サンジョルジェ城 下町の アルファマ地区と テージョ川見え
市電降り 地下鉄に乗り 夕食に リベイラ市場 買物もする
食事終え ホテルに戻る 地下鉄を 一度乗り換え 道も迷わず

ポルトガル↓ドイツ↓日本

三月三十一日（木）リスボン 雨↓フランクフルト 曇り
朝三時 目覚ましよりも 早く起き サンドイッチで 朝食済ます
スト騒ぎ 遅延の予想 乗継に ぎりぎりセーフ 安心したり

二人とも 帰りの便は 眠り詰め 朝の早さと 疲れのために

四月一日（金） 大阪 曇り
帰り便 一睡もせず 新聞と 雑誌を読んで 映画も二本
帰国して 電車窓越し 満開の 桜が見えて 日本実感
自宅着き ほっと一息 携帯の けたたましさに 何ごとならん
携帯に 緊急地震 情報が テレビと違う 音にびっくり
その後に カーテン揺れて 体にも テレビ付けると 震度は三と

第八回　北欧四カ国（フィンランド・スウェーデン・ノルウェー・デンマーク）

（平成二十八年五月二十三日〜五月三十一日）

日本→フィンランド→スウェーデン

五月二十三日（月）大阪 晴→ヘルシンキ 晴→ストックホルム 晴

朝日背に トランク押して 汗かくが ホームの風の 涼しいことよ
サミットで 搭乗チェック パスポート 出入国の 履歴確認
チェックイン 荷物検査と 出国で 長く待ったが 搭乗セーフ
遅延して ストックホルム 乗継に 添乗員も 大慌てなり
ヘルシンキ 入国審査 時間食う 乗継便を 待たせることに
我ら乗り 乗継便が 離陸へと 座席に座り やっと落ち着く
ホテル横 ショッピングモール 水を買い フードコートで クスクス食べる
夕食後 ホテル近くの 丘散歩 眼下見えるは 湖なるや
急坂を 上がるとリスが 木に登る 我に気付いて 枝から枝に
春が来て ストックホルム 花の時期 色とりどりに 咲き乱れたり

白い花 家の主人に 尋ねたらリンゴの花と 初めて見たり
湖と 思いしは海 入江なり 主答えて バルト海へと
岸辺では 釣りや運動 する人が 夜十時でも まだ明るさが
日が暮れて ロマの人たち 男女とも ホテル近くで ホームレスなり

五月二十四日（火） ストックホルム 晴

朝四時で すでに明るく 北欧の 白夜明けるは 夏の近さが
日の出見に 入江目指すと 対岸の 丘の端に見え まさに昇りし
芳香の 紫の花 嗅ぎながら 瀟洒な家を 縫い岸辺出る
岸に立ち 昇る朝日に 反射した 水面眩しく 目を細めたり
海鳥の 水面潜って 浮かび出る 小鳥さえずる 岸辺の散歩
大カモの つがいとヒナも 散歩する 逃げたりせずに 親鳥威嚇
大カモの 七羽のヒナも 親真似て 草かじる様 まことにかわい
ヒナ狙う 一羽のカラス 親カモが 口開け怒り 走り追いたり
野宿した ロマの人たち 朝が来て 支度する様 ホテルの窓で

市庁舎の ノーベル賞の 会場で 受賞者の名を 思いはせたり
大広間 ブルーホールは ノーベル賞 授賞祝賀の 晩餐会が
金ぴかの 黄金の間で 舞踏会 ノーベル賞の 授賞パーティ
市庁舎の 裏庭の前 島々と メーラレン湖の 眺め広がる
左手に ガムラスタンの 旧市街 リッターホルム 教会尖塔
橋多い ストックホルム 湖と 海と島との 水の都よ
旧市街 大聖堂と 王宮と 高い尖塔 リッターホルム
郊外の メーラレン湖の 島にある ドロットニング ホルム宮殿
湖と クリーム色の 建物が 芝の緑の 庭園調和
湖の 島の宮殿 国王の 現住居なる 世界遺産に
むき出しの 岩盤のまま ホームにし 電車が入る 地下鉄の駅
旧市街 ガムラスタンの 路地裏で お土産探し 店の梯子を
新旧の 市街地結ぶ 歩行者の 専用道路 急ぎ往復
新市街 セルゲル広場 目指し行く 国会議事堂 小島を通り
催しが セルゲル広場 行われ アフリカフェスタ 民族衣装

公園や 並木に植わる マロニエが 尖り帽子 白い花付け
陽に飢えた 北欧の民 春の日も 日光浴で 地に寝そべりし
スウェーデン 残るクローネ 使うため スーパーで買う クッキーにチョコ
香り良い 花の名前を 尋ねたら 通りすがりの 人スレオンと

スウェーデン→ノルウェー

五月二十五日（水） ストックホルム 晴→ベルゲン 晴
初めての 自動搭乗 手続きで タッチ間違い 窓口に行く
真白に 雪が覆った ノルウェーの 峰に切り込む フィヨルドの青
快晴の フロイエン山 ベルゲンの 市街一望 島並遥か
雨多い ベルゲンにして 珍しく 快晴になり ガイド悦ぶ
シャクナゲが 今が盛りと 満開に 色とりどりの 花鮮やかに
ブリッゲン 世界遺産の 木造の 建物古く 傾きたりし
ブリッゲン 通り面する 三角の 屋根の建物 カラフルなりし
建物の 奥行き長く 棟続き 家の隙間は 迷路の如し

北海の 恵み集めた 魚市場 青空の下 ベルゲンの顔
サーモンや カニエビなどの 魚貝類 高い値段に 目を丸くする
ベルゲンの 公園もまた 横になり 日光浴を 楽しむ人が
華やかな 民族衣装 娘さん 公園ベンチ お喋り夢中
停泊の 帆船からは 下船する 訓練生に 女性活躍
ブリッゲン 先の岬の 緑地から ベルゲン港に 浮かぶ帆船
バイキング 末裔たちの 若者が 剣と楯持ち 戦闘稽古
ブリッゲン オープンテラス 夕日受け ビール片手に 大賑わいに

五月二十六日（木）ベルゲン 晴→ヴォス 晴→ミュルダール 晴→フロム 晴→
グドヴァンゲン 晴→フロム 晴

朝五時に ブリッゲン地区 散歩する 人影はなく 風は冷たい
ホテルにて 冷えた体で 紅茶飲む やがて温もり 気持も和む
波はなく 静かな水面 フィヨルドに 沿う道進み バスから眺め
バスを降り 湖のそば ヴォス駅で ベルゲン急行 ミュルダールへと

雪覆う 山の端見ると 湖面には 鏡の如く 逆さの姿
山羊群れる 山の斜面の 牧草地 牧歌的なる 雰囲気醸す
白樺の 林の斜面 ほとばしる 雪解け水で 白い飛沫が
高度増し 線路の際に 雪残る 一面白く 家さえありし
山間の ミュルダール駅 乗換えの 登山列車の フロム鉄道
フロムへと 急勾配の 渓谷を ゆっくり下る 登山列車は
渓谷で 一時停車し ショース滝 乗客降りて 間近で見上げ
電車降り 雪解け水で 増水の 滝の飛沫が 陽に反射して
絶壁の 上から落ちる 一筋の 白い流れに 岩の高さを
白濁の 激流となる 大滝の 迫力魅され 飛沫気にせず
大滝の 激流を背に 妖精が 赤い衣装で 身をくねらせる
高度下げ 滝を集めて 急流に 谷をえぐって 渓谷となる
谷の先 ソグネフィヨルド 最奥の フロムの町の 駅に着きたり
二時間の フィヨルドクルーズ 陽は照るが 風が寒くて ヤッケを被る
クルーズは 支流フィヨルド アウルラン 最奥の町 フロム乗船

合流の 支流フィヨルドネーロイの 最奥にある グドヴァンゲンへ
両側に 絶壁続く フィヨルドの 狭い岸辺に 家が点在
陽の当たる 絶壁近い 海面を 若者裸 カヤックを漕ぐ
季節がら 雪解け水で 絶壁の 至る所で 滝流れ落ち
船からも 絶壁の上 雪被り 太陽に映え 白く光りし
絶壁を 滴り落ちる 滝の筋 白糸もあり 激流もあり
終点の フロム鉄道 駅前に 瀟洒なホテル 本日の宿
瀟洒なる フロムのホテル 外観に 伝統の良さ 醸し出したり
部屋からは フロム鉄道 観光の 電車発着 目に入りたり
サンダルで ホテル裏山 登り見る フィヨルド浮かぶ クルーズ船を
世界一 ソグネフィヨルド 最奥部 豪華客船 入る深さが
フィヨルドの 海の塩分 少なくて 磯の匂いは ほとんどしない

五月二十七日（金） フロム 晴→ステーガスタイン 晴→ボルグンド 晴→サンヴィーカ 晴
風はなく 鏡のごとき 海面を 見ながら散歩 滝を目指して

アザラシが 突然浮上 息吸って すぐに潜って 行方分からず
絶壁の 上半分に 陽が当たり 海面映る コントラストが
サンダルに 裸足で歩く 冷たさが 直に感じて 足早になる
四時半に 散歩する人 誰もなく 一人海沿い 裏山までも
絶壁を バスでクネクネ 台地出る 雪覆う山 スベッタベルグ
ハイキング ベリーの生えた 山道で 突如フィヨルド 眼下に見える
快晴の 雲一つない 青空に 山肌の雪 未だ溶けずに
青空と 山の白さと フィヨルドの 紺色まさに 自然の妙に
絶壁に 張り出し先が ガラス張り ステーガスタイン 展望台は
フィヨルドの 氷河削った 絶壁を 足がすくんで ただ見下ろして
フィヨルドの 長い渓谷 客船が 白波引いて 進むの見える
雄大な ソグネフィヨルド 見下ろすは 自然の凄さ 直に感じる
フィヨルドの 展望台に 山羊親子 鈴を鳴らして 出迎え走る
一面の 雪の台地を バスで行く 点在するは 山小屋だけが
高度下げ 雪は斑に 残りたり 古い家には 草が葺かれし

樹林帯 雪解け水が 滝となり 川は増水 急流となる
平地降り 牧草地では 緑なす 家畜の餌に 刈られ蓄え
フィヨルドの 緑の谷間 ボルグンド 形独特 スターブ教会
バイキング 松で造った 奇怪なる スターブ教会 竜の呪い
海沿いを オスロフィヨルド 島伝い オスロ郊外 サンヴィーカ着く
サンヴィーカ ホテルの裏は フィヨルドで 海岸散歩 白鳥泳ぐ

ノルウェー→デンマーク

五月二十八日（土） サンヴィーガ 曇り→オスロ 曇り
静かなる 水面カヤック 音もなく 白鳥の横 パドルを揚げて
白鳥の 泳ぐ群れ見て 渡る橋 島を一周 ガンが岸辺に
島の中 子供サッカー 大会が 親子連れらが わんさと来たり
オスロ着き カールヨハンの 大通り 人で賑わい 王宮向う
菩提樹の 林の中に 王宮が クリーム色で 落ち着きがあり
ノーベルの 平和賞授与 市庁舎に 昨日広島 オバマさん来る

ヴィーゲラン 彫刻公園 ただ一人 二十年かけ 彫り続けたと
花崗岩 百二十一 人体を 刻んだ塔を モノリッテンと
ヴィーゲラン 石と青銅 人間の 輪廻転生 一生刻む
シャクナゲの 見事な色に ライラック 香り振り撒き マロニエも咲く
首都オスロ メイン通りに 鼓笛隊 王宮目指し バトン行進
衛兵の 交代式に 王宮へ 女性兵士が 指揮を与る
鼓笛隊 王宮前の 広場まで 行進終えて 解散合図
美術館 ムンクの「叫び」 実物を 我「マドンナ」の プリントを買う
「叫び」前 記念撮影 若者が 両手を頬に ポーズを真似る
オスロから コペンハーゲン 客船で 初めて乗った 海側個室
揺れもせず オスロフィヨルド 南下する 甲板からは ジャンプ台見え
両側に 陸地見ながら 甲板で オスロフィヨルド 海穏やかに
船内の 免税店は 時間前 韓国人が 待ち並びたり
時間来て 日本人も 加わって 評判のチョコ あっという間に
穏やかな フィヨルドを出て 外海に さざ波あるが 揺れることなし

雲間から 夕日海面 反射して 船窓からは 目に眩しくて
夕日背に デッキに映る 我が影を じっと見つめて 残り二日に

五月二十九日（日） コペンハーゲン 晴後雨
朝食を 朝日輝く 海を見て 食べる彼方は スウェーデンなり
オースレン 海峡を挟み スウェーデン デンマーク見て 船南下する
デッキより クロンボー城 右舷に見 もうすぐ着くは コペンハーゲン
ハムレット シェークスピアの 舞台なる クロンボー城 世界遺産に
最狭部 クロンボー城 デンマーク 対岸左舷 スウェーデンなり
デッキにて 風の寒さを 我慢して 両岸見るは 双眼鏡で
港には 風力発電 三十基 コペンハーゲン エコの町なり
船を降り 人魚の像の 写真撮る 若者抱いて ポーズを決める
要塞の カストレットは 五角形 芝生の緑 水によく映え
宮殿の アメリエンボー 衛兵の 観光客を 叱る声聞く
カラフルな 木造の家 ニューハウン 運河の前に オープンテラス

城である クリスチャンスボー 塔登る 町一高い 眺め最高
市庁舎の レンガ造りの 重厚さ 人で華やぐ チボリ公園
日曜の メイン通りの ストロイエ オープンカフェは 人で賑わう
救世主 教会の塔 外巻きの らせん階段 下見りゃ怖い
ローゼンボー 公園並木 菩提樹の 芝生で人が 日光浴を
夕食後 中央駅と 市庁舎を 散歩後チボリ 公園入る
一等地 チボリ公園 一巡り 絶叫の声 上から聞こえ
日曜の チボリ公園 親子連れ 老若男女 笑顔が満ちる
驚いた 明日誕生日 プレゼント 添乗員が ワインにチョコを

デンマーク→フィンランド→日本

五月三十日（月） コペンハーゲン 雨後晴→ヘルシンキ 晴
外国で 迎える初の 誕生日 コペンハーゲン ヘルシンキへと
最終日 雨になったが 搭乗の 頃にはすでに 陽が射し始め
搭乗後 離陸する前 すぐ寝入る 機内サービス 気付いて目覚め

ヘルシンキ 好天の中 陽を受けた 大聖堂の 白さ輝く
大聖堂 飾り気のない 様式は ソ連影響 色濃く残す
岩の下 半地下にある 教会は パイプオルガン その証なり
港にて 野外市場で 昼食の ホットドッグを 頬張り散歩
ヘルシンキ 他の三国と 同様に 日光浴で 公園は人
今回の 北欧の旅 好天が 旅の魅力を さらに増したり
北欧は 春の訪れ 一斉に 街の中には 花咲き誇る
機上にて 初誕生日 迎えたり ワイン二杯で 一人祝いし
機内より 眼下の雲の 線上を 黄金に染めて 陽が沈みたり

五月三十一日（火） 大阪 晴
十日間 北欧の旅 終りけり 好天続き 恵まれたなと
飛行機の タラップ出ると むっとする 日本の夏に 帰国したのだ
トランクの 荷物片付け 洗濯し 明日の朝食 メイル開封

第九回　南米三カ国（ペルー・アルゼンチン・ブラジル）

（平成二十八年九月二十日〜十月五日）

日本→アメリカ合衆国

九月二十日（火）大阪 雨→ロサンゼルス 晴

旅行社が 台風のため 午前中 関空着けと 電話を寄越す
すぐ支度 雨降り続き タクシーで 堺市駅で 電車に乗って
集合の 四時間前に 関空に 受付はまだ トランク持って
団体の 中国人が 席占拠 やっと探して 三時間待つ
ＪＲ 午後になったら 運休に 昼前に着き 正解なりと
台風は 心配したが 飛行機は 遅れもせずに 定時に離陸
機内食 吉野屋牛丼 朝食に まさかと思い まさにあの味
ロス着いて 休憩ホテル 風呂入り 深夜出発 リマ行きを待つ
三時間 ベッドで横に 疲れ取り 周り散歩も 見るところなし
テロ続き ロス空港も 厳重に 手荷物検査 チリ紙までも

ポケットの 物はすべてを 出したのに 信じられずに さらに指示され

アメリカ合衆国→ペルー

九月二十一日（水） ロサンゼルス 晴→リマ 曇り

疲れから 時間を忘れ 声かけた 添乗員に 我に帰りし

リマ行きに 急ぎ間に合い ほっとする 連れに心配 申し訳なし

友人と 席が離れた 隣席の 人に頼まれ 席を交代

眼下には ロスの灯りが 煌々と 観光はせず またの機会に

機内食 ワインを飲んで 気持良く 乗務員とは 西語実践

昼前に リマに着陸 入国後 現地通貨の ソルに両替

昼食の ローストチキン 味が濃く 日本のよりも トリのうま味が

天野氏が インカ遺物の 散逸を 防ぎ建てたる 博物館を

文字持たぬ インカの民の 繊細な 技の伝承 遺物に思う

パチャカマの 海を見下ろす 遺跡には スペイン征服 痕跡残る

海風が 荒ぶ砂漠の 小山には 日干しレンガの 眠る遺跡が

海沿いの 砂丘の如き 山肌に 崩れたレンガ 古代の名残
雲垂れて 殺風景な 遺跡には インカに似合う もの寂しさが
遠足の 小学生が 見学に 日本人見て ありがとう言う

九月二十二日（木） リマ 曇り→ビスコ 晴→リマ 曇り
長旅で 疲れているが 朝食は 食欲あって 安心したり
朝のリマ 霧立ち込めて 見通せず サッカー場は もう長い列
バス移動 パンアメリカン ハイウェイを 四時間乗るは さすが疲れし
南へと 太平洋は 波高く 陸は禿山 砂漠が続く
セスナ乗る ビスコ空港 時間まで バス内待機 さらに二時間
セスナ機で ナスカ地上絵 機内から 指示で探すが すぐに分からず
機内から 砂漠の山と 砂と岩 こんな所に なぜ地上絵が
一瞬の 瞬きの間に 探し出す 地上絵すぐに 視界から消え
地上見て 写す間もなく 見失う シャッター押すも 自信はないが
上下揺れ 左右旋回 繰り返し 気分が悪く 冷汗も出る

地上降りトイレ駆け込み 嘔吐する 気分回復 昼食食べる
日系の 夫婦営む 土産店 トイレ借りるに リャマ置物を
朝早く 寝不足続き 往復の バス八時間 ずっと眠りし

九月二十三日（金）リマ 曇り↓クスコ 晴↓オリャンタイタンボ 晴↓マチュピチュ 曇り
朝食に 早く行きすぎ 人いなく ウェイターとは スペイン語にて
朝食の 赤いフルーツ 種ばかり トロという名の 甘い味なり
曇天の リマにひきかえ クスコでは 標高高く 直射がきつい
旧市街 広場周りの 古屋敷 スペイン風の パティオが残る
富士山と 同じくらいの 高さあり 坂を登ると 呼吸乱れる
峠越え 高さ五千の 雪被る アンデスの峰 雲がかかって
峠降り 麓の村の 佇まい インカ時代の 雰囲気宿す
インカ村 オリャンタイタンボ 石組の 隙間ない壁 民家も訪ね
マチュピチュへ 高原列車 川に沿い 高峰望み ひたすら下る
渓谷の ウルバンバ川 沿い走る 右岸に望む アンデスの峰

禿山の 乾燥地帯 下っては マチュピチュの村 緑豊かに
坂に沿う マチュピチュの街 何処より ケイナの音色 我を招きし
ホテルにて 短歌詠みつつ 聴き入るは ケイナの調べ あの名曲が

九月二十四日（土） マチュピチュ 雨後曇り

昨晩の 雷雨の音を 聞きながら うつつの中で 今朝は上がれと
鮮やかな 青色をした ハチドリが ホバリングして 花の蜜吸う
夜が明けて 雨は上がるが 雲垂れて 狭い街中 散歩で回る
谷上がる 列車が止まり 大勢の 現地の人が 働きに来る
マチュピチュへ 乗り合いバスを 待つ人の 長蛇の列が 途切れもせずに
急峻な 山肌縫って 登るバス 遺跡入口 谷に線路が
アンデスの 峠の東 様変わり 禿山消えて 緑濃い山
登山道 少し歩くと ワイナピチュ 見えた麓に マチュピチュ遺跡
立ち止まる 人の先から 飛び込んだ 遺跡全景 言葉も出ずに
背景の 雲を抱いた 峰からは 浮き出るように マチュピチュ遺跡

昼食は 遺跡目の前 ロッジにて 午後インカ道 ガイドと登る
インカ道 古人の 踏んだ道 石畳ゆえ 歩きづらけり
山道で ガイドと話す スペイン語 思い出しつつ 通じた様子
山道で いつの間にやら 蚊の如き 手指噛まれて 血豆ができし
インカ道 マチュピチュ遺跡 見え隠れ 周り高峰 雲が流れて
疲れ切り インカ温泉 水着付け 温めのお湯で 体をほぐす
夕食の ビールの美味さ 格別に 全身巡り 気分も緩む

九月二十五日（日）マチュピチュ 曇り→オリャンタイタンボ 晴→クスコ 晴
日曜日 ミサを聞きつつ 広場にて マチュピチュの朝 名残惜しんで
今朝になり 昨日噛まれた 跡が腫れ 少し痒くて 気になりだして
列車にて ウルバンバ川 上流へ 高度が上がり 緑も消えて
バスに乗り アンデス台地 クスコへと 乾燥地には トウモロコシが
盆地内 クスコの町の 旧市街 レンガ色屋根 山から眺め
高地なる クスコ観光 体調の 調整のため 水分補給

スペインのインカ征服 街作り 大聖堂と アーチの柱
石組の インカ技術の 精巧さ 石の合わせ目 隙間も見えず
昼食は フォルクローレを 聞きながら インカの響き 哀愁に満ち
旧市街 アルマス広場 教会の 黄ばんだ色が 古さ醸して
郊外の サクサイワマン 城塞の 巨石に立つと 大きさ分かる
巨石壁 インカ要塞 石組の すぐれた技術 不可思議ならん

九月二十六日（月） クスコ 晴→フリアカ 晴→プーノ 晴
クスコから フリアカまでの アンデスの 乾いた大地 一面続く
アンデスの 大地の空は 青く澄み 日向暑いが 陰は涼しく
突然に プーノの町と チチカカ湖 水の青さと くすけた屋並
チチカカ湖 陽が傾いて 風寒く 湖面遊覧 船上我慢
ウロス島 葦のトトロで 出来た島 上陸すると 波で揺れたり
島の上 家もトトロで こしらえて 今も生活 家族で暮らす
ウロス島 民族衣装 現地人 ウル族編んだ 伝統模様

チチカカ湖 四千近い 高度あり 富士より高く 動きゆっくり
今までで 最高高度 経験し 高山病の 兆し感じず
港へと 船上からは 対岸の 湖畔のホテル 白く見えたり
ホテル着き 湖岸に下りる 陽が陰り 高地のために 寒さ身に沁む
陽が沈み ホテル正面 対岸の プーノの町の 夜景くっきり
夕食に アルパカの肉 ステーキで 硬くパサパサ 味もいまいち

九月二十七日（火） プーノ 晴↓フリアカ 晴↓リマ 晴
真夜中に 喉が渇いて 目を覚ます 頭が重く 高山病か
何回か トイレのために 目を覚ます 頭の重さ ずっと続きし
五時を過ぎ 日の出見ようと 湖岸まで プーノの町は 陽に輝けり
冷気刺し 息白くなる 寒さなり 身を凍えさせ 湖岸で眺め
山陰に 隠れ日の出は 湖面より 昇るは見えず チチカカ湖畔
体冷え ロビーに戻り 暖かい コカ茶を飲んで ほっと一息
歩くうち 頭の重さ いつの間に 消えているのか 気にはならずに

岩山を 羊放牧 ケチュア族 ウサギ飛び出し 岩駆け上る
散策を 終えてロビーで チチカカ湖 二度とは見まい 存分眺め
ホテル発ち プーノの町を 横切って 台地に上がり チチカカ湖見る
澄み渡る 青空が映え チチカカ湖 トトロの島が 遠くに見える
空港で 食う弁当の ハムサンド チキンジャガイモ 全て美味しい
フリアカを 発ちリマに着き 深夜発 アルゼンチンへ ホテル休息

ペルー→アルゼンチン

九月二十八日（水） リマ 晴→ブエノスアイレス 晴
機内から 目覚めて気付く 輝ける 見事な夜景 ブエノスアイレス
建物は 洗練された 石造り ヨーロッパ風 雰囲気醸す
行き交うは 欧州系の 顔ばかり 先住民は 少数派なり
有名な コロン劇場 大通り 世界三大 オペラ劇場
中心の 五月広場の カテドラル ミサが始まり 全員起立
ボカ地区の カラフルな家 カミニート タンゴ発祥 世界遺産に

豪壮な レコレータ墓地 エバペロン あのエビータが 静かに眠る
昼飯の ビーフステーキ 分厚さは 今まで食べた 最高の物
賑やかな フロリダ通り 散歩する 両替屋たち 声を張り上げ
突き当り 広場は春の イベントで 地べたでチェスの 試合をしたり
街路樹が 大きく育つ 大通り 南米のパリ 雰囲気が似て
大通り 十一月に ジャカランダ 紫の花 見事なりしと

アルゼンチン→ブラジル

九月二十九日（木）ブエノスアイレス 晴→リオデジャネイロ 晴
一夜だけ ブエノスアイレス 後にして オリンピックの リオデジャネイロ
熱狂の 五輪が終り 静まった 栄華の果ての マラカナンかな
リオの街 落書きの塀 あちこちに 目を楽します 優れものあり
五輪済み リオっ子たちは 来年の カーニバル向け 心は移る
岩山の ポンデアスーカル 峰結ぶ ロープーウェイ 眺めに絶句
高い峰 ポンデアスーカル 風強く 帽子押さえて 周囲見回す

眼下には コパカバーナと ボタフォーゴ ビーチ見えるが イパネマ見えず
逆光の コルコバードの 丘に立つ 十字架霞み 後光に映える
打ち寄せる コパカバーナの 白い波 白砂の上を 踏みつけ歩む
高層の ホテルマンション 立ち並ぶ コパカバーナの 海岸通り
白い砂 長いビーチで 人々が 思い思いに 楽しみにけり
リオっ子の 若い娘の スタイルは ビキニ姿の 弾ける肌が
ビーチには オリンピックの 後始末 今も続いて 囲いが残る
特設の オリンピックの 在庫処理 半額以下で 店頭にあり
海岸の ホテル近くの 裏通り 露店並んで 活気がありし

九月三十日（金） リオデジャネイロ 雨後曇り時々晴→イグアス 晴
曇天の コパカバーナに 人はなし 昨日賑わい まるで嘘かと
朝雨で コルコバードの 丘見えず 雲垂れ込めて 視界は無理か
子猿たち 登山電車の 電線を 小走りに逃げ 山へと消える
アプト式 登山電車で 頂上へ 視界は効かず キリスト霞む

小雨にて キリスト像は おぼろげに 雲の中から 手を広げたり
しばらくし 雲切れ出して 視野開け ポンテアスーカル 正面に出る
雲流れ コパカバーナと イパネマの ビーチも見えて パノラマ見事
眼下には レブロンビーチ 湖と 競馬場まで 視界広がる
雨上がり 雲薄くなり キリストの 像もはっきり 目に映りたり
階段に 世界のタイル 敷きつめた 坂の上まで 急いで登る
外からは コンクリートの 円錐で ステンドグラス 教会と知る
焼肉を 次から次へ 運び来る シュラスコ料理 お腹パンパン
リオの町 でかい実がなる 木が多い 亜熱帯性 植相呈す
日本人 ガイドの話術 陽気さは リオっ子ぶりを 思わせるなり
リオを発ち ブラジル側の イグアスへ 川の対岸 パラグアイの灯

十月一日(土) イグアス 晴
霧かかり 何も見えずに 朝食に 部屋に戻ると 空は晴れたり
眼下には 国境となる パラナ川 まさに対岸 パラグアイなり

パラナ川 岸辺に続く 道沿いの 現地の人は 我に声掛け
満員の 小さな舟が パラナ川 パラグアイから ブラジル側へ
空からは ヘリコプターで イグアスの 滝の眺めは 壮観なりし
一面の ジャングルの中 忽然と 水煙上がる 滝の割れ目が
イグアスの 滝の全景 眼下にし 地球の凄さ 思い知りたり
右左 旋回の度 水煙を 上げるイグアス 眼に焼き付きし
ブラジルの イグアス川の 遊歩道 対岸の滝 アルゼンチンの
圧巻の 二段の滝が 連なりし 目が離せずに 次から次へ
遊歩道 尽きて迫るは 水壁が 沿って橋伸び 悪魔喉笛
目前の 巨大水壁 流れ落ち 音の凄さと 飛沫のひどさ
白濁の 水壁に沿い 橋進む 全身濡れて 滴が垂れる
橋の先 悪魔喉笛 水煙で 隠れて見えず 虹だけ浮かぶ
カップルが 悪魔喉笛 前にして ずぶ濡れになり プロポーズする
カップルの プロポーズキス 見た人が 思わず拍手 ずぶ濡れ忘れ
遊歩道 ハナグマ出ては ここかしこ 人を恐れず 餌を探して

終点の 川の上から 水煙が 上がるところが 悪魔喉笛
昼食後 来た遊歩道 逆戻り 滝の凄さを 再度味わう
滝前に 瀟洒なホテル 薄ピンク 中もシックで 品位を感じ
遊歩道 色とりどりの 蝶や鳥 滝に見とれて 疎かになる
イグアスの ブラジル側の 景観は 滝を前から 見るものなりし
ホテルにて 夕食前に ひと泳ぎ 夕暮れ時は 少し冷やり
パラナ川 とうとう流れ 陽が沈む 空茜色 パラグアイの地

ブラジル→アルゼンチン→ブラジル→ペルー

十月二日（日） イグアス 晴→リマ 曇り
イグアスの アルゼンチンの 滝巡り トロッコ列車 満員発車
列車降り サンマルティンの 滝目指す 遊歩道から 白流落下
滝の上 イグアス川の 幅五キロ 広い流れが 一気に滝に
川の上 一キロほどの 遊歩橋 悪魔喉笛 白流迫る
目の下に 悪魔喉笛 轟きし 水煙上がり 白壁となる

イワツバメ急旋回で急降下滝に突っ込み突き抜け巣へと
番組のグレートネイチャーイワツバメ間近で見えて実感できし
落下する白流たてる轟音と飛沫を放つ悪魔喉笛
滝の上ハゲタカ群れて旋回し狙うは下のイワツバメなり
鮮やかな蝶乱舞する遊歩道水を求めて群がりたりし
イグアスのアルゼンチンの景観は滝を上から見るものなりし
ブラジルとアルゼンチンとパラグアイ国境となる合流の川
パラナ川イグアス川の合流地三カ国との国境なりし
ブラジルの残ったレアル土産屋で全てを使いチョコレート買う
夕食の弁当の中漬物のハクサイキュウリ味懐かしい
ゲート前挨拶交わす外人はホテルのプール知り合った仲
イグアスを発ってリマには深夜着く住宅街の小さなホテル

十月三日（月）リマ曇り
フロントで海までの道問い合わせ通り確認やっと着きたり

高級の マンションが立つ 海沿いは 上級クラス 住む街なりや
海沿いの 恋人パーク 遊歩道 灯台パーク 往復をする
高台の 海岸線の 遊歩道 恋人パーク 人出が多い
接吻の 男女銅像 バックにし カップル写真 恋人パーク
曇天の 太平洋は 波高く 白波求め サーファー集う
浜辺降り 石ころ見ると 荒波で 角が削られ 丸みを帯びる
知らぬ道 通行人に 尋ねつつ 地図を見ながら ホテルに戻る
リマの人 通う市場で 土産物 ドライフルーツ ソル使い切る
三度目の リマ訪問で 旧市街 やっと見学 時代を知りし
旧市街 ウニオン通り コロニアル 建築並び アルマス広場
歴史ある アルマス広場 カテドラル 植民時代 名残を残す
衛兵の 交代式を 偶然に 大統領の 官邸の前
旧市街 サンフランシスコ 教会の クリーム色が 人目を引きし
塔登る サントドミンゴ 修道院 パティオの緑 回廊囲む
塔からは 旧市街見え 遠くには 山腹の家 海まで望め

夕暮れの 恋人パーク 波の音 崖下の道 車のランプ
リマの海 TSUNAMI標識 注意あり 津波は今や 国際語なり
ピラミッド 日干しレンガを 積み重ね ワカブクヤナの 遺跡を訪ね
夕食を 遺跡の中の レストラン 日干しレンガに ライトアップが
アマゾンの 大魚の白身 淡白で 体似合わず 口に合いたり
夕食を 終えて空港 出国を 眠さ堪えて 深夜発待つ

ペルー→アメリカ合衆国→日本

十月四日（火） リマ 曇り→ロサンゼルス 晴
南米の 旅行を終えて 帰路に着く リマを離陸し ロサンゼルスへ
ロス着くが これで四度目 乗継で 市内観光 今だせぬまま
空港の 手荷物検査 麻薬犬 長い列縫い 匂い嗅ぎ分け
ロス離陸 ロングビーチを 見下ろして はるかロッキー 頂き雪が
この旅の 十一回目 フライトで 大阪目指し 最後の機上
幸運に 窓側席が 空席で 二席使えて 気分ゆったり

やはりＪＡＬ 機内の食事 気遣いも 細やかにして 気分が和む
機内にて ニュース録画で 日本人 医学生理の ノーベル賞を
夕食で 旅行の無事を お祝いし ワイン赤白 一人乾杯

十月五日（水）大阪 曇り
南米の 十六日の 旅終る 実に楽しい 日々過ごしたり
リマクスコ マチュピチュ登り チチカカ湖 リオデジャネイロ イグアスの滝
スペイン語 現地ガイドや 住人と 話通じて 自信が持てし
関空へ 日付変更 経度越え 残る旅路は もうわずかなり
旅行中 体の不調 起こさずに 食欲もあり よく歩いたり
この旅で 訪ねた街や 遺跡群 自然絶景 目に浮かびたり
明日からは 日常戻る 本音なら もっと旅路を 続けたいもの
帰国便 台風接近 気を揉むが 日本海逸れ 雨は降らずに
最寄駅 エレベーターが ホームなく 重いトランク 持ち上げ辛い
トランクを ひどい歩道を 押して行く 旅の疲れが 更に増したり

第十回　ポーランド（平成二十八年十一月十六日〜十一月二十三日）

日本↓ドイツ↓ポーランド

十一月十六日（水）大阪 晴↓フランクフルト 曇り↓ワルシャワ 曇り
気になって 目覚まし前に 目が覚める 気が張りつめる 旅立ちの朝
機内にて 朝刊読むが 寝不足で うつらうつらを 繰り返したり
飛行機の 十時間超え 長旅も 慣れるにつれて 気にはならずに
ワルシャワに 到着すると 雨上がり 思いの外に 寒く感じず
部屋寒く ツウィンの毛布 二枚着て 時差に抗せず 夜早く寝る

十一月十七日（木）ワルシャワ 曇り↓トルン 曇り↓ボズナン 曇り
昨晩は 二枚重ねで ぐっすりと 寝られて今朝の 目覚めさわやか
どんよりと 今にも雨が ワルシャワの 朝は寒くて ズボン下はく
ポーランド 大平原を ひた走る 発電風車 ゆっくり回る
トルン着く コペルニクスの 生地なり 旧市庁舎前 銅像が立つ

中世の コペルニクスの 生家あり レンガ造りで 三角屋根の
中世の ドイツ騎士団 建設の トルン旧市街 ヴィスワ川沿い
川に沿い 城壁残る 騎士団の 廃墟の城址 侘びしさたたえ
中世の 姿そのまま 旧市街 広場の周り レンガ造りが
重厚な レンガ造りの 大聖堂 雨に濡れたる 石畳道
「ピエルニク」 トルン名物 ジンジャーの クッキー買って お土産とする
旧市街 散策するが 寒過ぎる コートを着ても 芯から冷える
門を出て ヴィスワ川岸 西の空 雲を通して 茜色なす
トルン発ち 一路南西 ポーランド 最初の首都の ボズナン向う

十一月十八日（金） ボズナン 曇り→シフィドニツァ 曇り→クラクフ 曇り後晴
トントンと 始発のトラム 通り過ぎ ベッドの中で 目覚め聞きたり
窓の下 Tの字状に 線路見え 新旧トラム 左右に曲がる
朝食は 満員のため 席がなく ホテルのロビー さびしく食べる
今日もまた どんより曇り 陽が恋し ポーランド旅 青空見えず

ボズナンの 旧市庁舎の 白壁に 緑の塔の 丸屋根が合う
旧市場 広場を囲む 建物の 色鮮やかな ファサード巡る
ボズナンの レンガ造りの 大聖堂 初代君主の 墓地下にあり
秘められた 黒光りする 木造の シフィドニツァの 平和教会
荘厳な 黒を基調の 教会の 中の彫刻 白さ浮き出て
昨晩の 喉の渇きの 寝不足で バスの中では すぐに寝入りし
高速を 一路南東 クラクフへ 六時間行く 陽が射し出して
バス移動 今日は九時間 クラクフへ 着くとさすがに 疲れ感じる

十一月十九日（土） クラクフ 雨→ヴィエリチカ 曇り→クラクフ 晴
今日は雨 予報は外れ 晴れ間なし クラクフの街 どんより重い
クラクフの 旧市街守る バルバカン 城壁の跡 砦と残る
旧市街 フロリアンスカ 門通り 目の前開け 広場に塔が
広場には 織物会館 中央に 旧市庁舎の 塔と教会
旧市街 南の端に ヴァヴェル城 旧王宮と 大聖堂が

ヴァヴェル城 眼下流れる ヴィスワ川 への字に曲がり 新市街見え
ヴァヴェル城 大聖堂の 鐘の音 旧王宮の 広場に響く
白馬引く 馬車を御するは 女性たち 揃いの服で 中央広場
壮麗な クリーム色の 会館の 広場中央 アーチ目を引く
聖マリア 教会の鐘 十二時に トランペットも 広場に響く
会館の 一階内部 両側の 土産物屋で 置物探す
傘差して 雨に濡れたる 石畳 旧市街地を とぼとぼ歩く
クラクフは 法王ヨハネ 二世像 写真が多い ゆかりある町
旧市街 コペルニクスも 学びしや ヤギエウォ大学 回廊アーチ
ヴィエリチカ 岩塩坑の エレベーター 操業当時 古いままなり
坑内に 塩で造った イエス像 礼拝堂に シャンデリアまで
ユダヤ帽 被る若者 ホテルにて エレベーターで 立ち話する
イスラエル 徴兵制で 男女とも 兵役義務の アウシュビッツへ

十一月二十日（日）クラクフ 晴後曇り↓アウシュビッツ 晴↓ビルケナウ 晴↓
クラクフ 曇り↓ワルシャワ 晴

強風と 窓打つ雨で 目が覚めて 今日も雨かと 気持が沈む
イスラエル 若者たちが 朝帰り 部屋の戸叩く 友起こすため
夜が明けて 窓を開けると 青空が 杞憂となって 気持明るく
負の遺産 アウシュビッツの 見学を ナチスの酷さ 遺品が語る
人間の 髪の毛までも 利用する 非情な世界 狂いし頭
ユダヤ人 ホロコーストは ヒットラー 「我が闘争」 の 行き着く果てか
人間を 物と扱う 異常さを 遺品と写真 正に語りし
広大な 収容所跡 おぞましい 光景想い 眼がしら熱く
ユダヤ人 虐殺された 個々人の 写真が語る 事実があると
子供らと 女性に対し 実験が 狂気が狂気 増幅し合う
ガス室の 裸の死体 映像で 見た光景が 頭をよぎる
ビルケナウ ナチ占領地 ユダヤ人 貨車で送った 収容地なり
鉄道の 引き込み線に 貨車残る ぎゅうぎゅう詰めに ユダヤ人乗せ

収容所 集団トイレ 穴並ぶ 人の尊厳 踏みにじる跡

戦争が 異常を生むと 負の遺産 洋の東西 変わらぬ証し

イスラエル ユダヤの歴史 正視さす 若者送り 教育とする

ワルシャワへ 移動五時間 負の遺産 気持高ぶり 眠りに就けず

十一月二十一日（月）ワルシャワ 晴

朝散歩 帰りの道を 間違えて 慌てて戻り ぎりぎりセーフ

ワジェンキの 公園走る リスたちを カラス追いかけ クルミ横取り

公園の 水上宮殿 陽に映えて 池戯れる オシドリにカモ

ワルシャワは ショパンの町で 公園の 銅像の前 夏季コンサート

パリで死し ショパン遺言 心臓が 聖十字架の 教会にあり

旧市街 守る砦の バルバカン 城壁からは ヴィスワ川見え

ナチスへの 抵抗示す ユダヤ人 ポーランド人 犠牲の碑あり

ノーベルの 物理化学の 賞もらう キューリー夫人 ワルシャワ生まれ

旧市街 ナチス破壊を 市民らが 戦後復元 愛する街を

復元の 旧市街広場 立つ人魚 剣を振り上げ 盾持ち守る
旧市街 抜け目の前に 広大な レンガ造りの 旧王宮が
昼食後 文化科学の 宮殿と 中央駅へ 街を散策
スターリン 援助で建てた 宮殿の 重厚さには 共産主義が
吹き抜けの 中央駅は 店多く 人で賑わい ホームは地下に
スーパーで 残るズオチで 土産買う コンビニはしご お札は使う

ポーランド→ドイツ→日本

十一月二十二日（火） ワルシャワ 晴→フランクフルト 晴
ポーランド 今日でお別れ 二年越し アウシュビッツの 訪問果たす
天候は あまり良くなく 冬枯れの 街中さらに 寒さが増して
ポーランド 食事の味は 口に合い すべて完食 体調も良い
ポーランド 物価が安く 酒代も ワイン昼から 欠かさず飲みし
朝起きて 柔軟運動 身をほぐし 機内拘束 長旅備え
ワルシャワを 去る朝日の出 地平線 木々を通して 我ら見送る

十一月二十三日（水）大阪 曇り
帰り便 行きの便より 気分的 時間経つのが 早い気がして
大阪も 寒波来たりて 冬らしく ポーランド並 体感じる
大阪は 一週間で 木々の色 濃くて鮮やか 変色したり
帰宅して 新聞見たら また津波 五年経っても まだ余震とは

第十一回　地中海四カ国（スペイン・フランス・モナコ・イタリア）

（平成二十八年十二月十五日〜十二月二十二日）

日本→イタリア→スペイン

十二月十五日（木）大阪 晴→羽田 晴→成田 晴→ローマ 晴→バルセロナ 曇り

夜明け前 白い息吐き 家を出る 西の空には 満月浮かぶ

機内より 雪を被った 富士山が 眼下に眺め 幸先が良い

定年後 七年ぶりに 羽田来る 国際線の ターミナル初

パリ行きが 機材故障で 成田発 ローマ経由に 変更となる

羽田から 急遽成田に バスで行く ぎりぎり着いて 搭乗できし

出発の ハプニング越え 成田発 本日中に バルセロナ着く

スペイン→フランス

十二月十六日（金）バルセロナ 曇り→カルカソンヌ 雨

バルセロナ 三十年ぶり 再訪へ 観光するは 初めてなりし

ガウディの 作品群の 見学を その外観で 見分けが出来し
ガウディの サグラダファミリア 遠くから その尖塔で 直ぐに分かりし
彫刻と 色鮮やかな タイル張り この外観が ガウディなりし
尖塔が 池の水面に 映る前 写真撮り合う 人出が絶えず
外観に 比べ内部は 質素なり 白が基調の 直線美なり
光り射し ステンドグラス 輝いて 内部の白に 多彩な色が
ガウディの 夢の続きを 今もなお 教会の中 工事の音が
カタルーニャ 音楽堂に カサパトリヨ サンパウ病院 見覚えがあり
パエリアの 大鍋囲み 写真撮る ワインが進み 残さず食べる
冬枯れの ブドウ畑を ひた走る 高速の空 黒い雲湧く
フランスへ 気付かぬうちに スペインを 過ぎるバス打つ 時雨の音が
ミディ運河 カワウソ親子 戯れし カルカソンヌの 新市街前
丘の上 カルカソンヌの 旧市街 城塞都市の シテの夜景が
橋の上 見上げる丘に 照らされた コンタル城の 城壁浮かぶ
クリスマス イルミネーション 公園は 子供の声が 楽しく弾む

十二月十七日（土）カルカソンヌ晴→ポンデュガール晴→アビニョン晴

塔のある二重城壁囲みたるコンタル城の中のシテへと
中世の雰囲気残るシテの中石の家々石畳路地
早朝のカルカソンヌの旧市街店は閉まって路地は静まり
丘の上囲む城壁眼下には新市街地が一望できし
朽ちそうな大聖堂の闇の中朝日が照らすステンドグラス
美しい三層アーチ絵になりし水道橋のポンデュガールは
西日受けガルドン川に影映すローマ時代の水道橋が
親子連れ水道橋の川原にてワイン飲む人我見てサリュー
バス迷うぶどう畑のワイナリー日の暮れかけにやっと着きたり
ワイナリー試飲の他に名前入りボトル一本プレゼントされ
小石敷くぶどう畑は水はけと保温よくなりワイン味増す
アビニョンのメイン通りはクリスマスイルミネーション人出に溢れ
市庁舎とオペラ劇場ライト浴びメイン通りをレビュブリック門
アビニョンの城壁の外ローヌ川ライトアップのサンペネゼ橋

郊外の 滞在型の ホテルにて 部屋は広くて キッチン付きで
プレゼント ボトルを開けて 一人飲む ホテルの部屋で 短歌詠みつつ

十二月十八日（日）アビニョン 晴→アルル 晴→ニース 晴
五時半に モーニングコール 間違いの 電話が鳴って 朝風呂にする
アビニョンに 朝霧が立ち 霜も降り 太陽霞み 寒さで震え
プラタナス 木々の枝ぶり 両手上げ 体くねらす 女人の如し
民謡の「アビニョンの橋」サンペネゼ 途切れたままで ローヌ川立つ
アビニョンの 法王庁の 宮殿の 広場聞こえる 教会の鐘
ロシュデドン 公園からの ローヌ川 ゆったり流れ アビニョンの橋
日曜日 市民の腹の 台所 中央市場 賑わいたりし
有名な ゴッホ描いた 跳ね橋は 今は復元 寂しく立ちし
心病み 自死を選んだ 画家ゴッホ アルルの街を 絵に残したり
入院の 病院の庭 建物の 色は復元 ゴッホの絵から
闘技場 古代劇場 古の ローマの遺跡 今も残りし

教会の サントロフィーム 正面の レリーフ見事 レビュブリック広場
馬車に乗り サンタが広場 現れる アルルの子らが 周り囲んで
ゴッホの絵 「夜のカフェテラス」 描かれた フォーロム広場 黄色のカフェが
日曜日 夜のニースは クリスマス アトラクションに 人が繰り出す
人混みの マセナ広場は クリスマス ニースの夜の イルミネーション

フランス→モナコ→フランス

十二月十九日（月） ニース 晴→グラース 晴→ニース 曇り→エズ 雨→モナコ 雨→ニース 雨
朝晴れた ニースの浜に 人いなく シーズンオフの ホテル右手に
リゾートの プロムナードデ サングレの 冬季の浜辺 閑散として
グラースの フラゴナールの香水屋 女買物 男退屈
香水の 匂い試しを 繰り返す 鼻が慣れ出し 違い分からず
ニースへと 戻り昼食 旧市街 サレヤ広場に 露店が並ぶ
旧市街 骨董市の 露店抜け 雨が降りそな 天使の浜へ
浜へ下り ニースの記念 すべすべの 丸くて白い 小石を拾う

崖の道 海が眼下に 家の屋根 晴れた日でこそ コートダジュール
雨の中 エズの岩山 路地上る 頂上閉まり 眺め見られず
石畳 細い路地下り 教会の 墓地から見えた 断崖と海
雨ひどく モナコに着くと 風も吹き 夜景どころか 寒さたまらず
グレース妃 眠る聖堂 宮殿も クリスマス用 ライトアップが
宮殿の 高台からは 新市街 雨に煙ぶるが 見事な夜景
時間まで 雨宿り兼ね 旧市街 開いてる店で 冷やかし続け
傘もなく モナコの街を 濡れネズミ 突風吹いて 帽子飛ばされ
濡れネズミ 雨風強く 観光後 冷えた体に バスでワインを
靴の中 滲み込んだ水 乾かすに ヘヤドライヤー ホテルの使う

十二月二十日（火） ニース 雨↓ジェノバ 雨↓ミラノ 曇り
今日も雨 ニースを発つが 降り止まず コートダジュール 眺めは悪い
絶壁の 高速道路 眼下には レンガ色屋根 張り付くように
アルプスの 雪を頂く 端の山 高速からは 遠く望めし

降りしきる ジェノバの港 コロンブス 誕生の町 復元船が
雨の中 ガルバルディの 通り行く 世界遺産の ロッリ邸宅
ジェノバから ミラノに抜ける 峠道 雪が積もって 気温も下がる
ミラノでは 「最後の晩餐」 教会へ 急いで行くが 切符売り切れ
地図片手 道に迷いつ 教会へ 尋ねた人は 親切なりし
道迷い 時間が無くて ピッツェリア マルガリータで 夕食済ます
アカペラの ハモる歌声 男性の メイン通りに 人引き寄せる
歌声が ドゥオーモ広場 響きたり 引かれて行くと 指揮する人が
指揮者立ち ドゥオーモ広場 前のビル バルコニーには 演奏者らが
クリスマス ドゥオーモ広場 夜店出て プレゼント買う 人が溢れる
一杯の ワイン飲みつつ 短歌詠む 今夜飲み干し 明日は日本へ

イタリア→フランス→日本

十二月二十一日（水） ミラノ 雨後曇り→パリ 晴

小雨降る ミラノの町を 今朝発ちし 明日は大阪 日常戻る

今回も 体調良くて 全食事 残さず全て 完食したり
ビールより ワインが安く 昼間より 楽しく飲んで 旅も終りへ
ミラノ発ち アルプスの峰 雪覆う 雲の間に 湖見える
便を待つ 人形のような 女の子 姉妹三名 親に挟まれ
機内にて 年賀状用 短歌詠む 今年の旅を 言葉に乗せて
賀状用 詠んだ短歌を 旅友の 女性のチェック 受けて選びし

十二月二十二日（木） 羽田 曇り→大阪 雨
羽田着く 雲低く垂れ 暖かく スカイツリーは ぼんやり霞む
伊丹着く 雨の出迎え 最後まで 天気にたたり 旅は終りし

第十二回　アメリカ合衆国（平成二十九年一月十九日〜一月二十四日）

日本→アメリカ合衆国

一月十九日（木）大阪 曇り→羽田 晴→ミネアポリス 曇り→ラスベガス 曇り

旅慣れて 荷物の準備 ルティーン化 緊張もせず 朝迎えたり

結露見て 寒さ緩んだ 旅の朝 駅までの道 急げば温い

チェックイン 待つ四時間に 羽田でも 中国人は やはり多けり

初めての 国際線の 羽田では 人は少なく 手続き早い

最後尾の 空席移動 横になり トイレも近く 快適なりし

アメリカの デルタ航空 量多い 赤白ワイン たっぷり飲みし

一面の 雲の彼方に 陽が沈む 翼の下に 垣間見えたり

このツアー 現地集合 乗継の ミネアポリスは 案内を見て

五時間の ミネアポリスの 乗継で 空港内を 歩き回りし

忽然と オレンジ色の 不夜城が 眼下に見えし ラスベガスなり

空港に スロットマシン 並びけり ここラスベガス カジノの街ぞ

ラスベガス 煌びやかなる ホテル群 トランプホテル ここにもありし

一月二十日（金） ラスベガス 曇り→パウエルダム 曇り→ペイジ 曇り→
アンテロープキャニオン 曇り→ホースシューベンド 曇り→
ペイジ 曇り時々雨

ネバタ出て 一面雪の ユタ州へ アリゾナ入る 赤い大地に
ユタ州の 雪覆われる 大地より 聳える山に 赤い地肌が
ダムかかる コロラド川が 浸食の 赤い絶壁 縞模様なり
アリゾナの 赤い大地を ジープにて 寒さに堪えて アンテロープへ
赤い道 ジープの先の 小山には 裂け目が一つ 縦に見えたり
この裂け目 水でえぐられ 狭い谷 アンテロープ キャニオンという
浸食の 赤い砂岩の 岩肌は 螺旋を描き クネクネ曲がる
滑らかな 赤い岩肌 波打って 光りと影の 芸術なりし
見え隠れ 天から光 射し込んで 歪んだ岩が 像思わせる
一条の 地底に届く 光線に 岩肌映えて 映像美なす

曲線の 赤い岩肌 射す光 色と反射の 神秘な世界
岩台地 眼下突然 驚愕の 大地の裂け目 浸食崖が
絶壁の ホースシューベンド 見下ろすと その名が示す 馬蹄状なり
浸食が コロラド川を 馬蹄状 百八十度 曲がりえぐりし
絶壁の 端から覗く 谷底の 深さと青さ 怖さ忘れて
この地形 水の浸食 造ったと 地球の凄さ 時の長さを

一月二十一日（土） ペイジ 曇り後晴→モニュメントバレー 晴→グランドキャニオン 晴
朝起きて まだ暗い空 月が照る 今日の天気に 期待をもたす
ペイジ出て モニュメントバレー 目指す道 雲垂れ込めて 吹雪始める
雲覆う 大地の果てに 雲が切れ 地平線から 陽が顔を出す
インディアン ナバホの民が 生活の 居留地にある モニュメントバレー
近くなり モニュメントバレー 風止んで 陽も照り出して 晴れ渡りたり
平坦な 大地に残る 岩の塔 雪頂きと 裾に残りし
ジープにて モニュメントバレー 移動する 岩塊と塔 角度変わって

西部劇 ＣＭで見る 光景が まさに目の前 同じ大地に
水と風 気の遠くなる 時掛けた この奇景見て ただただ不思議
午後になり グランドキャニオン 閉鎖解く 空は晴れたが 強風が吹く
運が良く グランドキャニオン 空晴れる 峡谷の底 青い流れが
手袋し 耳当てもして フード立て 防寒するが 身は凍るほど
氷点下 寒さ飛び越し 手が痛い シャッター押す手 自由が効かず
突風が 展望台を 吹き荒ぶ 体が揺れて カメラもぶれる
強風と 寒さのために 小屋入る 窓の眺めは 額縁の絵に
赤い壁 コロラド川が えぐりたる グランドキャニオン あまりにでかい
覆う雪 赤い絶壁 縞模様 コントラストが 自然の妙を
浸食で 千メートルを 超える谷 長さと広さ 宇宙から見え
地平線 雲の切れ目に 陽が沈む グランドキャニオン 赤く染まりし
幸運に モニュメントバレー 晴れ渡り グランドキャニオン 夕日に染まる
運が良い 一日称え ワイン飲む 明日も良い日で 旅を終えんと
澄み渡る 夜空見上げて オリオン座 煌めくの見る 吐く息白い

一月二十二日（日）　グランドキャニオン　雪↓セドナ　霙↓セリグマン　曇り↓
ラスベガス　雨

朝焼けの　ピンクの空を　雲覆い　グランドキャニオン　雪が降り出す
正面に　レッドロックが　迎えたり　パワーポイント　セドナの町が
セドナ着く　赤い岩山　囲まれた　静かな町に　アートの香り
垢ぬけた　お土産品が　並ぶ店　セレブの町は　気品がありし
赤い土地　目立たぬように　家の色　落ち着きはらう　町の知恵なり
セリグマン　寂れた道は　その昔　ルート六十六　開拓の道
セリグマン　長い貨物の　列車来る　大陸横断　往時を偲ぶ
アリゾナの　雪が覆った　高速に　スリップ事故で　トラック倒れ
橋の下　コロラド川を　堰止めた　フーバーダムが　小さく見える
ラスベガス　パリスホテルで　夕食を　ピッツァ二枚で　腹いっぱいに
ベラッジオ　池の噴水　ショータイム　曲にシンクロ　見事な動き
ミラージュの　火山噴火の　ショーを見る　白煙と水　赤い炎が
ラスベガス　大通り行く　雨の中　傘を差さずに　ホテルにホテル

大通り ネオン煌めく 不夜城の ホテル覗いて 北から南
大通り 覗くホテルは 人だらけ カジノに興じ 時間忘れて
水溜まり 足を取られて 滑りかけ 裾は濡れるし 靴にも滲みる

アメリカ合衆国→日本

一月二十三日（月）ラスベガス 雨→ミネアポリス 曇り
ラスベガス 深夜に発って すぐ眠る ミネアポリスに 早朝に着く
乗継の ミネアポリスで コイン処理 最安の水 それでも残る
朝食は デルタ航空 カウンター もらったお菓子 食べて済ませし
後方の 空席座る 乗務員 ここはだめだと 何度も注意
空席の 三人掛けに 移動して 一人ゆったり ワイン味わう
膝曲げて 三人掛けに 横になる 少しは眠れ 腰も楽なり

一月二十四日（火）羽田 晴→大阪 晴
機内から 雪覆われる 富士山が 見えて着陸 日本に着きし

乗継の 時間が余り 屋上の 展望デッキ スカイツリーを
大阪も 寒さ厳しく アリゾナの 風の冷たさ 想い感じて

第十三回　イタリア トスカーナ地方（平成二十九年二月二十二日〜三月一日）

日本→アラブ首長国連邦

二月二十二日（水）大阪 晴

直前に リュック綻び 繕って 荷物を詰めて 時間まで待つ

運動し 銭湯に行き 髭を剃り 夕食食って 歯を磨き発つ

出発の 三時間前 着いたけど ずらりと並び 通路が取れず

エミレーツ ドバイ便には 日本人 ツアー客にて 満席なりし

運がよく 通路の席に 交代が 友と並ぶと 女性が求め

エミレーツ 初めて乗った エアライン エキゾチックな クルーの衣装

アラブ首長国連邦→イタリア→サンマリノ

二月二十三日（木）ドバイ 晴→ボローニャ 晴→ラベンナ 曇り→サンマリノ 曇り

中東の ドバイ空港 全世界 乗継便の ハブ化となりし

日本人 迷子になった ツアー客 ゲイト前まで 案内したり

彫り深い クルーの女性 顔ながめ 時間が経って ボローニャに着く
ラベンナの 見かけ質素な 教会と 霊廟の中 モザイク見事
霊廟の ガッラプラチディア 天井に 残るモザイク 星形模様
キューポラに キリスト像の モザイクが サンヴィターレ 教会の中
フィレンツェを 追われて死んだ ラベンナの ダンテの墓を 訪ね歩きし
ラベンナの ガイドの女性 イタリア語 実践のため 話しかけたり
バス停めた 青空市で 試食して 地元のワイン 試しに買いし
八百屋にて でっかいキノコ ポルチーニ 店主と話し 面白かりし
夕暮れに 霧吹き出した ラベンナの ぶどう畑を サンマリノ向け
山上の ライトアップの 塔三つ 見ながらバスは 山のホテルに
落ち着いた 雰囲気ホテル レストラン ウェイトレスの 可愛さ目にし
夕食後 買ったワインを 味見する 口当たり良い 甘口なりし

サンマリノ→イタリア

二月二十四日（金） サンマリノ 曇り→ウルビーノ 雨→アッシジ 雨

夜明け前暗いうちから サンマリノ三塔巡り 歩き回りし
城壁の 階段登り 辿り着く ライトアップの 第一の塔
曇り空 日の出は見えず サンマリノ 眼下の街に 明かり灯って
白み出し 眼下の街の 彼方には アドリア海の 海岸線が
ジグザグに 入り組んだ道 夜が明けて 迷いながらも ホテルに戻る
衛兵と プブリコ宮で 写真撮り 入国記念 サンマリノ印
サンマリノ 教会からは 崖の下 ケーブルカーと 街並見えし
要塞の 三塔再度 巡りたり 遠くアペニン 山裾続く
ウルビーノ 雨に濡れたる 旧市街 ラファエロ生家 今も残りし
ドゥカーレ 宮殿内の 中庭の 回廊アーチ 見事に調和
美術館 ガイド解説 丁寧に 小顔の笑顔 チャーミングなり
アッシジの 旧市街在る 古ぼけた ホテル雰囲気 街に合いたり
部屋の中 外観に似ず 明るくて 小じんまりして 居心地が良い
雨に濡れ 石畳道 レストラン 話弾んで お酒も進む

二月二十五日（土）アッシジ 雨後曇り↓カスティリオーネデルラーゴ 晴↓
ピエンツァ 晴↓シエナ 晴

雨の中 大城塞へ 辿り着く 強風なるも アッシジ眼下
暗いうち コムーネ広場 バール開き コーヒーを飲む 人既に居り
聖キアラ 教会の中 安置した 棺のミイラ 仮面を被る
雨上がり コムーネ広場 囲みたる ポポロの塔と プリオーリ宮
回廊が 聖フランチェスコ 聖堂の 前の広場の 左右に伸びる
聖堂の ジョット描いた フレスコ画 色は褪せても 価値は下がらず
アッシジの 駅から望む 旧市街 聖堂の壁 一際目立つ
朝登る 大城塞が アッシジの 丘の頂 大きく見えし
オリーブの 畑が続く 丘陵に トラズィメーノ湖 湖畔に街が
半島の 湖岸の先の 城址まで カスティリオーネ 旧市街行く
城址には 市庁舎繋ぐ 半地下の 石の回廊 中通り出る
城壁の 塔から望む 三方は 湖囲み オリーブ畑
ピエンツァの 旧市街から 夕暮れの オルチャの谷は 緑広がる

中世の 雰囲気醸す 通りには 大聖堂に 宮殿があり

城壁に 沿う通りから 丘陵の 緑鮮やか オルチャの谷が

緩やかな 起伏に富んだ オルチャ谷 夕日を浴びて 陰影の妙

陽が沈む オルチャの谷の 糸杉が シルエットなし バスから見えし

シエナ着き 旧市街へと 丘の上 ドゥオーモの屋根 高い鐘楼

旧市街 暗い坂道 上り切る 目の前広場 マンジャの塔が

陽が落ちた カンポ広場の 正面の プッブリコ宮 ライトアップに

二月二十六日（日） シエナ 晴→サンジミニャーノ 晴

イタリアの 守護聖人の カテリーナ 祀る教会 サンドメニコは

期待した マンジャの塔は 点検で カンポ広場を 見下ろせなくて

マラソンの ゴール地点の イベントで カンポ広場は 賑やかなりし

行列の カンポ広場の 露店にて ドーナツ味の お菓子を買って

ドゥオーモと マンジャの塔が 見渡せる セルヴィ教会 我一人なり

ぶらぶらと 街を巡って 教会の サンフランチェスコ フレスコ画見る

昼食は 教会帰り バールにて タッリアテーレ 赤ワイン飲む
ジェラートを カンポ広場で 腰下ろし マンジャの塔を 見上げて舐める
寝ころんで カンポ広場の 傾きを 実感しつつ 写真に写す
ドゥオーモの キューポラの横 鐘楼が 白黒の縞 模様が目立つ
時間来て ドゥオーモ見学 並んだが ドイツ学生 かまびしかりし
ファサードが 見事ドゥオーモ 内部には 床の装飾 説教壇が
カーニバル サンジミニャーノ 広場では 四台の山車 トラクター引く
仮装した 子供らはしやぎ 紙吹雪 投げては拾い また投げかける
カーニバル 近郊の人 旧市街 集まり騒ぐ 楽しい祭り
城壁の サンジミニャーノ 一周を 夕闇迫る 眺め素晴らし
塔の街 サンジミニャーノ 一周で 角度違えて 眺め楽しむ
カーニバル 喧騒よそに 夕食を 隠れ家風の レストランにて
カーニバル 終った跡は 紙吹雪 雪の如くに 降り積もりたり
カーニバル 喧騒の後 静寂が メイン通りの 店閉まりたり
ホテルから サンジミニャーノ 糸杉を シルエットにし 星空仰ぐ

二月二十七日（月）サンジミニャーノ 晴→フィレンツェ 晴→フィエーゾレ 晴→
　　　フィレンツェ 晴→サンジミニャーノ 晴

トスカーナ 起伏に富んだ 彼方から 朝焼けの後 陽が顔を出す
塔の街 サンジミニャーノ 日の出前 白む夜空に シルエットなす
台湾の 女性と共に 日の出見る 話しかけると 新婚旅行
天気良くミケランジェロの 広場より 思い出したり フィレンツェの街
高台の 大理ファサード アルモンテ 教会の前 フィレンツェ眺め
丘下り ピッティ広場へ 道迷い 元に戻って ベッキオ橋に
二度目だが ドゥオーモの色 忘れたり 白を基調に 再度感動
ドゥオーモの 横の通りを サンマルコ 広場キオスク バス切符買う
郊外の 山の上ある フィエーゾレ ローマ遺跡と フィレンツェ展望
パニーノを 買ってバスにて フィエーゾレ フィレンツェの町 全景望む
フィエーゾレ 行きのバス中 検札で 四名違反 罰金調書
教会の 前のベンチで フィレンツェを 眼下にワイン パニーノで昼
バスを降り リッカルディ宮 礼拝堂 ロレンツォ教会 中央市場

アリエンテ 通り露店が びっしりと 革製品を 売り市場まで
夕方の 中央市場 店仕舞い フードコートは これから人出
トスカーナ 名物料理 店並び 料理学校 フードコートに
フィレンツェの 駅を通って 聖マリア ノヴェッラ教会 アルノ川へと
アルノ川 橋を巡って ベッキオへ 絶えることなく 人出が続く
シニョーリア 広場のダビテ 集合地 自由時間を 楽しみたりし
トスカーナ 田園の中 シャンパンで 我ら迎える ビラ風ホテル
この旅行 最後の食事 盛り上がり 話し尽きねど 時間が来たり
旅初日 ラベンナ買った 赤ワイン 最後の夜で 飲み干したりし

イタリア→アラブ首長国連邦

二月二十八日（火） サンジミニャーノ 晴後曇り→ボローニャ 曇り→ドバイ 晴
オリーブと ブドウ畑の 農道を ホテルの周り 一人散歩を
行き違う トラクター乗る 農夫たち 我に手を振り 畑の中へ
知らぬうち 農家の家に 迷い込む 犬に吠えられ すごすごと出る

オリーブとブドウ畑が 点在の ホテルの周り 心安らぐ
遠くには サンジミニャーノ 塔見えて 田園の中 トスカーナの美
トスカーナ 起伏に富んだ 農場と 塔のある町 レンガ色屋根
素晴らしい 周りの景色 フロントで イタリア語にて 話が出来し

アラブ首長国連邦→日本

三月一日（水） ドバイ 晴→大阪 曇り

窓側を 添乗員が 気を利かし 通路の席に 代わってくれし
通路側 良かったけれど トイレ横 人の出入りと 音がうるさく
今回も 体調がよく 完食し ワインも美味く よく歩きたり
このコース 思いの外に 気に入りし イタリアの良さ 田舎にありし
イタリア語 地元の人と 通じ合い 旅の楽しさ これ以上なし
トスカーナ 小さな町と 田園の 歴史豊かな イタリアなりし
食文化 ワインオリーブ 生ハムに パスタ堪能 今回の旅
ここかしこ 古い教会 点在の 生活根ざす 宗教の色

第十四回　ルーマニア・ブルガリア（平成二十九年四月十日～四月二十日）

日本→カタール

四月十日（月）大阪 曇り→成田 晴

カート引き キャンパスの横 満開の 桜の下を 駅向かいたり

LCC 初めて乗りし 関空で 成田便には 今後も利用

LCC 成田空港 ターミナル 乗継ぎ遠く 少し不便を

赤ワイン 二杯飲んだら 酔い回り 気分が悪く トイレ駆け込む

機内では 酔い易くなる その通り 今後の旅の 教訓とする

中東の 女性の容姿 眺めると 欧亜の良さを 兼ね備えたり

カタール→ルーマニア

四月十一日（火）ドーハ 晴→ブカレスト 晴→ブラン 曇り→ブラショフ 晴→
ポヤナブラショフ 晴

空港の 海のかなたに 陽が昇る ドーハの空は 少し霞んで

紛争地 イラクシリアを 迂回して 乗継便は ブカレストへと
ブカレスト 春が訪れ プラムの木 簡素な庭に 白い花付け
ブカレスト 郊外の地は 耕作に 丘陵続き 山影見えず
ブラン城 外観地味で 不気味さを 漂わせるは ドラキュラ故か
ドラキュラの 伝説舞台 ブラン城 館の中は 迷路の如し
ブラン城 入口の前 露店立ち ドラキュラ土産 賑やかなりし
ブラショフは ドイツ移民が 中世に 建設始め 発展の町
中心の スファトゥルイ広場 人多く 旧市庁舎と 黒の教会
重厚な 黒の教会 石造り ドイツ人街 今に語りし
カルパチア 雪残る山 リゾート地 ポヤナブラショフ 今は静まり

四月十二日（水） ポヤナブラショフ 霧後晴→サスキズ 晴→シギショアラ 晴→
ピエルタン 晴→ブラショフ 晴→ポヤナブラショフ 晴
霧の中 早朝の森 散歩する リス木に登り 小鳥の声が
霧晴れて 峠の下に ブラショフの 街一望し しばし佇む

サスキズの 要塞教会 屋根裏に 登る階段 足元暗く
時計塔 針は動かず 朽ちそうな 外観古さ 往時偲ばす
サスキズの 村の寂れた 通り行く 子供老人 我珍しく
シギショアラ 石畳坂 見上げると 大きな塔に からくり時計
屋根付きの 階段登る 丘の上 山上教会 旧市街見え
旧市街 ドラキュラ生家 レストラン ウェイターらは 日本語覚え
丘の下 開けた広場 旧市街 山上教会 時計塔見え
ピエルタン 要塞教会 ドイツ人 建てた名残が 随所に残る
尖塔の 教会内部 質素なり キリスト絵画 祭壇に立つ
ブラショフの メイン通りは 広場まで オープンテラス 食事の人で
レイ余り めぼしい土産 見つからず 現地のチョコを スーパーで買う
丘斜面 白と黒との 塔二つ 城壁に沿い 旧市街へと
ブラショフの 夕闇迫る 旧市街 スケイ門まで 足伸ばしたり

四月十三日（木）ポヤナブラショフ 晴↓シナイア 晴↓ブカレスト 晴

快晴の 冷風頬に 気持良く ホテル周辺 散策に出る

池のそば 木の幹とまる キツツキが 虫を探して 嘴を打つ

朝日受け 白く輝く ホテル壁 池に映って 美観が増して

山の上 避暑とスキーの リゾート地 オフシーズンで 人なく静か

シナイアの 僧院にある 大教会 古い教会 フレスコ画あり

フレスコ画 古い教会 入口に 今も鮮やか 色彩残る

フレスコ画 イコノスタシス きらびやか 大教会の 壁一面に

ペレシュ城 下部石造り 上部には 木組み建築 宮殿なりし

ペレシュ城 木組みの黒と 石の白 コントラストが 異様を放つ

外観に 比べ内装 贅沢な 凝りに凝りたる 造りとなりし

前庭で ルーマニア美女 モデルたち プロの指図で カメラにポーズ

正面が 黒い木組みで 窓と壁 柱が目立つ ペリショール城

ブカレスト プチパリと言い シャンゼリゼ 超す大通り 凱旋門も

チャウシェスク 演説中に 逃げ出した 革命広場 ビルは残りし

広場には 二つのドーム 教会の クレツレスクに フレスコ画あり
国民の 館と言うも 裏腹に 独裁の夢 ばかでかさには
大主教 教会のある 丘の上 三つのドーム 特徴なりし
正教の 教会ミサが 聞こえ来る 復活祭に 信者が集う
旧市街 隊商宿の レストラン 囲む回廊 風情がありし
夕食の レストランにて きっちりと ワインとビール レイ使い切る

ルーマニア→ブルガリア

四月十四日（金） ブカレスト 晴→イワノヴォ 晴→ヴェリコタルノヴォ 晴
ルーマニア 一路国境 南へと 菜の花畑 一面黄色
国境の ドナウ渡って ブルガリア 入国審査 すんなり通過
ドナウ川 水量多く とうとうと 青い流れは 黒海注ぐ
イワノヴォの 岩窟教会 オスマンの 圧政抗し 信仰守る
岩うがち 壁のフレスコ 今もなお キリスト画像 鮮やか残る
蛇行する ヤントラ川の 崖の上 街が広がる ヴェリコタルノヴォ

相撲取り 琴欧州の 出身地 ヴェリコタルノヴォ 昔首都なり
ホテルから ヤントラ川を 崖の下 真正面には ツァラベツの丘
ツァラベツの 宮殿跡の 丘登り オスマン軍の 攻撃の跡
ツァラベツの 丘から望む 旧市街 ヤントラ川の 蛇行の流れ
宮殿を 囲む城壁 崖の下 四方流れる ヤントラ川が
土産物 職人街を 二往復 結局猫の 置物を買う
蛇行して 百八十度 曲がる地の ヤントラ川の 崖の下見る
対岸の 崖の半島 広場あり 市街地見える 絶好の地なり
ツァラベツの 丘で光りと 音のショー ホテル正面 きれいに見えし

四月十五日（土） ヴェリコタルノヴォ 晴↓カザンラク 晴↓プロヴディフ 晴
朝散歩 職人街の 開いた店 猫の木彫は 菩提樹の木で
旧市街 ヤントラ川を 崖の下 青いドームの 大聖堂を
バラ祭り 有名な町 カザンラク バラ博物館 見学をする
カザンラク 先住民の 墳墓の絵 トラキア人が 描きしものと

バラ園は バラの季節に 早過ぎて 桜の花や 藤が見頃に
プロヴディフ 石畳踏み 旧市街 疲れた足で 遺跡の丘に
要塞の ネベットテペの 遺跡から マリッツア川と 屋根付き橋が
旧市街 伝統的な 館群 街並に合う 佇まいなり
旧市街 カラフルな家 多かりし 職種で色が 決められしとか
石畳 足場が悪く 坂道で 下を見つつも 屋並も眺め
断崖の ローマ劇場 半円が 中央広場 ホテルが見えし
広場前 大型ホテル カジノあり 通貨レボ替え 街中散歩
部屋の中 イースター祝う 青タマゴ パンケーキあり ホテルサービス
ホテルから メイン通りを 屋根の橋 渡り対岸 遺跡の丘を
プロヴディフ 遺跡の上に 街が立ち ローマ時代の 遺構が残る
新市街 メイン通りの 中程に ローマ競技場 跡地下保存
イースター 現地の人は 伝統の タマゴ飾りを 今も楽しむ
プロヴディフ 復活祭の 休日で メイン通りは 混雑したり

四月十六日（日）プロヴディフ晴→コプリフシティツァ雨→ソフィア曇り時々雨
プロヴディフ 復活祭の 日曜日 早朝散歩 人は疎らに
時計塔 丘に登ると 旧市街 ローマ劇場 一望できて
旧市街 邸宅通り ぶらりする 人に会わねど 猫が出迎え
人いなく 写真を取るに 気にせずに アングル探し 存分撮れし
足疲れ バスの中では 眠りこけ 着くと山里 コプリフシティツァ
村里の 当時の館 見学を 突然雹が 雨に混ざって
ブルガリア 独立蜂起 英雄の 生家があった コプリフシティツァ
公開の 館それぞれ 外観は 特徴あるが 総じて質素
部屋の中 ソファーが置かれ 窓に沿い 赤と白との 布で覆われ
民家風 レストランでの 昼食の ヨーグルト味 ブルガリアなり
石畳 歩きにくくて マメができ ソフィアに着いて 痛みで分かる
イースター ソフィアのホテル 伝統の 色付きタマゴ パンケーキあり
バルカンの 雪を頂く 山見上げ ソフィアの街を 一人ぶらつく
坂下り 国立文化 宮殿と ブルガリア広場 花と噴水

旧市街 ひなびた古い レストラン ケバブとワイン 民俗歌謡

四月十七日（月） ソフィア 雨→リラ 曇り→ボヤナ 曇り→ソフィア曇り
雨のため 散歩に出れず ホテルにて ガイドブックを 再度見直す
山の奥 人里離れ 寒くなり セーターを着て リラの僧院
門入り 開けた先に 白黒の 縞のアーチの 教会が目に
教会の 廊下の壁と 天井に 色鮮やかな フレスコ画あり
教会の 戸口天井 有名な キリスト像の フレスコ画あり
教会に 足踏み入ると フレスコ画 極彩色に 圧倒されて
教会の 内部一面 イコン像 正面飾る 金の祭壇
教会を 囲む僧院 宿舎棟 白の漆喰 木造映える
宿舎棟 四方を囲み 四層の 往時多くの 修道僧が
中庭に 今も湧き出る 聖水を 口に含むと 微かに甘い
うっそうと 木立が茂る 庭の中 古いレンガの ボヤナ教会
背を屈め 狭い内部は フレスコ画 当時のままの 最後の晩餐

中世の 領主の夫妻 フレスコ画 表情衣装 写実的なり

ブルガリア→カタール

四月十八日（火）ソフィア 雨後曇り後晴

スーパーで 隣の子供 お土産に クッキー買って レボ使い切る

早朝の 激しい雨が 止んだけど 寒さの中で ソフィア観光

雨が止み 陽が射すソフィア 若葉萌え 緑豊かな 高原の町

気が付くと 山の白さが 濃くなりし ソフィアの雨は 雪であったか

耐え切れず 思いの外の 寒さ故 バスに戻って セーターを着る

金色と 緑のドーム 屋根覆う アレクサンダル ネフスキー寺院

聖ソフィア 教会の中 洗礼を 裸の赤子 泣き声響く

金ドーム 緑尖塔 美しい 聖ニコライの ロシア教会

衛兵の 交代式に 鉢合わせ 大統領府 人集まりし

ビル谷間 ローマ遺跡の ただ中に 聖ゲオルギの 教会が立つ

地下鉄へ 続く地下道 ひっそりと 聖ペトカ地下 教会が立つ

大通り 丸いドームと ミラネット オスマン時代 イスラム寺院
大ドーム 緑が目立つ 聖ネデリャ 教会が立つ 中心広場
旧市街 宗派異なる 教会が 混在するは バルカンなりし
歴史ある ソフィアの地下は 遺構あり ローマ時代に 遡りたり
大通り セントラルハリ 市場なり 庶民生活 商品を見る
バグパイプ 発祥の国 ブルガリア ソフィアの街に 弾く人ありし

カタール→日本

四月十九日（水） ドーハ 晴→成田 晴

ルーマニア ブルガリアとも 正教の 国柄故か 地味な感じが
教会の イコン画像の 平板さ イエスの生身 感じられずに
正教の ミサを見学 信徒らは 立ったままにて 讃美歌もなし
教会に ステンドグラス なく暗く 光り射しこむ 天上感なし
教会の イコンに込めた キリストの 崇拝求む 正教なりし
今回も 食事はすべて 残さずに 完食主義は 貫き通す

飽食の 日本人らは 食べ残し 口に合わずと 平然と言う
機内から 茜の空に 富士山の シルエット見え 日本に帰る

四月二十日（木）成田 晴→大阪 曇り
駅からは 途中の墓に 立ち寄って 無事の帰国を 両親に告げ
帰ったら 春爛漫で 八重桜 藤満開で ツツジ咲き出す
スーパーで うどんを買って あげ入れて きつねうどんで 日本の味を

第十五回　ギリシャ（平成二十九年五月十七日～五月二十五日）

日本→アラブ首長国連邦

五月十六日（火）大阪 晴後曇り

ゴミ捨てて リサイクル出し 銭湯へ 髭をまた剃り 関空へ行く

エミレーツ 乗継便も 今回は 通路席取れ 安心したり

アラブ首長国連邦→ギリシャ

五月十七日（水）ドバイ 晴→アテネ 雨→コリントス 雨→カラブリタ 曇り

寝入り後も 隣の夫婦 お喋りを かん高い声 眠りを覚ます

乗継の ドバイ空港 六時間 読書をするが うたた寝ばかり

アテネ着き 雨空の下 コリントス 人工運河 一直線に

コリントス 狭い運河の 崖の下 青い流れが エーゲ海へと

運河越え 古代文明 発祥の ペロポネソスの 半島走る

雨空の コリンティアコス 湾を右 山に分け入り カラブリタ着く

山道の 両側に咲く 黄色花 名前知らぬが 雨空に映え
クネクネと 山肌を縫う バスは揺れ ホテルに着くや 酔う人伏せる

五月十八日（木） カラブリタ 雨→ディアコフト 曇り→ナフパクトス 晴→デルフィ 曇り
カラブリタ 岩山に立つ 十字架は ホロコーストを 悼むものなり
雨の中 小さな町の カラブリタ ナチスの戦禍 今も忘れず
カラブリタ 駅前にある 祈念館 ホロコーストを 悼む像あり
狭軌道 急な勾配 歯車で オドンドトスの 登山鉄道
ギリシャでの グランドキャニオン 鉄道で 下る両側 絶壁と谷
絶壁の 岩をえぐった 鉄道で 渓谷下り ディアコフト着く
半島と ギリシャ本土の 海峡を リオアンディリオ 橋が結びし
白い橋 コリンティアコス 湾跨ぐ 両端たもと 昔の砦
レパントの 海戦の町 裏山へ 見下ろす港 ナフパクトスの
町守る 砦に登る 道すがら ハイビスカスに 夾竹桃が
湾沿いの 入り江を巡り バス走る 山の中腹 デルフィの町が

オリーブの 林の中を ひた走り 山を登ると デルフィの町に
デルフィから 見下ろす先は オリーブの 一面緑 入江の青が
デルフィには 山の斜面に 築かれた 通りを繋ぐ 長い階段
夕暮れに 斜面の通り 階段を 上り下って 土産屋覗く
部屋からは 入江に沿った 町の灯が 遠く近くに 瞬き見える

五月十九日（金） デルフィ 晴→オシオスルカス 晴→カランバカ 曇り
町の中 階段登り 裏山に 二匹の犬が 我に従う
老若の 二匹の犬が 伴となり 若は先頭 老は後ろを
陽が昇り 山影入江 映し出し 茜に染まる 対岸の峰
我が前を 若は先頭 突っ走り 老は気にして 探しに行きし
我が後を 老はゆっくり 付いて来て 涎を流し 疲れて横に
時間なく 山頂止めて 山下る 二匹寄り添い ホテルまで来る
山腹の デルフィの遺跡 坂登り 陽射しが強く 大汗かきし
山斜面 石の遺跡の 神殿に 古代劇場 競技場へと

登り切り 競技場跡 一休み 仏人婦人 仏語が通じ
山下り 博物館で 有名な ナクソス人の スフィンクス見る
山腹の アラホバの町 青空に カラフル屋並 鮮やかに見え
ビザンチン 様式聖堂 有名な オシオスルカス 修道院は
瓦屋根 聖堂ドーム モザイクの キリスト像が 鮮やかなりし
遠足の 子供らの声 賑やかな 修道院は 売店繁盛
海沿いや 山並越えて 平原に 一直線を カランバカへと
目の前に 聳える奇岩 メテオラの 修道院が 頂に見え
ホテルから 見える奇岩の 頂きの 修道院は アギオスステファノス
散策へ 奇岩の麓 歩くうち 羊の群れが 草を食みたり

五月二十日（土） カランバカ 晴→メテオラ 晴→アテネ 晴
夜明け前 メテオラ目指し 山登る 鳥のさえずり 空には月が
薄明かり 奇岩が空に シルエット まさに三日月 頂きに冴え
シルエット 奇岩頂き 灯が灯る アギアトリアダ 修道院が

うす暗い 登山道行く 我一人 鳥のさえずり 励まされつつ
カランバカ 奇岩の間 街の灯が 瞬を見て メテオラ近い
白み出し 奇岩の下で 頂を 修道院の 建物見えし
見上げると 奇岩頂上 裏山と ケーブル繋ぎ 物資を運ぶ
岩えぐり 出来た階段 頂きの 修道院は 今は閉じたり
えぐられた 岩の階段 彼方には 町のパノラマ 目に入りたり
森の中 けたたましけり 鳥の声 リスを威嚇し つがいで飛びし
帰り道 お茶を手にした 中国の 青年息を 切らして登る
メテオラの 今も残った 修道院 六つの奇岩 頂きにあり
メテオラの 奇岩見下ろす 裏山で 頂きに立つ 修道院は
最大の メガロメテオロン 修道院 急な階段 登り頂き
頂上は 意外に広く 教会が 修道士らの ドクロが並ぶ
頂上の 展望すごく 三奇岩 修道院が 頂上に見え
裏山で バスから望む 奇岩群 修道院が 四つ連なる
裏山の 同じ高さの 道路から 残る二つの 修道院を

今朝奇岩 歩き登って 見上げたる 修道院を 今見下ろして
朝早く 歩き疲れた 我が身には アテネへの道 ひたすら眠る
アテネにて 無名戦士の 墓の前 民族衣装 衛兵を見る
クレタへの 連絡船は ピレウスを 汽笛鳴らさず 静かに出でし
デッキから 離れる港 ピレウスが 遠ざかりつつ 体も冷えて
クレタ行き フェリーの部屋は 清潔で 思いの外に 広くゆったり

五月二十一日（日） クレタ島 イラクリオン 晴→クノッソス 晴→イラクリオン 晴→
　マリア 晴→イラクリオン 晴

眠りつつ 体に揺れを 感じたり 船窓の外 白い波立つ
クレタ島 右に眺めて 日の出待つ デッキにいるは 我一人のみ
茜色 海面突如 陽が頭 出したらすぐに 丸々見えし
クレタ島 海面彼方 白い峰 雪を頂く 高い山あり
クレタ島 イラクリオンの 新港に 甲板からは 旧市街見えず
クレタ島 旧港に立つ ベネチアの 要塞の跡 栄華を残す

クレタ島 クノッソス遺跡 ミノス王 迷宮今や 痕跡だけに
宮殿の 王座の間には 空想の 獣グリフィン 壁画四方に
宮殿の 女王の間の 有名な イルカの壁画 躍動感が
遺跡には すべてレプリカ フレスコ画 本物壁画 博物館に
城壁の 旧市街中 博物館 見学の後 街を散策
旧市街 中心広場 ホテルにて スペイン人の 姉妹と会話
マリアまで イラクリオンを バスで出る 車掌バス停 知らせてくれし
日曜日 海岸線の ビーチには 家族連れらが 海水浴を
マリア降り メイン通りは 何もなし 行ったビーチは 賑やかなりし
帰り道 地元の墓地の 墓石は 白く立派で 花と写真が
帰り便 切符は車中 車掌より 買うは懐かし 昔の日本
夕刻に 博物館に 二度目行く 一人静かに 鑑賞できし
日曜日 イラクリオンの 旧市街 店は閉まって カフェは賑やか

五月二十二日（月）　イラクリオン 晴↓サントリーニ島 アティニオス 晴↓
アクロティリ 晴↓カマリ 晴↓フィラ 晴↓イア 晴↓フィラ 晴

旧港の ヨット桟橋 端行くと アヒルが三羽 何をか話す
突堤に 打ち寄せる波 弾け散り 白い飛沫が 足元に飛ぶ
朝早く 人もいなくて 静かなり イラクリオンの メイン通りは
高速の フェリーのデッキ 風強く 揺れも大きく 隅に避けたり
遠くから サントリーニの 崖の上 雪の如きの 白い屋並が
真中に 火山の島を 囲む海 外輪山の サントリーニは
火山灰 埋めた遺跡の アクロティリ ポンペイ遺跡 なぞらえられし
黒い石 カマリビーチは サンダルで 歩くと小石 足に痛くて
バカンスに 少し早いが 甲羅干し 女性の中に トップレスあり
フィラの街 絶壁下り 旧港へ 白壁の家 斜面に沿って
崖下る 客待ちロバが 道塞ぐ 脇をすり抜け 尻尾が当る
崖上る 背に陽を受けて ゆっくりと 下向く目には 汗が沁みたり
イア行きの バス停に待つ 列長く 誘導悪く 何とか座れ

イアに着き青いドームの 白壁の 教会の前 新郎新婦
イアの街夕日眺める 人が増え 展望台は ごった返して
断崖の 斜面に立った 家々と 風車が見える 路地で日の入り
陽が沈む 二時間待って その時が 見物の人 思わず拍手
陽が沈み 人をかき分け バス停へ 長い列でも 増便に乗れ

五月二十三日（火） フィラ 晴→パレアカメニ 晴→ネアカメニ 晴→フィラ 晴→アテネ 晴
早朝に ホテルの近く 青い屋根 サントリーニの 教会と鐘
フィラの街 絶壁沿いの 小道行く 絶景続き 飽きることなし
レストラン カフェに土産屋 目白押し 獲り立て魚 売る親父たち
温泉と 火山ツアーに 絶壁を 歩いて下りて 旧港に行く
温泉の 湧き出る入江 褐色に パレアカメニ島 船からジャンプ
白人の 女性ビキニで 飛び込んで そのまま船に 目の保養なり
ネアカメニ 火山島から 対岸の サントリーニの 端から端が
火山島 カルデラ海の 真ん中に 火口に蒸気 硫黄の匂い

昼飯は サンドイッチとリンゴ食う 船の中では 我一人なり
今日もまた 上り下りも 絶壁を 歩む足取り 軽やかなりし
アテネまで サントリーニをプロペラ機 乗務の女性 きれいな方で
ホテルから 夜空に浮かぶ パルテノン ライトアップで オレンジ色に
国鉄の アテネの駅は 名ばかりで 駅舎は古く さびれて暗い

ギリシャ→アラブ首長国連邦

五月二十四日（水）アテネ 晴→ドバイ 晴

屋上へ 朝日に映える パルテノン 白い柱が はっきり見えし
ホテル前 地下鉄に乗り 四つ目の アクロポリ駅 パルテノン見に
早朝の メトロのキップ 検札の 仕方分からず 婆さんに聞く
親切な ギリシャ婆さん 後付いて アクロポリ行き ホームを指して
電車乗り 周りの人に 降りる駅 尋ねてみると 皆親切に
早朝の アクロポリスは 静かなり 岩山麓 一人うろつく
ペトロ岩 台湾人の 女性たち お喋りをして 写真撮り合う

フィロパポス 丘に登ると 眼前に アクロポリスの 全景見えし

丘下り ハドリアノスの 門からは ゼウス神殿 青空に映え

シンタグマ 広場を抜けて ブラカ地区 大聖堂に 教会巡る

肉魚 野菜果物 一杯の 中央市場 売り子賑やか

パルテノン モナスティラキの 広場から オモニア広場 地下鉄に乗る

初めての アテネ地下鉄 乗りこなし 街の散策 楽しからずや

パルテノン 観光客で 数珠つなぎ 今朝の静けさ 嘘のようなり

パルテノン 丘に登ると 神殿の 残る柱の 大きなことか

丘の下 アテネ市街が くっきりと はるか遠くに ピレウス港も

今日の昼 食事完食 この旅も すべて平らげ 順調なりし

第一回 オリンピックの 競技場 古代ギリシャの 形を模して

アラブ首長国連邦→日本

五月二十五日（木） ドバイ 晴→大阪 晴

乗継の ドバイ空港 時間あり ギリシャの旅を 短歌に詠みし

この旅も 体調はよく 食欲も 自由時間も 楽しみたりし
山登り 現地バスにも 地下鉄も 船のツアーも 一人気ままに
楽しんだ ギリシャの旅を 無事終えて 帰路の機内で ワインで祝す
真中の 席は嫌だが トイレ行く 隣跨いで 二回で済みし
機内食 行きも帰りも 完食し ワイン楽しみ 旅行を終える

第十六回　北イタリア（平成二十九年六月十四日〜六月二十一日）

日本↓ドイツ↓イタリア

六月十四日（水）大阪 晴↓フランクフルト 晴↓フィレンツェ 晴↓カレンツァーノ 晴

旅慣れて 緊張もせず 目が覚めて 予定通りに 家を出でたり
大阪の おばはん二人 割り込んで 厚かましさに 唖然としたり
この二人 まさか隣の 座席とは 無視決め込んで 相手にはせず
色白の 人形のような 顔立ちの ドイツ女性の 乗組員は

六月十五日（木）カレンツァーノ 晴↓ラスペツィア 晴↓チンクエテッレ（マナローラ・ヴェルナッツァ・モンテロッソ）晴↓レベント 晴↓バヴェーノ 晴

トスカーナ 山肌緑 中腹に 何故とばかりに 屋並現れ
リグーリア ラスペツィアで 電車乗り チンクエテッレ 三村巡る
断崖の チンクエテッレ トンネルを 走る電車は 通勤並みに
マナローラ 海岸線の 遊歩道 屋並が続く 絶壁に沿い

海岸の 岩山斜面 カラフルな 家々が立つ マナローラには
ヴェルナッツァ 家々の路地 坂登る 城を背にして 教会見える
城登り 砦の上の 見晴らしは リグーリア海 屋並を下に
城からは チンクエテッレ 海からの 眺め楽しむ 遊覧船が
海岸に パラソルの傘 花開く モンテロッソは 海水浴で
浜に沿い 岩山越えて 街中の 屋並階段 教会を見る
浜の奥 店の屋外 白ワイン 飲み放題で 昼食を取る
イタリア語 ガイドと話し 店員も 思い出しつつ 会話楽しむ
ローカルの チンクエテッレ 鉄道は 便数多く 意外に便利
電車乗り レベントで降り 長時間 マッジョーレ湖へ バスで移動を
昼食の ワインが効いて すぐ寝入る 案外早く ホテルに着きし
高速で ポー川渡り バヴェーノへ マッジョーレ湖の 瀟洒なホテル
ホテルにて 夕食美味く エビパスタ お代わりをして チップをはずむ
スーパーで ワインを買って 今夜から ナイトキャップで 短歌を詠みし

イタリア→スイス→イタリア

六月十六日（金）バヴェーノ 晴→ラヴェルテッツォ 晴→ソノーニョ 晴→ロカルノ 晴→
ドモドッソラ 晴→バヴェーノ 晴

湖岸にて マッジョーレ湖の 日の出見て 白鳥親子 湖面に浮かぶ
早朝の 静かな湖面 陽が反射 既に女性が 一人泳ぎし
次々と 小魚上げる 釣人と イタリア語にて 会話楽しむ
湖岸沿い マッジョーレ湖を 北上し スイス国境 審査はなくて
イタリアと スイス国境 両国の 家の造りの 違いに気づく
ヴェルザスカ 川堰止めた ダムからは 彼方に見えし マッジョーレ湖が
ダム湖上 山腹斜面 集落が 教会もあり 不便さ思う
ダムの奥 ラヴェルテッツォの 眼鏡橋 若者川へ 橋からジャンプ
眼鏡橋 川の両岸 真中の 岩の三点 石で繋ぎし
若者は 川で泳いで 子供たち 川床の岩 水溜まりにて
石葺きの 屋根で出来たる 古民家が 保存されてる ソノーニョの村
高台で 村を見下ろす 家々と 教会までも 石の屋根なり

家々の ベランダからは 赤い花 墓地の墓石に 花の鉢植
ソノーニョの 村はずれある レストラン 白い滝見て ポレンタ食べる
白い滝 小山登って 滝壷へ 轟音の中 顔に飛沫が
ロカルノの グランデ広場 マッジョーレ 湖岸を歩き 地下の駅へと
アルプスの 渓谷走る 鉄道の チェントヴァッリ線 白い峰見え
鉄道で スイスロカルノ 二時間で ドモドッソラの イタリア戻る
夕暮れの 湖岸に上がる 白鳥の つがいに六羽 灰色のヒナ
金曜日 地元の人が 湖岸にて 夕暮れ遅く 楽しみたりし
陽が沈む 湖岸のベンチ パニーニと ピッツァでワイン 一人飲みたり

六月十七日（土）バヴェーノ 晴→ストレーザ 晴→オルタサンジュリオ 晴→
　　　　　　ボルツァーノ 晴

バヴェーノの 湖岸の道を 散歩する 町の教会 回廊静か
波寄せる マッジョーレ湖の 岸辺では 犬と飼い主 水と戯れ
マッジョーレ 湖岸を犬と 散歩する 老夫婦との 会話楽しい

青空に 瀟洒なホテル 裏庭の 大きなプール 水面映りし
ストレーザ 沖のベッラ島 宮殿と 庭を見学 白い孔雀が
ボッロメオ 宮殿ホール 上品で タペストリーも 見事な図柄
ベッラ島 ガイドと話す イタリア語 対岸の山 ロープーウェイが
彫刻と 花と緑の 鉢植の 階段状の バロック庭園
階段の 下の庭園 湖の 青に囲まれ 芝生の緑
狭い路地 昔漁師の 石の家 教会もある ペスカトーリ島
ベッラ島 宮殿と庭 湖上から 遊覧で見る 青空の下
オルタ湖へ 汽車型のバス ゆっくりと 子供に人気 観光地なり
湖畔沿い オルタサンジュリオ 街並は 路地が縦横 入り乱れたり
広場には 旧市庁舎と 古い家 湖畔正面 サンジュリオ島
教会へ 行く道出会い ポーズ取る 新郎新婦 私も撮りし
教会の 裏の高台 猫休む 塀に登ると サンジュリオ島
高速を 飛ばして行くは ボルツァーノ 両側徐々に 山迫りくる

六月十八日（日）ボルツァーノ晴→カレッツァ湖晴→ボルドイ峠晴→
　　コルチナダンペッツォ晴

ボルツァーノ 部屋から見える 城行くも 道が分からず 引き返したり
背景に 尖った山を 映し出す カレッツァ湖面 澄んだ緑に
カレッツァ湖 ラテマール山 針葉樹 緑の湖面 コントラストが
カレッツァ湖 色と借景 魅せられて 人混み避けて 二周もしたり
薄緑 底まで澄んだ 透明度 カレッツァ湖には 人魅せられる
ジグザグに ボルドイ峠 道曲がり ドロミテの山 雪を頂く
峠道 サイクリストに ライダーも ひっきりなしに バスと併走
峠着く バイク自転車 駐車場 タフな若者 標高二千
峠にて 昼食を取る 生ハムが お皿山盛り ビールが進む
岩山へ ロープーウェイ 山頂に ぐるり見回す ドロミテの山
残雪を 足で踏み付け 山頂を 眺め魅せられ 時間を忘れ
眼下には 緑の大地 遠くには 屋並小さく はっきり見えし
絶壁に 張り付く二人 クライマー 赤青ヤッケ 岩の白さに

登山道 マウンテンバイク 突っ走る 登り下りの 人は身を避け
山の中 牧草地には カウベルを 付けた牛たち 草を食みたり
峠から 岩山囲む コルチナの 町の家並 美しかりし
緩やかな 山の斜面に 白い壁 黒と茶の屋根 緑の中に
コルチナの メイン通りの 家並は 木の温もりと きれいな花が
人いない コルソイタリア 通りには 白い教会 鐘楼が立つ
日曜の コルチナの町 店閉まる やっと見つけた 店でラザーニャ
ベランダで 夕日を受ける 岩山の 色の移ろい ワイン飲みつつ

六月十九日（月） コルチナダンペッツォ 晴→トレチーメディラバレード 晴→
ミズリーナ湖 晴→ベネチア（メストレ） 晴

早朝の コルチナの町 遊歩道 パノラマ眺め 一人歩きし
遊歩道 朝日輝く 岩山の 移ろい眺め 一人楽しむ
草を刈る 老人に会い イタリア語 会話楽しみ パノラマ見上げ
岩山の 麓の民家 木造で 緑の中に 調和取れたり

岩山が 囲むコルチナ 朝発って ミズリーナ湖過ぎ トレチーメへと
トレチーメ 真下を目指し 登山道 がれき踏み締め 三つの剣が
眼前に 岩峰三つ 聳え立つ 背に青空と 白い雲浮き
残雪を 踏んで岩塊 迫り来る 尖った峰の 一つ一つが
トレチーメ 周りを囲む 岩山が 青い空背に くっきり見えし
トレチーメ 遙か彼方の 谷筋に ミズリーナ湖が 少し霞んで
足疲れ ミズリーナ湖岸 昼食を マスの塩焼き ビールが美味い
リフト乗り ミズリーナ湖が 振り向くと 青い湖面が 徐々に小さく
リフト降り 更に登ると 目の前に 雪が残った ソノピスの山
下山して ミズリーナ湖畔 青空に 白い岩山 湖面の緑
湖畔には 瀟洒なホテル 絵のように 高い岩山 針葉樹背に
山岳の ミズリーナ湖を 発ち南下 ベネチア本土 メストレに着く
二日目に 買ったワインを 毎夜飲み 今夜飲み干し 明日は機内で

イタリア→ドイツ→日本

六月二十日（火）ベネチア（メストレ）晴→フランクフルト 晴

早朝の ホテル近辺 散歩中 イタリア婦人 話しかけたり
老婦人 散歩の我を ベネチアの 本島見える ラグーンの縁へ
早口の イタリア語には 分からぬが 単語聴き分け 何とか話す
ベネチアが ラグーンの先の 海越えて 寺院の塔も はっきり見えし
ご婦人と 二人でセルフィー お礼言い 途中で別れ ホテルに戻る
この旅も 食欲落ちず 全食事 完食出来て 幸いなりし
よく食べて よく歩きたり この旅も ベネチア空港 帰途へと向かう
イタリアの 自然満喫 この旅は 海岸湖水 山岳の美を

六月二十一日（水）大阪 雨後曇り

行き帰り 機内の食事 ワイン飲み すべて平らげ 満足したり
思い出す 現地の人と イタリア語 会話楽しみ 良き旅なりし
快晴の 北イタリアは 連日の 真夏日続き 大阪超える

この旅は 海岸地方 湖水地に 山岳地でも パノラマ続く
鉄道で チンクエテッレ 断崖の 小さな村が 目に焼き付いて
初めての スイスの村の 素朴さと 山岳電車 眺め素晴らし
マッジョーレ オルタ湖岸と 山腹の 屋並魅せられ 眺め楽しむ
山間の ミズリーナ湖と カレッツァ湖 その色合いと 背後の山が
ドロミテの ボルドイ峠 残雪が 大パノラマに 気分高鳴る
トレチーメ 迫る岩塊 感激し 登山気分も 足軽やかに
コルチナの 岩山巡る 遊歩道 大パノラマを 満喫したり
梅雨晴れの 大阪を発ち イタリアへ 帰国をすると 本格雨に

第十七回　コーカサス三カ国（アゼルバイジャン・ジョージア・アルメニア）

（平成二十九年九月七日〜九月十五日）

日本→カタール

九月七日（木）大阪 曇り→成田 雨

墓参り 今日から旅行 両親に 無事を願って しばしの留守を
関空へ 雨ちょうど止み 傘差さず 離陸前には 土砂降り模様
幸いに 隣の席に 人はなく ゆったりできし ドーハ便では

カタール→アゼルバイジャン

九月八日（金）ドーハ 晴→バクー 晴

深夜着く ドーハ空港 熱風が 体を包み メガネも曇る
ドーハ発つ ペルシャ湾越え イラン領 眼下一面 砂漠広がる
眼下には 黒々とした カスピ海 アゼルバイジャン バクーの町が
石油富み バクー市内の 新市街 新奇なビルが 目を楽します

殉教者 小路の前に 三棟の 高層ビルの 火焔タワーが
旧市街 城壁囲み 石畳 宮殿通り 乙女の塔へ
ソ連との 犠牲者祀る 高台は バクー市街と カスピ海見え
旧市街 古い宮殿 飾りなく 壁に残った ロシア銃痕
宮殿に ドームのモスク 霊廟が アラビア文字と 幾何学模様
石の家 一階は店 二階には 木造出窓 通り突き出て
街中を 行き交う人の 服装に イスラム風の 人は見かけず
古ぼけた 乙女の塔が 旧市街 名に似合わない レンガ造りで
塔近く 市場の跡に アーチあり 露店が並び 賑やかなりし
塔の前 海岸公園 カスピ海 旧市街から 新市街まで

アゼルバイジャン→ジョージア

九月九日（土） バクー 晴→ゴブスタン 晴→トビリシ 晴
早朝の 肉屋の路上 一頭の 牛解体を 初めて見たり
パンを焼く 地元の店の 大釜を 写真に撮るに 女性は逃げし

街角で 当地のゲームする二人 熱中するも ルール分からず
ゴブスタン アゼルバイジャン 岩山の 砂岩に刻む 線刻画あり
カスピ海 望む岩山 線刻画 先史時代の 遺跡が残る
カスピ海 海底油田 バクー沖 プラットフォーム 彼方に並ぶ
古めかし 油井のポンプ まだ作動 バクーのはずれ 時代が戻る
風強く クルーズ出来ず その代わり ゾロアスター教 寺院訪ねし
拝火教 寺院真中 お堂には 「永遠の炎」 ユラユラ燃える
ジョージアの 変わった文字は 面白い 丸文字に似た デザイン風が
夕食で ジョージア料理 ヒンカリを でかいギョウザの 中の肉汁
高台に ライトアップの 城壁と ツミンダサメバ 大聖堂が

九月十日（日） トリビシ 晴→ムツヘタ 晴→アナスリ 晴→カズベキ 晴→トリビシ 晴
夜明け前 ホテル裏山 登るうち 突如朝日が 昇るに会いし
半時間 ムタツミンダの 山頂へ トビリシの町 一望できし
登るうち ケーブルカーが 動き出し 山頂着くと すでに人おり

ムツヘタの ジュヴァリ聖堂 丘の上 川の合流 真下に見えし
見下ろすと ムツヘタの町 川のそば スヴェティツホヴェリ 大聖堂が
ジョージアの 最古聖堂 眼下に見 間近に立つと その大きさが
薄暗い 聖堂の中 キリストの フレスコイコン 信者祈りし
ダム湖そば アナスリ教会 塔登る 足場が悪く 面白かりし
城壁に 教会二つ 簡素なり 塔から見える ドームと湖面
ジョージアの 軍用道路 更に行く ロシア国境 カズベキ村へ
山頂に 仰ぎ見えるは 天空の ツミンダサメバ 教会浮かぶ
山頂へ 四駆に乗って 駆け上がる 砂煙上げ 激しく揺れて
悪路にて 四駆車両が すれ違う ドライバーたち 腕見せどころ
揺れひどく 埃まみれて しがみつく 四駆車両で ラリー楽しむ
悪路抜け 台地に出ると 目の前に サメバ教会 天空に立つ
頂きの サメバ教会 背後には 雪を被りし カズベキ山が
教会で 麓の谷間 見下ろすと カズベキ村は 山に囲まれ
悪路つき 結婚式を 教会で 若い二人の 信仰厚い

四駆にて 下るは更に 大揺れで 掴む腕には 力が入る
バスに乗り 軍用道路 高原を 四時間かけて トビリシ戻る
抑留の ドイツ兵らの 墓がある 十字架峠 羊の群れが
日本兵 抑留させた スターリン この独裁者 ジョージア生まれ
四駆バス 疲れた体 夕食時 民族舞踊 ワインで癒す

ジョージア→アルメニア

九月十一日（月） トリビシ 晴→アラヴェルディ 晴→セバン湖 晴→エレバン 晴
早朝の トリビシ市内 散歩する 余ったラリで 地元のナッツ
屈曲の ムトゥクヴァリ川 岸の崖 メテヒ教会 質素な姿
崖の上 メテヒ教会 昨日の 朝登りたる 山はっきりと
入口の 天井壁画 キリストの シオニ教会 ミサ行なわれ
敬虔な ジョージア正教 信者たち 早朝のミサ 欠かさず参り
ジョージアと アルメニアとの 国境は 高原の中 小さな川が
アルメニア 入国のビザ 直前に 必要なしと 幸いなりし

アラヴェルディ 丘の中腹 ハフパトの 修道院は 造り複雑
修道院 十字架刻む 石板と 墓石散らばり 見晴らしもよい
修道院 結婚式の 真最中 花嫁レース 裾引く少女
洗礼を 終えた赤子を 抱く母の 清しき顔に こちらも笑みし
やっと着く セバン湖畔は 店仕舞い 半島二つ 修道院が
黄昏の セバン湖に立つ 修道院 すぐに日暮れて シルエットなる
エレバンに 夜遅く着き 夕食を 疲れ入浴 すぐに就寝
チャーチルの 愛飲コニャック エレバンの 特産工場 ホテルから見え

九月十二日（火） エレバン 晴→エチミアジン 晴→ゲガルト 晴→ガルニ 晴→エレバン 晴
快晴で めったに見えぬ アララトの 大小二峰 共に見えたり
雪被る 大アララトと 富士に似た 小アララトが 遥か彼方に
アルメニア ノアの方舟 伝説の アララト山は 心の支え
アルメニア 国民の山 アララトは 今はトルコの 領土になりし
アララトの 帰属トルコに 割譲は かの独裁者 スターリンなり

アララトの 二峰背景 修道院 ホルビラップは 写真ポイント
青々と ブドウ畑に 修道院 背後冠雪 大アララトが
世界初 キリスト教国 アルメニア エチミアジンに 大聖堂が
聖堂の 入口天井 フレスコ画 天使の顔が 十二個ありし
ゲガルトの 岩くりぬいた 修道院 ドームの下は 声が響いて
ドーム下 コーラス隊の 四名の ハモる歌声 心に沁みる
紀元前 アルメニア王 離宮跡 再建された ガルニ神殿
夕暮れの 共和国広場 エレバンの 仕事を終えた 人々集う
丘斜面 長い階段 カスカード 人々上る 展望台に
夕食の 民族ショーの 歌姫は 黒装束の アルメニア美女
踊り子が 民族楽器 軽やかに 男女混ざって ステップ踏んで

アルメニア→ジョージア→アゼルバイジャン→カタール

九月十三日（水） エレバン 晴→トビリシ 晴→バクー 晴
エレバンを 早朝発って ジョージアの トビリシ着くは 夕刻なりし

エレバンの 町から見えた アララトが 珍しきかな 二日続けて
アルメニア 最高峰の アラガツは 文字公園の 十字架の先
アルメニア 三十九の 文字見ると ジョージア文字と 同じく不思議
ジョージアの 町の若者 パンを焼く 大きな釜に 頭突っ込み
バクーから 民族衣装 ムスリムが 四羽の鷹を 連れて搭乗
鷹四羽 目隠しされて 手にとまり 羽ばたきもせず おとなしく乗る

カタール→日本

九月十四日（木） ドーハ 晴→成田 晴

成田行き 通路が取れず がっかりも 運良く空きが 最後尾にあり
コーカサス 各国料理 よく似たり 素朴な味で 量は多けり
取り分けの 料理以外は 一人分 すべて平らげ 旅の心得
欧州と アジアを結ぶ コーカサス 独自の文化 三カ国あり
通関の 検査で荷物 開けさされ 中味チェックは 久しぶりなり

九月十五日（金）成田 曇り→大阪 曇り

帰国後の ホテルの朝の テレビでは Ｊアラートで ミサイル発射

朝食に ご飯味噌汁 生卵 納豆豆腐 日本戻りし

ジョージアの 土産のワイン 癖が無く 口当たり良く 飲みやすかりし

第十八回　イスラエル（平成二十九年十月二十日～十月二十七日）

日本↓香港

十月二十日（金）大阪 雨↓成田 雨↓香港 晴

小雨ゆえ 傘を差さずに 関空へ 墓に声かけ 父母に別れを

ＬＣＣ 関空発で 成田行く 天気は悪く 着くと雨なり

集合に 四時間もあり ラウンジで ガイドブックで 時間を潰す

香港↓イスラエル

十月二十一日（土）香港 晴↓テルアビブ 晴↓ヤッフォ 晴↓カイザリア 晴↓
　ハイファ 晴↓アッコー 晴↓ヤルデニット 晴↓ティベリア 晴

テルアビブ 今日土曜日の 安息日 車少なく 町は静かに

ヤッフォには ケドゥミーム広場 旧市街 路地を抜けると 港にカヌー

時計塔 モスク尖塔 ミナレット 路地の家前 オリーブ植わる

地中海 ギリシャ神話の ペルセウス 小さな岩は アンドロメダの

カイザリア ローマの遺跡 海に沿い 導水橋が 往時偲ばす
海沿いの ローマ円形 闘技場 ビザンツ時代 モザイク残る
地中海 ハイファの丘の 対岸に アッコーの町 少しかすんで
見下ろすと ハイファの街と 丘結ぶ 赤いゴンドラ 海の青さが
陽を受けて ハイファの斜面 バーブ廟 庭の緑は 鮮やかなりし
広大な バハーイー庭園 中央に 廟を眺める 斜面上下で
聖ヨハネ 騎士団造る アッコーは 要塞化した 十字軍街
城壁に 囲まれアッコー 旧市街 歴史彩る 建物残る
ムスリムの 緑のドーム ミナレット モスクを抜けて 城壁に行く
半島の 海岸囲む 城壁を 港灯台 旧市街見て
十字軍 地下トンネルを 抜けた先 スーク賑わう 地元の人で
薄暗い マルコポーロの 通りには スークが伸びて 雑多な店が
夕暮れに 眼下に臨む ガリラヤ湖 対岸の先 ゴラン高原
ガリラヤ湖 南端にある 川べりの ヤルデニットは 洗礼地なり
ガリラヤ湖 ヨルダン川で 巡礼者 イエスの水で 洗礼を受け

沐浴し 白装束で 洗礼を 祈り昂じて 恍惚となる
夕刻に ガリラヤ湖畔 ティベリアの ホテルに着きし 長い一日

十月二十二日（日） ティベリア 晴→タブハ 晴→カナ 晴→ナザレ 晴→ティベリア 晴
陽が昇り ガリラヤ湖面 輝いて 朝の冷気を ベランダ越しに
早朝に ガリラヤ湖畔 散歩する 水は澄みきり 水鳥潜る
湖畔沿い ジョギングコース 散歩する 行き交うジョガー 挨拶交わす
主のイエス 教え語った 山上の 垂訓教会 糸杉の中
回廊の アーチが囲む 教会の 八角形の 聖堂ドーム
奇蹟なる イエス伝説 教会に パンと魚の モザイクの床
主のイエス ペテロと会った 伝説の 教会が立つ ガリラヤ湖畔
屋外で 白い衣装の 聖職者 信徒の前で ミサを行なう
主のイエス ナザレを去って 住んだ地の カペナウムには 町の遺跡が
干上がった ガリラヤ湖底 見つかった 古代の舟は 「イエスの舟」と
聖書ある 「カナの婚礼」 主のイエス 奇蹟の地には 教会二つ

ファサードの アーチのテラス 彫像が フランシスコ派 修道院に
聖書の地 イエスが住んだ町ナザレ 世界中から 巡礼者たち
母マリア 受胎告知を受けた地の 教会にある 各国マリア
教会の 中央祭壇 洞窟が お告げを受けた 岩むきだしに
着飾った 新郎新婦 婚礼が 受胎告知の 教会の中
父ヨセフ 仕事場に立つ 教会は 日曜日ミサ イタリア語にて

イスラエル↓パレスチナ↓イスラエル

十月二十三日(月) ティベリア 晴↓メギッド 晴↓エリコ 晴↓クムラン 晴↓
エンポケック 晴

ガリラヤ湖 対岸の丘 今朝もまた 日の出じっくり 湖面輝く
ガリラヤ湖 死海に向う 道端に ナツメヤシ林 実に袋かけ
ナツメヤシ メギッド遺跡 ぽつぽつと ハルマゲドンの 語源の地なり
地下深く メギッド遺跡 水路あり 昔の栄華 今に語りし
パレスチナ エリコの街に コーランの 祈りの声が イスラム世界

フェブライ語 イスラエルから アラビア語 パレスチナ自治区 表示変わって
禿山の テルアッスルターン 遺跡下 オアシスの町 緑優しい
遺跡上 赤いゴンドラ 断崖の 誘惑の山 イエス断食
洗礼を イエスが受けた 地とされる エリコ郊外 カスルエルヤフド
金ドーム 教会の下 川の中 白衣の信者 沐浴祈る
赤ちゃんも 丸裸にて 洗礼を イエスに倣い 伝説の地で
岩山の クムラン遺跡 紀元前 ユダヤ教徒の 生活の跡
クムランの 死海写本の 洞穴の 岩山走る アイベックスが
クムランの 岩山遺跡 遥か下 荒野の中に 青い死海が
クムランを 死海に沿って 南下する エンポケックの ビーチのホテル
世界一 低い地にある 湖の 死海の周り 禿山ばかり
老いてまた 三十年の 時を経て 死海浮遊を 再度楽しむ
浮いたまま 新聞を読む まさにこれ 死海広告 そのままなりし

イスラエル→パレスチナ→イスラエル

十月二十四日（火） エンポケック 晴→マサダ 晴→ベツレヘム 晴→エルサレム 晴

ヨルダンに 昇る朝日を 死海越し イスラエル側 ホテルの窓で

早朝の 死海に浮かぶ 人の群れ 手上げ足上げ 浮遊楽しむ

岸辺には 塩の結晶 白い帯 まさに死海の 象徴なりし

赤茶けた 頂上平 岩山が ユダヤ戦紀の 舞台のマサダ

要塞の マサダ岩山 蛇の道 ジグザグ登る ロープーウェイで

蛇の道 歩いて登る ツーリスト ゴンドラの下 小さく見えし

岩山の 要塞こもる ユダヤ民 千人ほどが 二年以上も

ローマ軍 マサダを囲む 攻防で ユダヤの民は 全員自決

岩山の マサダの遺跡 眺望は 死海を臨む 絶景なりし

史実ゆえ マサダの遺跡 ユダヤ民 生活の跡 実感があり

イスラエル ワイナリーにて 昼食を ワイン試飲で 食事が進む

パレスチナ イエス生誕 ベツレヘム イスラエルとは 壁に阻まれ

パレスチナ アラブの町の ベツレヘム イエス生誕 キリスト聖地

ベツレヘム イエス生誕 聖地なり キリスト教の 各派教会
ベツレヘム イエス聖誕 教会は 各国信者 絶えることなし
入口の「謙虚のドア」を 身を屈め 聖誕教会 堂内暗く
会堂の 身廊の床に モザイク画 模様はっきり 今も残りし
地下にある イエス生誕 洞窟は 宗教行事 見学できず
すぐ隣 聖カテリーナ 教会は 信徒起立し ミサに聞き入る
ファサードに 聖マリア像 教会の ミルクグロット 母乳伝説

十月二十五日（水）エルサレム 晴
エルサレム 東の空が ピンク色 日の出と共に オレンジ色に
エルサレム 城壁囲む 旧市街 神殿の丘 嘆きの壁が
ユダヤ教 嘆きの壁で 女性右 男性左 お祈りをする
ユダヤ人 嘆きの壁に 口付を 黒づくめにて 聖書を読んで
キッパ付け ユダヤ教徒の 若者が 手をつなぎ輪に 何か唱える
エルサレム 嘆きの壁の その上に 金に輝く 岩のドームが

神殿の 丘から望む 旧市街 ダビデの塔が 遠くに見えし
キリストが 十字架背負い ゴルゴダの 丘まで歩く ヴィアドロローサ
巡礼者 十字架背負い お祈りを 唱えて歩く イエスの道を
聖墳墓 教会のある ゴルゴダへ ヴィアドロローサ 歩き通して
十字架に イエス釘付け された場所 母のマリアが 崩れ嘆く絵
主のイエス 息を引き取る 場所にある 祭壇の下 信者口付け
主のイエス 遺骸を置いた 石に手を 信者ら当てて 深い祈りを
教会の 聖堂にある イエス墓 長い列なし 信者らが待つ
壁の外 シオンの丘に イエス弟子 最後の晩餐 アーチの部屋で
ユダヤ王 ダビデの墓の 石棺は ダビデの星の 布に覆われ
主のイエス 投獄された 地下の牢 鶏鳴教会 その上に立つ
ムハンマド 昇天をした 岩の上 黄金ドーム イスラム聖地
金色の ドームの下の 壁の色 青いタイルが 一面覆う
マグダラの マリア教会 金色の ドーム輝く オリーブ山に
主のイエス 泣いた教会 涙粒 ドームの形 かたどり建てる

主のイエス 最後の夜を 過ごす地は オリーブ茂る ゲッセマネ園
ゲッセマネ 万国民の 教会の ファサード上部 モザイク画あり
エルサレム 新旧市街 はっきりと 丘と谷とで 隔たり合いし
イスラエル 若い男女の 兵士たち 徴兵制で 国の守りを

イスラエル→香港

十月二十六日（木） エルサレム 晴→テルアビブ 晴
朝焼けに ピンクに染まる エルサレム 新市街にも 白む朝来る
エルサレム 残るシェクルを スーパーで お菓子を買って ほぼ使い切る
テルアビブ ユダヤ民族 シオニズム 建国目指す 移民の地なり
「白い街」ディゼンコフ通り 並木道 移民住宅 世界遺産に
テルアビブ 出国審査 係官 女性の顔も 厳しさがあり
行き帰り 四便共に 通路側 トイレに行くに 気兼ねが要らず

香港↓日本

十月二十七日（金）香港 晴↓成田 晴↓大阪 晴

イスラエル ユダヤの歴史 聖書の地 イエス伝承 パレスチナでも
宗教の 食事戒律 制限で ホテル夕食 バイキングなり
朝夕の ホテルの食事 バイキング いつも行列 ゆっくりできず
イスラエル 気候よい時期 巡礼の 世界各地の 信者が多く
エルサレム ユダヤキリスト イスラムの 聖地集中 混雑酷し
パレスチナ イスラエルとの 往来は 壁が隔てる アラブの民は
イスラエル イエス足跡 各地あり 教会立って 巡礼の地に
成田にて ＬＣＣ待ち 夕食に とろろうどんで 日本の味を

第十九回　バルト三カ国（エストニア・ラトビア・リトアニア）
（平成二十九年十一月二十三日～十一月三十日）

日本↓フィンランド↓エストニア

十一月二十三日（木）大阪 雨後曇り↓成田 雨↓ヘルシンキ 曇り↓タリン 曇り
朝四時に 起きて身支度 朝食を ゴミを処理して 空港へ発つ
小雨降る 朝刊取って 家を出る 空港着くと 雨は上がりし
機内より 高度十キロ 陽が沈む 西に飛ぶので 時間がかかる
沈む陽は 地上十キロ 空気澄み クッキリ丸く 茜鮮やか
ヘルシンキ 積もった雪が シャーベット 風が冷たく フードを被る
タリン行き フェリーの中は 若者の 仮装パーティー 早やクリスマス

エストニア↓ラトビア

十一月二十四日（金）タリン 曇り↓リガ 曇り
夜明け前 トラムの音が 聞こえ来る 暗いタリンに 教会の塔

どんよりと 雲立ち込める タリン発つ 九時まで暗く 気分落ち込む
エストニア タリンを発って ラトビアの リガまでずっと どんよりのまま
薄黄色 宮殿風の リガ城は 大統領の 官邸なりし
うす暗い リガの聖堂 鮮やかな ステンドグラス その色目立つ
重厚な パイプオルガン 装飾の 木彫り彫像 リガの聖堂
旧市街 中世の道 石畳 浮き出た石に 足元悪い
新市街 アールヌーボー 建築の 装飾のある 正面見事
ファサードの 彫刻見事 建築の アールヌーボー 通り見飽きず
四時前に もう暗くなる リガの街 北国の冬 寒さも増して
屋根の上 伸びをする猫 像のある 家の前には リーヴ広場が
クリスマス マーケット小屋 人出増す リーヴ広場に 明かりが灯る
階上の 住宅灯る 城壁の 唯一残る スウェーデン門
暗くなり 市庁舎広場 人まばら ブラックヘッド ライトアップで
正面に ハンザ四都市 紋章と 神話の像が ブラックヘッド
旧市街 沿って流れる とうとうと ダウガヴァ川の 水量多い

川沿いの イルミネーション 点滅し クリスマスまで もう一月に

ラトビア→リトアニア

十一月二十五日（土） リガ 曇り→十字架の丘 曇り→カウナス 曇り→ヴィリニュス 曇り
今日もまた 雲立ち込める リガの街 夜明けも遅く 陽が恋しくて
だだ広い 平原の中 十字架が 埋め尽くしたり 丘の如くに
十字架の 丘に登って ひと回り 大小無数 平和祈って
雲切れて やっと顔出す 朝の陽も カウナス着くと またどんよりと
地上から 湧き上がる雲 たなびいて 射す陽の影を 白く透かして
薄緑 草原の中 刈り込んだ 牧草の束 巻かれて白く
カウナスの 杉原千畝 記念館 ユダヤの民を ナチから救う
リトアニア 旧領事館 事務机 ビザにサインを 書き続けたり
日本の 塗装組合 ボランティア 旧領事館 ペンキ塗り替え
カウナスの 旧市庁舎の 広場には 聖堂教会 修道院が
カウナスの 大聖堂の 祭壇を 飾る大理の 彫刻見事

ドイツとの 侵略防御 城郭の 一部が残る カウナス城は
ヴィリニュスの 夜明けの門の マリア様 イコンに祈る 信徒の姿
ヴィリニュスの メイン通りを 散歩する ライトアップの 教会寺院
土曜日の メイン通りは 賑やかに 若者たちと 親子連れらが
カテドゥロス 広場の前に 大聖堂 鐘楼王宮 ライトアップが
王宮の 後ろの丘の 城跡に ライトアップの ゲディミナス塔

リトアニア→ラトビア

十一月二十六日（日） ヴィリニュス 雨後曇り→トラカイ 曇り→ヴィリニュス 曇り→
リガ 曇り

夜明け前 小雨降る中ヴィリニュスの ライトアップの 教会巡り
小雨降る 教会の前 佇んで 女性が一人 祈る姿が
十字切り 現地の人が 振り仰ぐ 夜明けの門の マリアのイコン
城壁と 円形城塞 闇の中 ライトアップの アンナ教会
聖ヨハネ 教会鐘楼 高く伸び 大統領の 官邸ライト

日曜日 通りで会った 親子連れ 聖霊教会 ミサに連れ行く
トラカイの 湖上の島の レンガ城 水面を泳ぐ 白鳥に鴨
橋渡り レンガ造りの 城壁と 四つの塔が 城館囲む
トラカイの 民族料理 キビナイは 腹もちのよい ミートパイ風
王宮に 大聖堂と 鐘楼が 昼間の広場 白さ際立つ
曇り空 ゲディミナス城 丘の上 石垣の中 レンガの塔が
荘厳な アンナ教会 夜明け前 昼間の姿 趣違う
ヴィリニュスを 一望すると 旧市街 教会の塔 ゲディミナス城
杉原の 記念碑のある ネリス川 妻が贈った 桜の並木
聖ペテロ パウロ教会 精巧な 漆喰彫刻 内部を覆う

ラトビア→エストニア

十一月二十七日（月）リガ 曇り後晴後曇り→タリン 雨
冷え込んだ リガの街には 氷張り 白く霜降り 身も凍えたり
晴れ渡り 陽が射し込んだ リガの街 気温低くて 氷は溶けず

大規模な 中央市場 店員の 無愛想ぶりを 素朴と感じ
富有柿 店の女将が 実を切って 試食用にと すごく甘かり
リガの駅 通勤客が 降りてくる ホームに上り 撮り鉄となる
駅を出て 運河に沿って オペラ座へ 緑地の丘で 旧市街見る
運河沿い 公園の中 園児たち 自由記念碑 見学に来る
修復の 城壁近く 城門と ロシア砲弾 残る火薬塔
旧市街 リガの城には 衛兵が 二人合わせて 儀礼の歩行
中世の 古い住宅 そのままに 三軒並ぶ 三人兄弟
聖ヨハネ 教会の裏 ヤーニスの 中庭残る レンガ城壁
聖ペテロ 教会の塔 旧市街 眼下一望 ダウガヴァ川が
青空に ブラックヘッド レンガ色 白い彫像 白枠映える
昼食は ガイドブックの バーで取る ワインスープと メインで安い
旧市街 歩き回って 五時間も 路地から路地へ 土地勘を得る
旧市街 ダウガヴァ川の 橋の上 教会の塔 一望できし
疲れ切る 寒さと歩行 二万歩で タリン行きバス 爆睡となる

一時の 晴れ間のリガも 曇り出し タリン着く前 雨降り出して
荷揚げ用 梁のある家 レストラン ウェイトレスの 優しい笑顔
夕食の 民族舞踊 誘われて 楽しくダンス 酔いが回りし

エストニア→フィンランド

十一月二十八日（火） タリン 曇り→ヘルシンキ 雨
夜明け前 タリンの街を 散歩する 小雨降る中 寒さ頬刺す
角曲がる 旧市庁舎の 前広場 クリスマスツリー 闇夜に灯る
うす暗い 路地の坂道 登る先 トームペア城 ライトアップが
ライト浴び トームペア城 ピンク壁 幻想的に 浮かび上がりし
大聖堂 ロシア正教 教会も ライトアップで 夜空に浮かぶ
大聖堂 オレンジ色に 照らされて 闇夜に浮かぶ 鐘楼の塔
トームペア 丘から望む 旧市街 教会の塔 ライトアップが
夜が明けて 再度広場に クリスマス マーケット小屋 店開きたり
トームペア 石の城壁 木の屋根が 四角と丸い 塔繋ぐ

タリンには バルト三国 首都の内 城壁多く 残る街なり
正面に イコンの壁画 三ドーム 正教教会 優雅な姿
旧市街 囲む城壁 残る塔 付けた名前に 愛嬌がある
高い塔 「のっぽのヘルマン」 トームペア 城の南に 三色国旗
丘からの 昼間のタリン 旧市街 レンガ色屋根 港も見える
旧市街 路地の両側 石の家 補強で繋ぐ 瓦の石梁
昼食は 旧市街地の 地下のバー 昨日で慣れて 注文できし
中世の 三角屋根の 三軒は 三人姉妹 淡い色合い
城壁を 辿り砲塔 「ふとっちょの マルガリータ」と 細身見張り塔
聖オレフ 教会の塔 通りから 城壁辿り 「修道女の塔」
城壁の 塔の門抜け タリン駅 首都の割には 人出少ない
駅からは 公園通り トームペア 城壁辿り 城の横手に
独立の 思い高めた 民族の 歌の祭典 広場ステージ
タリン港 フェリー出港 窓からは 教会の塔 ライトアップが

フィンランド→日本

十一月二十九日（水）ヘルシンキ 雨→スオメンリンナ島 曇り→ヘルシンキ 雨

地下鉄の 最寄りの駅を フロントで 地図をなぞって 教えてくれし
券売機 使用分からず 人に聞く 窓口はなく 何とか買えし
ヘルシンキ 中央駅は 二駅目 二・九ユーロ 高すぎるなり
地下深く エスカレーター 長い列 電車も椅子も 赤で統一
雨の中 中央駅の 正面に 建物古く 重厚感が
外観は 石垣の上 円盤が 載った半地下 岩の教会
急ぎ行く スオメンリンナ 行き港 次の船には 時間に余裕
ヘルシンキ 大聖堂が 遠くなる 十五分後に 島の港に
海上の 島全体が 要塞の スオメンリンナ 世界遺産に
船からも 見えた教会 ドーム上 光りを放つ 灯台兼ねる
島中の 要塞遺跡 巡るうち 道に迷って 一便逃がす
急ぎ足 雨でぬかるむ 道迷い 次の便にし 昼食とする
港着き 近くの店で サンド買い 朝のリンゴで 昼飯とする

雨に濡れ ウスペンスキー 大寺院 赤のレンガが 更に色濃く

十一月三十日（木） 成田 曇り→羽田 曇り→大阪 曇り
フィンランド バルト三国 雨曇り 北国の冬 日も短くて
夜明け前 四カ国とも 街散歩 寒さ厳しく フード手袋
四カ国 食事は似たり 美味かりし すべて平らげ 食欲落ちず
本旅行 天候不順 寒いけど 体調すぐれ 歩数も増えて
四カ国 自由時間と 夜明け前 街散策し 昼夜の姿
広場では ひと月すると クリスマス ツリーを飾り 準備始まる
お土産の 猫の置物 多くあり バルト三国 デザイン優れ
北国の 寒さに慣れた 体には 日本の気温 暖かかりし
成田から 羽田空港 電車乗る かつて通勤 都営地下鉄
帰宅して 日常戻り 墓参り 食料を買い 夕食作る
個性ある 猫の置物 七個買う 飾ってみると 思わず笑みが

第二十回　南ドイツ（平成二十九年十二月十五日〜十二月二十一日）

日本→ドイツ

十二月十五日（金）大阪 曇り→成田 曇り→フランクフルト 曇り→
　　シュトゥットガルト 曇り

機上から 雲に顔出す 富士山が 雪は斑で 真白ならず
幸いに 隣空席 気楽なり 窓の下には 関東平野
眼下には 利根川流れ 関東の 平野に多い ゴルフ場かな
上越の 雪頂いた 山並は 陽に反射して コントラストが
新潟へ 山を越えると 一面の 雲の下では 雪降りけるや
シベリアの 凍て付く大地 川凍り 白い流れが はっきり見えし
胡坐かき 二席を占めて ゆったりと 勉強もして 食事も進む
部屋の鍵 なかなか開かず フロントへ 見本を見るが こつはつかめず
フロントで 初めて話す ドイツ語が 通じてうれし 自信が付きし
鉄道の 駅前にある 自動車の ポルシェミュージアム 探しに出かけ

十二月十六日（土）シュトゥットガルト 雨後雪→ヘッヒンゲン 雪→ミュンヘン 曇り後雪

小雨降る 早朝の駅 電車にて シュトゥットガルト 街の散策
券売機 ホームで一人 操作する タッチパネルが うまく使えし
クリスマス ツリー輝く 早朝の シュトゥットガルト 中央駅は
暗闇に クリスマスツリー 点灯し 目指して行くと 宮殿広場
列柱が ライトアップで 明々と ケーニヒスバウに クリスマスツリー
コの字形 新宮殿が 広場前 ライト落として 重厚さ増す
広場には 出店ぎっしり 立ち並ぶ 開店準備 始める店も
明々と 屋内市場 店開き マルクトハレに 客我一人
ヘッヒンゲン 天空浮かぶ 城という ホーエンツォレルン 雲に隠れて
雪が降る ホーエンツォレルン 雲の中 城の姿は 霞んで見えし
城周り 雪を踏みしめ 一周を 下る坂道 足を滑らす
ミュンヘンの メイン通りは 店並び クリスマス客 ごった返して
土曜日の マリエン広場 クリスマス 出店目指して 人繰り出して
レジデンツ オペラハウスの 通りには 買物袋 ささげる市民

荘厳な 新市庁舎が 暗闇に 灯るツリーに 浮かび上りし
双塔の ひと際高い フラウエン 教会闇に ライトアップで
煌々と メイン通りの 建物の イルミネーション 気分高める
裏通り 紫青に 照らされた 建物の前 クリスマスツリー
ファサードに 彫像並び 白色の 三角屋根の ミヒャエル教会
賑やかな カールス門の 会場は アイススケート 子供の声が
ミュンヘンの 中央駅も 賑やかに 電車発着 人の流れで

十二月十七日（日） ミュンヘン 曇り↓シュバンガウ 雪後曇り↓ヴィース 曇り↓
　　ミュンヘン 曇り
昨晩の 雪が積もって ミュンヘンの 郊外出ると 一面白く
シュバンガウ 雪が降り出し ノイシュバン シュタイン城は 麓で見えず
城までの 雪でぬかるむ 上り坂 滑らぬように 足元気にし
雪が止み 坂の途中で 見上げると 垣間見えたり 白亜の城が
心血を 注いで建てた 城だけど ルードヴィヒ二世 謎の死で幕

雪止んで 視界広がり 城からは 麓一面 真白なりし
下り坂 滑らぬように 気を付けて 前から馬車が 次々来たり
前の丘 ホーエンシュバン ガウ城に 登ると眼下 アルプ湖見えし
曇り空 木々覆う雪 城館の 濃い黄色映え ひと際目立つ
城からは 反対の山 ノイシュバン シュタイン城の 白亜の姿
麓下り ぬかるむ道で 振り向くと 白亜の城が 今は見えたり
山腹の 雪覆われた 森の中 白い城館 高い塔見え
雪原に ポツンと立った ピンク色 ヴィース教会 可憐な姿
天井の 色彩豊か フレスコ画 ヴィース教会 真上を向いて

十二月十八日（月） ミュンヘン 曇り↓ローテンブルク 曇り↓ビュルツブルク 曇り↓
フランクフルト 曇り

城壁の ローテンブルク 中世の 街並残る 旧市街へと
市庁舎へ メイン通りに 木組み家 塔の景観 ブレーンライン
通りには ローテンブルク 名物の シュネーバル売る 店軒並べ

シュネーバル ドーナツ味の 白い球 大きさ味は 店で様々
市庁舎の 塔に登ると 旧市街 城壁囲む ローテンブルク
塔登る 狭い階段 両手付き 首を出したら 眼下に街が
雪残る 三角屋根の 家々と 囲む城壁 教会の塔
市庁舎の マルクト広場 クリスマス 出店が並び 賑やかなりし
聖ヤコブ 教会裏の クリスマス マーケットにて カレーソーセージ
旧市街 木組みの家と 塔の街 中世香る ローテンブルク
木組み家 赤く塗られた 木の柱 壁の色との 対比鮮やか
ブルク門 眼下に見える 二重橋 道に迷うも 我一人着く
崖の上 広がる街を 二重橋 タウバー川から 見上げ眺めし
旧市街 囲む城壁 門六つ 聳える塔が 外敵見張る
ブルク門 レーダー門の 小屋の屋根 とんがり帽子 愛嬌があり
城壁を 南から北 足早に 教会と塔 見ながら歩く
屋根のある 城壁歩く 半時間 ジュピタール門 クリンゲン門へ
城壁で 行き交う人と 挨拶し 木組みの家を 上から眺め

シーボルト 生誕の地で レントゲン 教鞭執ったビュルツブルクは
レジデンツ 大聖堂に マイン川ビュルツブルクの 街散歩する
大聖堂 慎ましやかな ファサードに 内部祭壇 飾り気はなし
マイン川 聖人像が 立つ橋で マリエンベルク 要塞見事
要塞へ 登る坂道 迷いつつ 門を抜けると 全容見えし
要塞で ビュルツブルクの 旧市街 アルテマイン橋 眼下に眺め
マイン川 橋から伸びる 道の先 大聖堂の ファサードが立つ

十二月十九日（火） フランクフルト 曇り→リューデスハイム 曇り→ザンクトゴア 曇り→
ケルン 曇り→フランクフルト 曇り

ライン川 リューデスハイム クルーズへ 小さな町も クリスマス祭
増水の ラインの流れ 色濁り 船の甲板 凍て付く風が
船室で ドイツ名物 白ワイン 試飲を重ね 体を温め
ライン川 両岸の山 白ワイン ブドウ畑に 雪が積もりし
両岸の 小さな村の 建物の 色や形が 変わり行くなり

ライン川 冬の船旅 凍りつく 城の眺めに 寒さ忘れて
両岸の 山腹に立つ 城館が 雪と雲とで 背景に溶け
ライン川 中州の島に 船形の 税関が立つ 増水の中
次々と 形と色が 異なった 城館眺め 船旅楽し
両岸の 城館の下 街並が 小さな町も 立派な教会
両岸を 走る電車が 来るたびに 城を背にして 写真に収め
ローレライ 歌で馴染みの 伝説も 見れば単なる 岩山なりし
黒々と 大聖堂の ファサードが 天突くように ケルンの空に
ふうふうと 息を切らして 登る塔 待っていたのは 絶景なりし
眼下には ラインの流れ 緩やかに 橋行く電車 小さく見えし
マーケット 出店群がる 人々と 赤い屋根見る 塔の上から
大聖堂 バイエルン窓 呼ばれてる ステンドグラス 眩いばかり
クリスマス マーケットから 歌声が 聞いたメロディ 「荒野の果てに」
夕食後 フランクフルト 夜の街 旅友親子 連れて散策
夜の街 人に聞きつつ マイン川 対岸見えし 聖堂の塔

アルテ橋 高層ビルの 輝きと 旧市街の灯 近さを感じ
市庁舎の レーマー広場 クリスマス ツリー明るく 出店人群れ
若い女 ゲーテハウスを 尋ねたら スマホで探し 道を教えし
駅探し 切符を買って 電車乗り 降りてホテルへ エスコート終え

ドイツ→日本

十二月二十日（水） フランクフルト 雨後曇り→ハイデルブルク 曇り→シュパイヤー 雨→
フランクフルト 曇り

小雨降る ハイデルブルク 城巡り 古城の風情 壁の色から
山腹の 古城から見る 旧市街 ネッカー川の 眺め素晴らし
城内の 世界最大 ワイン樽 階段上り 見る大きさや
ツムリッター 騎士の館は 旧市街 最古建物 今はホテルに
クリスマス マーケット小屋 点灯し 聖霊教会 マルクト広場
アルテ橋 振り向く先に 城跡が 小雨に煙る 全容見事
橋渡り 急な坂道 登り切る 哲学者道 展望開け

川に沿い 城展望し 旧市街 見下ろしながら 哲学者道
旧市街 教会の鐘 聞きながら 哲学者道 ただ一人行く
昼食は ソーセージパン 食べながら メイン通りを 広場に戻る
広場には クリスマスツリー 出店あり ハイデルブルク 城見上げたり
迷い入る 若者の声 校舎から 学生の町 ハイデルブルク
シュパイヤー 大聖堂が ひっそりと 佇む先に イルミネーション
塔四つ ドーム二つの 赤砂岩 ロマネスク式 巨大聖堂
ファサードと 聖堂内部 簡素なり クリスマスツリー 祭壇灯る
クリスマス 大聖堂の ファサードを 見ながら歩く 出店の通り
空港で 昨夜の親子 お礼にと お菓子をもらい 嬉しかりしや

十二月二十一日（木） 成田 晴↓大阪 晴
今回の ドイツ旅行は 天候に 恵まれずして 陽を見る日なし
ジャガイモが 付け合わせなり ドイツでは 全て完食 いつものように
塔登り 城壁歩き 丘登り 街を散策 歩いた旅ぞ

旅の町 いずこの街も クリスマス 出店賑わい ツリーが灯る
ドイツ語を 初めて話し 通じたり 半年間の ラジオ講座で
街中へ 郊外電車 三度乗り 迷いながらも 無事ホテル着く
名物の ソーセージパン かぶりつつ 街中散歩 ドイツならでは
疲れ出て 機内でワイン 悪酔いし 気分が悪く 席で悶々

第二十一回　オランダ・ベルギー（平成三十年一月二十五日〜一月三十一日）

日本→ドイツ

一月二十五日（木）大阪 晴→成田 晴→デュッセルドルフ 雨

早朝の 伊丹空港 リムジンは 満員発車 補助席座る
空席で 三席使用 横になり デュッセルドルフ 行きのフライト
先日の 雪が残った 関東の 平野は白く 機上より見え
機内より 北極圏の 日の出見る 雲の彼方を オレンジに染め
ガラガラで 乗務員たち ひまそうで 気楽に話し 時間を潰す
ホテルから デュッセルドルフ 旧市街 ライン川沿い タクシーで行く
旧市街 ラインタワーを 川岸で ライトアップで 雨空に映え
城の塔 教会の塔 川岸に ライトアップで オレンジ色に
菩提樹の 街路樹植わる 市庁舎の マルクト広場 雨で光りし
石畳 雨に打たれた 旧市街 薄闇の中 傘差し巡る
小雨でも バーの外では 立ち飲みで ビール片手に 話が弾む

ホテルまで 帰りは歩く 旧市街 買ったサンドに 傘差しながら
帰り路 迷いに迷い 気が焦る 再三聞いて やっと着きたり
サンド食べ 地図で確認 迷い道 かなり離れて 線路に沿って

ドイツ→オランダ

一月二十六日（金） デュセルドルフ 曇り→オッテルロー 曇り→ユトレヒト 曇り→

アムステルダム 曇り→スキポール 雨

うつつにて 路面電車の 音を聞く まだ暗い朝 アラーム前に
ライン川 デュッセルドルフ 左見て 目指すオランダ オッテルローへ
日本より 暖かい朝 霧低く 立ち込め霞む ドイツ平原
オランダの 牧草地には 草を食む 馬牛羊 酪農の国
国立の 公園内の 美術館 ゴッホ作品 説明を聞く
ゴッホの絵 その変遷を 明暗で 初めて知りし 名ガイドなり
「跳ね橋」に 「ひまわり」の絵と 「自画像」に 「糸杉」の絵の 名作を見る
南仏の アルルの街を 思い出す ゴッホ描いた 「夜のカフェテラス」

広大な 彫刻の森 ひと巡り 静けさの中 オブジェ現る
ユトレヒト 運河に沿った 旧市街 塔と教会 往時偲ばす
ドム塔の 百メートルの 高さ見る 通り楽団 演奏聞こえ
古色なる ドム教会の 回廊と 庭の隅には 寒桜咲く
ドム広場 教会の横 ユトレヒト 大学本部 鮮やかな色
橋架かる 地面の下の 運河岸 水面に沿って オープンカフェが
ユトレヒト 中央駅と ショッピング センター金曜 人出が多く
夕食へ アムステルダム バスからは ライトアップの 跳ね橋見える
金曜日 レンブラントの 広場では オープンカフェが 賑わいたりし
広場前 トラムが走り 運河沿い ライトアップの 素敵なホテル

一月二十七日（土）スキポール 曇り→アムステルダム 曇り一時晴後雨→スキポール 雨
国立の 美術館にて 有名な レンブラントと フェルメール見る
「牛乳を 注ぐ女」の フェルメール レンブラントの 「夜警」「自画像」
広場では 観光客が 写真撮り アイススケート 子供ら滑る

似ていると 東京駅の 正面とアムステルダム 中央駅は
駅前の 運河のそばの 建物が 傾きたるは はっきり分かる
駅前の 運河を発って クルーズを 曲がりくねって 位置が分からず
寒風の 遊覧船の 艫に立ち 跳ね橋見えて シャッターを押す
時計塔 丸橋通し 跳ね橋が トラムが橋を 運河巡りで
迷ったが レンブラントの 家見つけ 裏の広場に ノミの市立つ
歩き行く マヘレ跳ね橋 南下して アムステル川 シンゲル運河
運河沿い 旗振るデモの 声聞こえ 騎馬警官も 警備に当たる
ミュージアム 広場を通り 正面に コンセルトヘボウ コンサートホール
トラム乗り 中央駅で 乗り換えて レンブラントの 広場で降りる
車窓から アムステルダム 中心部 二つの通り 眺め楽しむ
逆に徒歩 ムントタワーに 運河沿い ダム広場から 中央駅に
運河沿い 花市の店 見て歩き ゴーダチーズの 塊を買う
賑やかな 通り隔てた 修道院 庭の静けさ 綺麗な住まい
ダム広場 新教会に 王宮が 薄闇の中 鐘の音響く

最後には 運河を三つ 渡り切り アンネフランク 家の前へと
高い塔 レンブラントの 眠りたる 西教会が 夕暮れの中
ダムラック 人で混んでる 道歩き 中央駅が ライトアップで
人行き来 中央駅を 通り抜け 港対岸 ビル明々と
朝曇り 昼陽が射して また曇る 夜は雨降る アムステルダム

オランダ→ベルギー

一月二十八日（日） スキポール 曇り→デンハーグ 晴→デルフト 曇り→
キンデルダイク 曇り→ブルージュ 曇り

デンハーグ オランダ政治 中心地 ビネンホフには 国会議事堂
池挟み 対岸からの ビネンホフ 薄日を背にし 重厚感が
ビネンホフ 中の広場は 静かなり 騎士の館が 威厳を放つ
一階が アーチ巡らす 広壮な 国会議事堂 広場圧倒
フェルメール レンブラントで 有名な マウリッツハイス 一番乗りを
フェルメール あの有名な 少女の絵 強い眼差し 濡れた唇

フェルメール 生誕の地の デルフトの マルクト広場 磁器工房を
広場には 赤い窓枠 時計塔 獅子紋章の 市庁舎が立つ
鐘楼が 百メートルの 高さある 新教会が 反対側に
運河沿い フェルメール墓 安置する 旧教会の 塔は傾く
藍色の デルフトブルー 磁器絵付け 猫の置物 土産に買いし
市庁舎と 新教会を 勘違い 方向違え 東門行けず
オランダの 原風景の 風車群 キンデルダイク 世界遺産に
十九基 キンデルダイク 風車群 運河に沿って 散らばり並ぶ
足早に 一本道の 往復を 風車の写真 アングル変えて
強風で 回る風車が 三基あり サービスなるや 観光客へ
運河には 白い跳ね橋 曇り空 黒い風車と コントラストが
運河沿い 五基の風車が 連なった 風景まさに オランダなりし
夕食の 鍋一杯の ムール貝 ビールに合って 食べ尽くしたり
レストラン 前の運河に 白鳥の 寝たる姿が 闇夜に目立つ
ブルージュで 夕食の後 道違え マルクト広場 行けずに戻る

旧市街 反対の道 間違えて ライトアップの ゲントの門に
寝不足や 疲れが溜まり 判断が 衰えたのか 道の間違い

一月二十九日（月） ブルージュ 曇り一時雨→アントワープ 曇り→ブルージュ 曇り
まだ暗い ブルージュの朝 散歩する マルクト広場 人影はなし
ステーン城 アントワープの 要塞で スヘルデ川沿い 旧市街あり
川からは 通りの先に 大聖堂 空を突き刺す 塔が聳える
物語 フランダースの 犬舞台 アントワープで 人気はないと
市庁舎と ギルドハウスに 囲まれた マルクト広場 眺め楽しむ
ベルギーの 国民画家の ルーベンス 多作の影に 工房の弟子
塔高い ノートルダムの 大聖堂 ルーベンス作 祭壇画あり
ブルージュの 世界遺産の 旧市街 見所多く 飽きることなし
ランチ終え 広場運河と 教会へ ビール醸造 修道院へ
州庁舎 三角屋根の 建物と 鐘楼囲む マルクト広場
市庁舎と 旧裁判所 礼拝堂 ブルグ広場を 囲み立ちたり

白壁に 金の装飾 屋根に像 公文書館 抜け運河へと
運河沿い 景観眺め 尖塔が 近くに迫る 聖母教会
静かなり 修道院の 中庭に 黄色水仙 すでに咲きたり
白鳥が 修道院の 前運河 首を背中に 倒し眠りし
夕暮れに 鐘楼登り 展望を 広場見下ろし 教会近く
夕食は パスタを食べて ビール飲む 銘柄多く さすがは本場
夜が更けて ライトアップの 広場行く 昼間と違う 雰囲気なりし
フロントの 素敵な女性 許可もらい ＰＣ使い 便の座席を

ベルギー↓日本

一月三十日（火） ブルージュ 晴↓ゲント 晴↓ブリュッセル 晴後曇り
この旅で 初めての晴れ 朝焼けが 愛の湖 散歩するうち
聖バーフ 大聖堂が 収蔵の ゲント祭壇画 「神秘の仔羊」
大聖堂 かの有名な 祭壇画 鯨骨格 なぜか飾られ
鐘楼の 音に釣られて 登りたり ゲントの町が 一望できし

青空の ゲントの町の レイエ川 ギルドハウスが 両岸に立ち
レイエ川 ミヒエル橋の 眺めから 栄華を偲ぶ 古都でありしや
川に沿う 石の城館 街中の レンガ造りと 対比をなして
川岸の 大肉市場 魚市場 巡りし後は 市庁舎へ行く
チョコレート ワッフルの町 ブリュッセル どの店からも おいしい匂い
有名な アーケードには チョコレート 老舗の店が 趣向を凝らし
覗き見る ショーウィンドーの チョコレート 美味しそうだが 値段が高い
角曲がる ぱっと広がる 空間が グランプラスか 圧倒されし
ひと回り 四方を囲む 建物の 美しきかな グランプラスは
トッピング 山と盛り付け ワッフルは 本場ベルギー ボリュームありし
聞き及ぶ 小便小僧 びっくりの 思いの外の 小さな像に
子供らが 小便小僧 前に立ち 記念写真で ボンジュール言う
地下鉄の 中央駅で 券売機 マダム見かねて 教えてくれし
ベルギーに EU本部 地上出て でっかいビルが 目に飛び込みし
逍遥か 凱旋門が 見えている 公園の中 一駅歩く

地下鉄の 路線図を見て 乗換えも 迷わずにでき アル門駅に
アル門を 見て迷いつつ 裁判所 プラール広場 ブリュッセルの町
昼飯の バゲットサンド かぶりつく 展望台で 町を見ながら
トラム道 真っ直ぐ行くと ロワイヤル 広場の右手 王宮に着く
王宮の 前の公園 真っ直ぐに 通り抜けると 国会議事堂
坂下り サンミッシェルの 大聖堂 聖カトレーヌ 教会を見る
繁華街 ぶらついた後 もう一度 グランプラスを 目に焼き付ける

一月三十一日（水） 成田 曇り→大阪 晴
オランダと ベルギーの旅 充実の 思い出となる 一週間に
両国の 小さな町を 思い出す それぞれの地に それぞれの顔
トラム乗り アムステルダム 街歩き 自由時間を 満喫したり
ブリュッセル 地下鉄利用 郊外も 観光できて 満足なりし
今回も 全ての食事 完食し 体調も良く 歩数も増えし
天候は 最後を除き 曇り雨 思いの外に 寒過ぎはせず

思い出す 初日の夜の 道迷い デュセルドルフ 思い出の地に
帰り便 行きと同様 空席で ゆったりできて 横にもなれし
機内食 行きも帰りも 完食を ワイン控えめ 悪酔いはせず
窓からは 満月が見え 煌々と 地上は凍る シベリアの地は

第二十二回　アイスランド（平成三十年二月二十二日〜二月二十七日）

日本→デンマーク→アイスランド

二月二十二日（木）大阪 晴→成田 雨後雪→コペンハーゲン 晴→

ケフラビーク 雪後曇り→ヘトラ 曇り

夜明け前 晴の大阪 自宅出る 成田に着くと 雨から雪に

雪空の 関東飛んで 新潟へ 晴の雪野に 信濃川見え

陽が映えた 日本海見て 佐渡島 上から見るに 雪は少なし

日本海 ロシア沿岸 流氷が 岸から潮に 流され沖に

満席で 通路が取れず 窓側に コペンハーゲン 乗継で着く

ケフラビーク アイスランドに 着くやいな 吹雪見舞われ 寒さ身に沁む

真夜中に アイスランドの ヘトラ着く ホテルの前は 雪原となる

二月二十三日（金）ヘトラ 曇り強風→スコガフォス 曇り強風→

セリヤランスフォス 曇り強風→ヘトラ 暴風雨

風強く 体感温度 寒過ぎる 防寒のため 重ね着をする
海沿いの 柱状節理 強風で 観光中止 残念なりし
一面の 雪の川原に スコガフォス 断崖落ちる 水の轟音
スコガフォス 水量多い 滝の水 風にあおられ 飛沫飛び散る
時間なく 急ぎ階段 登り切る 滝を上から 眺めるために
息切らし 滝を見下ろし すぐ降りる バスに着くころ 汗が噴き出て
火山島 アイスランドの 黒い土地 雪の白さと コントラストが
冬枯れの 牧草地には 放牧の 馬牛羊 雨に打たれて
雲垂れて 雪覆われる 山塊の 奥に氷河が 垣間見えたり
断崖を 流れ落ち行く 滝の水 強風により 吹き上げられて
滝上部 氷結をした 水飛沫 セリャランスフォス 滝裏行けず
暴風雨 今宵オーロラ ハンティング 期待ができず 中止となりし
時間でき 暴風雨中 隣町 バスでスーパー 買い物に行く
風唸り 部屋まで聞こえ 木々揺れて 雨風さらに 激しくなりし
強風で 飛ばされぬよに 腕組んで 三人連れが 二組行きし

二月二十四日（土）ヘトラ 暴風雨後曇り↓ゲイシール 曇り↓グトルフォス 晴↓
シンクヴェトリル 曇り↓レイキャビーク 曇り時々晴

一晩中 風唸る音 聞きながら うつらうつらと そのうち寝入る
明け方に 風弱くなり 雨上がる 雲はどんより まだ空覆う
曇り空 時に雹降る 空模様 地から湯気吹く ストロックルは
湯気上がる 丸い穴から 吹き上げる 間欠泉を 息凝らし待つ
間欠泉 不意に吹き上げ 真白に シャッターチャンス 少し遅れて
雪原に 一筋の川 断崖に 斜めの裂け目 グトルフォス滝
グトルフォス 氷河の水を 集めたる 白濁の滝 轟音すごい
昨日の 暴風雨去り やっと陽が アイスランドの 大地輝く
陽が射して グトルフォス滝 水の色 雪と氷の 白さ輝く
断崖の 裂け目に落ちる グトルフォス 水の飛沫が 白煙となる
大西洋 プレート造る 海底が 唯一地表 アイスランドに
ギャウという 地球の割れ目 歩き行く 岩壁に沿う シンクヴェトリル
岩壁の 上から落ちる 滝の水 割れ目に沿って 流れ下りし

割れ目沿う 荒涼とした 雪原に 小さな家と 教会がある
雹の降る シンクヴェトリル 雪の山 凍る湖 白一色に
レイキャビーク 海岸線を 散歩する 海越し見える 教会の塔
夕食後 うたた寝をして オーロラの 集合時間 飛び起き急ぐ
オーロラの ハンティングツアー 草原に 暗い空見る 人々の群れ
空見上げ 雲と見まごう 灰色の 帯がオーロラ 後から知りし
係員 上空指して オーロラと 我にはただの 雲しか見えず
現実に 見たるオーロラ イメージと 大いに違い 期待外れし
そういえば 機内窓から 空白く 思い返せば あれもオーロラ
灰色の 帯の写真は うす緑 やはりオーロラ 間違いないと

二月二十五日（日）レイキャビーク 雨後曇り→ブルーラグーン 曇り→
　　レイキャビーク 曇り

雨の中 レイキャビークの 観光を 傘も差さずに 濡れネズミなり
海のそば ホフジハウスの 前に立つ 米ソ首脳の 会談の家

正面が スペースシャトル 形した ハットルグリムス 白い教会
氷張る チョルトニン湖の 白鳥が 餌やる親子 声出しせがむ
市庁舎と 世界最古の 民主制 国会議事堂 湖畔に立ちし
レイキャビーク 小さな町の 旧市街 メイン通りで 土産を探す
湯煙の 乳青色の 露店風呂 世界最大 ブルーラグーン
広過ぎる 露店風呂では 場所により 色も異なり 温度も違う
強風で 波立つ風呂で 風避けて 人の集まる 風下の岩
広い風呂 湯温高めに 人集い 冷気のために 顔だけ出して
寒風で 風呂から出ると 体冷え 走って部屋に 駆け込み暖を
湯に浸かり ビールを飲むが 寒さ増す 日本人には 湯が温過ぎる
顔だけに 泥パックした 女性たち 眼をパチクリし 湯の中歩く
試しにと 泥パックして 顔洗う 肌スベスベに ヒリヒリもする
エコの国 アイスランドは エネルギー 水力地熱 自然を利用
温泉も 地熱発電 余りもの 露店風呂にし ブルーラグーン

アイスランド→デンマーク→日本

二月二十六日（月）レイキャビーク 雨後曇り→コペンハーゲン 晴
レイキャビーク 早朝発で 三時起き 朝食軽く 眠気が残る
レイキャビーク 夜明けが遅く 機上から 雲の彼方が 茜に染まる
この旅は 天候不順 暴風雨 雪に雹降る アイスランドは
外気温 思いの外に 低くなく 雨で雪溶け シャーベット状
風強く 体感温度 低くなり 手はポケットに 頭にフード
悪気象 オーロラチャンス 一度きり 白い雲様 期待外れし
物価高 アイスランドは 輸入国 ＥＵ国の 二倍を超えし
今回も 食欲落ちず 全食事 完食できて 体調は良い
昼食の コペンハーゲン 空港で 我の仕草で 店員笑う

二月二十七日（火）成田 晴→大阪 晴
関空へ ＬＣＣで 眠りこけ 離陸気付かず 疲れのためか
大阪は 暖かかりし 太陽も アイスランドの 風の冷たさ

第二十三回　アイルランド（平成三十年四月二十三日～五月一日）

四月二十三日（月）大阪 晴→成田 曇り→羽田 曇り
関空へ ＬＣＣで 成田飛ぶ 電車で羽田 前泊のため
懐かしい 都営浅草 通勤の 駅名聞くや 早や九年経つ
東京も 小さなホテル 外人の 観光客が 多く泊まりし

日本→イギリス

四月二十四日（火）羽田 曇り→ロンドン 曇り→ベルファスト 晴後雨
今回は 隣の女性 気兼ねなく 旅の話で 時間が過ぎし
機内にて 大声出して 酔っ払う 女注意し 静かにさせる
ベルファスト 市内散策 雨の中 突如市庁舎 目の前に出る
九時近く 薄暮の中で ベルファスト 大聖堂が ひっそりと立つ
バル探し 見つからなくて 市庁舎へ ライトアップで 薄ピンク色
別の道 戻るとやはり 迷いたり 地図で確かめ 直ぐにホテルに

四月二十五日（水）ベルファスト晴一時雨↓キャリックアリード晴↓
ブッシュミルズ晴↓コーズウェイ晴後雨↓ベルファスト曇り

ベルファスト冷えた早朝 街散歩 桜木蓮 花咲く春が
まだ閉鎖 植物園の 門の前 開くまで散歩 大学の中
古めかし 大学校舎 中庭に 八重桜咲き 一人佇む
朝早く 既に学生 図書館で 勉強したる 姿が見えし
やっと開く 芝生の緑 目に優し パームハウスは 花で囲まれ
陽が照った キャリックアリード 吊り橋へ 海岸線を 一人速歩で
島渡る 揺れる吊り橋 スリリング 足元弾み ロープを掴む
緩やかな 起伏の丘の 牧草地 羊の群れが 草を食みたり
車窓から 小羊たちが 跳ね回り 乳吸う姿 次々見えし
ウィスキー 世界最古の 蒸留所 ブッシュミルズの 二塔の屋根が
試飲した 十二年もの アイリッシュ 色も香りも 口当たりよし
試飲バー ウィスキー飲み 男女ペア 民族笛の 演奏を聴く
コーズウェイ 奇岩が続く 海岸に 柱状節理 塊が立つ

ジャイアンツ コーズウェイにて 岩登る 六角形の 節理の上を
波寄せる 六角形の 岩の浜 柱状節理 足で踏みつつ
山肌に 柱状節理 岩聳え 下で見上げる その圧巻を
ベルファスト 宗派対立 傷跡が ピースラインの 絵の壁と門
カトリック プロテスタント 住民が 壁を挟んで 今も住み分け
ベルファスト 豪華客船 沈没の タイタニックの 建造地なり
市庁舎の 庭に慰霊の 碑がありし タイタニックの 犠牲者の名が
夕日射す ベルファスト街 黒い雲 地上の間 虹がかかりし
夕食に タラのフライで 黒ビール ギネスを飲んで 食が進みし

イギリス↓アイルランド

四月二十六日（木） ベルファスト 晴後曇り↓ドラムクリフ 曇り↓スライゴー 雨後曇り↓
コング 晴↓ゴールウェイ 晴

朝は晴れ 窓から見えた 山の端を 明るく照らし 陽が昇りたり
イギリスと アイルランドの 国境を 停まることなく バス通過する

イギリスが ＥＵ抜けた 後からは 国境通過 検問如何に
空模様 雲現れて 小雨降る 陽の射す先に 虹弧を描く
昼食は 海を眺める レストラン ローストビーフ 黒ビール飲む
途中下車 アイルランドの 文学者 イエーツの墓の 教会寄って
スライゴー 小雨の中を 街歩き 修道院の 遺跡を訪ね
中世の 石の建物 黒ずんで 残る回廊 往時偲ばす
見学は 我一人にて 雨の中 廃墟の中を 歩き回りし
緑なす 石で囲った 牧草地 アイルランドの 風景なりし
牧草地 草を食んだり 寝そべった 牛や羊の 姿を見つつ
コングにて 修道院の 廃墟寄る 森の静けさ 川の流れが
朽ちかけた 石の建物 回廊が 廃墟に残る 石の十字架
ゴールウェイ 夕食の後 海岸へ 茜に染まる 夕空眺め
海岸へ 入江見えるが 道が無い かなり歩いて やっと岸辺に
対岸に 見えた家々 夕日映え 静かな岸を 一人歩きし
海岸の 牧場にいる 牛二頭 呼べば近くに でかい頭が

牛二頭 間近に来ると 後ずさり 体でかいが 目は優しくて

四月二十七日（金） ゴールウェイ 曇り後晴↓イニシュモア島 晴↓ゴールウェイ 晴

朝散歩 大きな家が 立ち並ぶ 通学の子ら バス停走る
晴れ渡る アラン諸島へ フェリー乗る 甲板にいて 風は冷たし
フェリー降り イニシュモア島 ミニバスで 古代遺跡の ドンエンガスへ
両側を 石が積まれた 道登る 小さな花が 石の間に
登るほど 傾斜が急に 目の前に 高い石垣 弧状に伸びし
振り向くと 来た石の道 下に伸び 青空と海 遥か広がる
門くぐる 二番目の壁 眼前に さらに高くて 弧も狭まりし
二番目の 壁をくぐると 青空が 視界広がり 石の舞台が
視界切れ 石舞台端 断崖が 大西洋の 海に面して
断崖の 下を覗くと 波砕け 高さにびびり 足もすくんで
石舞台 腹這いになり 海面を 顔出し覗く 絶壁の下
絶壁の 連なる台地 海面は 波が砕けて 白い飛沫が

有名な アランセーター 原産地 島の土産屋 どっさり積みし
運転手 同士の言葉 分からない ガイドに聞くと ゲール語なりと
朽ち果てた 修道院に 馬一頭 人恋しさか 近寄りに来る

四月二十八日（土） ゴールウェイ 曇り↓モハー 晴↓ドゥーラン 曇り一時雨↓
エニスタイモン 曇り↓クロンマクノイズ 晴↓ダブリン 晴

日の出見て 朝焼けの空 背に散歩 海の向こうに 対岸見えし
ゴールウェイ 大聖堂に 陽が射して 緑のドーム 鮮やかに見え
潮引いた 入江に沿った 牧草地 春の陽を浴び 牛寝そべりし
穏やかな 起伏の中の 牧草地 一面黄色 タンポポ染めし
牛羊 石で囲んだ 牧場に アイルランドの のどかな景色
目の前に 台地が伸びて 人歩く モハー断崖 その先にあり
目立たぬが 斜面くりぬき 案内所 景観保全 配慮がうれし
海落ちる モハー断崖 そそり立つ 延々続く 絶壁の道
珍しく 快晴の空 風もなく 絶壁見つつ 断崖歩く

海遥か ゴールウェイ湾 アラン島 はっきり見える 絶好日和
断崖の オブライアン塔 登り見る 眺望見事 海の絶壁
断崖に 巣くう海鳥 乱舞する バフィンの姿 確認できず
ドゥーランで 断崖クルーズ 雨が降り風も強くて 甲板寒い
そそり立つ 断崖の上 はっきりと 登った塔が 米粒大に
滝見える エニスタイモン 石造り 簡素なホテル 昼食を取る
川のそば 名は「滝ホテル」 披露宴 着飾る親子 ロビーで待機
シャノン川 見下ろす丘に 廃墟あり 修道院の クロンマクノイズ
ハイクロス ケルト十字架 オリジナル 表面風化 形崩れて
廃墟跡 芝生の中に 教会と 二つの塔が 往時のようすが
隣接の 現代の墓地 ハイクロス 林立するは ケルトの文化

四月二十九日（日） ダブリン 晴→グレンダーロッホ 晴→ダブリン 晴
クライストチャーチ聖堂 美しい 渡り廊下で ホールダブリニア
広い庭 静まり返り 桜咲く 聖パトリック 大聖堂は

ダブリンは ギネスビールの 発祥地 工場内は 見学客が
出来たての ギネスビールを 飲みながら ダブリンの町 眼下に望む
トリニティ 大学図書館 ケルズの書 目当てに並ぶ 観光客が
ケルズの書 豪華装飾 福音書 ケルト美術の 至宝であると
図書館の ロングルームに ニュートンら 学者作家の 胸像並ぶ
昼食は アイリッシュパブ 生演奏 ビールを飲んで フィッシュとチップス
青空に 遺跡の塔と 教会が グレンダーロッホ 山間の地に
バグパイプ 音が聞こえる 遺跡には 石の十字架 墓石が並ぶ
静かなり 遺跡の中の 遊歩道 湖光る 春の陽照って
郊外の ホテルの近く トラム駅 往復切符 街中心へ
トラム乗り ダブリンの街 線路沿い 水路で泳ぐ 白鳥の群れ
駅名を モニターで見て 降りる駅 気にしながらも トラムの外を
トラム降り メイン通りの 散策を コノリー駅は 閑散として
モニュメント アイルランドの 大飢饉 飢えた人々 移民帆船
夕日受け リフィ川に沿う 税関の 緑のドーム 輝き出して

日暮れ時 図書館の前 ひっそりと 静まり返る 大学の中
街の中 憩いの場所の 公園は 夕日陰って 人影まばら
日が暮れて テンプルバーの バル街は ビール片手に 歌声聞こえ
九時過ぎて 西空薄く 茜色 東の空に 満月昇る

アイルランド→イギリス→日本

四月三十日（月） ダブリン 晴→ロンドン 雨
三時半 アラーム前に 目が覚める 不思議なもので 人の知覚は
機上より アイルランドに お別れを パッチワークの 牧草地見て
帰国便 真中の席 残念も 後方通路 空席移る
この旅は 予想に反し 好天気 雨が降っても 一時的なり
まだ寒い アイルランドも 春模様 花々が咲き 草木も萌えし
牧場の 草の緑は 鮮やかに 牧歌的なり アイルランドは
断崖に 奇岩連なる 海岸は アイルランドの 自然の妙が
穏やかで 慎み深い ケルト民 自然や遺跡 大切にして

有名な ギネスブックの 黒ビール アイルランドが 発祥地なり
アイリッシュ スコッチよりも 古いとか ウィスキーでも 世界最古と
この旅は 仲間恵まれ 楽しけり 女性二人と 程良い距離で
この旅は ジャガイモ尽くし 料理でも ビールが美味く すべて完食

五月一日（火）羽田 晴↓東京 晴↓成田 晴↓大阪 晴
シベリアの 上空からの 日の出見て 黄金の色の 鮮やかなこと
中学の 同級生と 再会を 五十年ぶり 感慨はなし
中学の 遠足写真 持参して 同級生を 語る友かな
中学の 同級生を 懐かしむ 友の気持に 理解及ばず
懐かしむ 友の気持は 分かるけど しっくりこない 我の気持は
新宿で 友と別れて 浅草へ 雷門で 旧同僚と
隅田川 岸の公園 佇んで スカイツリーを 時間つぶしで
着物着た 中国人が 闊歩する 雷門の 仲見世通り
浅草で 元同僚と 五年ぶり まさか元部下 三人連れて

元部下と 再会できて 嬉しけり 配慮の友に 感謝を込めて
それぞれの 人生送る 旧仲間 充足感が 顔に現れ
スカイツリー ビューポイントで 皆で見る 東武浅草 駅屋上で
団欒後 成田に向かい ＬＣＣ 関空行きで 大阪戻る

第二十四回　旧ソ連三カ国（モルドバ・ウクライナ・ベラルーシ）

（平成三十年五月二十七日〜六月四日）

日本↓ロシア↓モルドバ

五月二十七日（日）大阪 晴↓成田 晴↓モスクワ 晴↓キシニョフ 晴

機上より 雪が残った 富士山の 頂き見えし 成田への空

モスクワに 入国するが 空港は ワールドカップ 雰囲気はなし

モスクワの 出国審査 女性ペア 喋り続けて ながら作業で

モスクワで 五時間待って キシニョフへ 着くと真夜中 零時を過ぎし

モルドバ↓ウクライナ

五月二十八日（月）キシニョフ 晴↓オデッサ 晴

快晴の キシニョフの街 朝散歩 公園の中 プーシキン像

モルドバの 建国の父 シュテファンの 像の公園 メイン通りに

朝早く 勝利の門の 前に立つ 大聖堂に 信徒が拝む

キシニョフの 大聖堂の 床に撒く 草の香りが 荘厳さ増す
市庁舎を 過ぎた市場は 賑やかに 地元の人が 買物をする
ミサ中の 大聖堂に 歌声が 信徒ら一途 祈りを捧げ
ワイナリー 石灰岩の 地下にある トンネル利用 膨大な瓶
白赤と 試飲を重ね ほろ酔いに 最後シャンパン 土産に二本
金ぴかの 屋根が輝く 聖ティロン 大聖堂に 黒衣の僧が
市庁舎の 横の広場に 露店出て 民芸品や 絵画を売りし
モルドバの トロリーバスは おんぼろで 今も現役 混んで一杯
モルドバの 沿ドニエストル 謎の国 駐屯するは ロシア兵なり
レーニンの 像が今だに 謎の国 ソ連のままの 未承認国
ウクライナ 入国際し 一時間 暑いバス中 外で涼みし
オデッサに 着くと真夜中 夕食を 済ますと一時 直ぐに就寝

五月二十九日（火） オデッサ 晴→キエフ 晴
早朝の オデッサの街 散歩する 朝日に光る 黒海望み

朝日浴び オペラ劇場 オレンジに 輝く姿 華麗なりしや
列柱が 神殿風の 市庁舎の 前から伸びる 並木通りが
プラタナス 黒海臨む 並木道 木漏れ陽受けて 朝の静けさ
並木道 視界が開け ポチョムキン 階段の下 埠頭が伸びて
階段は 下に行くほど 幅広く ケーブルカーが 横上下する
上からは 踊り場だけが 下からは 階段だけが 見える不思議さ
階段の 上の道沿う 建物が 朝日を受けて 色鮮やかに
階段を 下りて港の 埠頭まで 釣人一人 アジを獲物に
港から オデッサの町 高台に 階段挟み 両側に伸び
並木道 港見下ろし 終点に 恋人たちの 「愛の橋」 あり
オデッサの 聖堂を見て パサージュを 抜けた通りに オープンカフェが
黒ドーム 白亜聖堂 内部には 白いドームが イコノスタシス
ウクライナ 発祥ボルシチ 昼食に 伝統楽器 若者が弾く
下町の くすんだ色の 街中を おんぼろトラム キイキイ走る
ウクライナ オデッサ飛んで キエフまで 大平原に 畑広がる

街中へ ドニエプル川 対岸に ペチェールスカの 修道院が

五月三十日（水） キエフ 晴

旅先で 初めて過ごす 誕生日 ウクライナ国 晴れたキエフで
すでに陽が 昇る早朝 坂下り 地下鉄の駅 探し散策
壁黄色 白い窓枠 ファサードが 緑のドーム ウラジーミルは
信徒らの ミサの歌声 ハーモニー ウラジーミルの 聖堂の中
皇帝の 怒りを買って 建物が 血の色塗られ キエフ大学
蒙古軍 壊した跡に 再建の 黄金の門 ドームが上に
白壁の 高い鐘楼 くぐり見る 六つのドーム ソフィア聖堂
モザイクの 両手を上げた マリア像 ソフィア聖堂 鐘楼高く
空色の 鐘楼くぐる 青空と 見まがう青の 聖ミハイルは
目を見張る 強烈な青 金ドーム 聖ミハイルの 聖堂の壁
門くぐる ペチェールスカの 修道院 大鐘楼が 目の前に立つ
聖三位 一体教会 木製の イコノスタシス 装飾見事

黄金の イコノスタシス 眩くて ウスペンスキー 大聖堂は
画学生 修道院を モデルにし 仲間語らい 写生に励む
広大な ペチェールスカの 修道院 丘から望む ドニエプル川
独特の 緑のドーム トラベズナ 教会内部 フレスコ覆う
アンドレイ 教会が立つ 坂の上 緑のドーム 空の青さに
坂に沿い 露店が並び 上からは ドニエプル川 教会越しに
歌踊り 民族衣装 フォークロア 食事も美味い キエフの夜は

五月三十一日（木） キエフ 晴→リヴネ 晴→クレーヴェン 晴→リヴネ 晴
キエフから 西へ五時間 リヴネまで 大平原の 地平線見て
リヴネから クレーヴェンまで ライ麦の 畑一面 白い穂が伸び
木々の中 緑が覆う 線路道 誰が名付けし 愛のトンネル
真夏日に 蚊を手で払い トンネルを 急ぎ歩くが 端まで行けず
トンネルを 奥に行く程 蚊の群れが 我に殺到 後を追いけり
汗かいて さらに蚊の群れ 我を追う 両手で払う 顔首手の甲

足止める 蚊が手の甲 群れて刺す その大きさは 日本の二倍
蚊の音を 耳で聞きつつ 足速め 蚊に追われつつ バスに戻りし
首筋の 汗を拭いたら ハンカチに 赤い血の染み やはり刺されし
リヴネ着き メイン通りの 教会は 黄色の壁と 青い窓枠
公園の 噴水の前 ハート形 馬車に親子が 鳩屋根止まる
ウクライナ 田舎の町の リヴネでも 人で賑わい バスも混んだり

ウクライナ→ベラルーシ

六月一日（金） リヴネ 晴→ブレスト 晴
早朝の リヴネの街の 涼しさは 昼間の暑さ 忘れさせたり
ウクライナ 北部国境 ベラルーシ ライ麦畑 はるか広がる
馬で畝 鍬鋤持って 畑仕事 昔の姿 今も残りし
ベラルーシ 入国審査 カード書き トランク検査 両替もする
ドイツとの 激戦の跡 ブレストの 要塞の地に 巨大慰霊碑
要塞の 入口の屋根 星形の 巨大トンネル コンクリートで

広場には コンクリート製 男性の 巨大な顔の モニュメントあり
ドイツ軍 砲火の跡が 建物の レンガに残る 生々しさが
川のそば ブレスト要塞 城門の レンガの壁に 砲火の窪み
国境の 町ブレストの 要塞の 川の対岸 ポーランドなり
独裁の ベラルーシには レーニンの 像と通りが ソ連のままに
ブレストの メイン通りを ぶらついて ツムデパートで 猫の置物
駅までの 通りを散歩 猫連れた 婦人と話す 猫の名ミーシャ
十時前 やっと日が暮れ ブレストの 駅に列車が ミンスク発の

六月二日（土）ブレスト 晴→ネスヴィジ 晴→ミール 晴→ミンスク 晴
早朝の 青空市場 花野菜 果物並べ 開店準備
静まった 公園の中 青空が 池に映って カップル二人
ベラルーシ 平坦な地に 牧草地 ライ麦畑 森繰り返す
ネスヴィジの 小さな町の 郊外に 堀ある城に 宮殿が立つ
城門を くぐると広い 中庭の 六角形が 視界の中に

宮殿で 結婚式を 終えたるや 新郎新婦 カメラにポーズ
街中で 祭りの列が 行進を 後に花弁 教会までに
ミール城 レンガ造りの 正面の 三つの塔が どっしり構え
中庭で ごつい男ら 槍を持ち 民族衣装 見世物なりし
城映る 池を一周 見える塔 角度と距離で 被写体となる
城の裏 木立の中に キリストの モザイク画ある 城主の廟が
城内の レストランにて 披露宴 新郎新婦 庭にて写真
ミンスクは やはり首都なり レーニンの 通りと像が 今も健在
首都の駅 待合室は 人混んで モスクワ行きの 国際列車
ミンスクの 駅前通り 両角に 左右対称 塔あるビルが
ただ広い 十月広場 共和国 宮殿が立ち 人影まばら
聖シモン エレーナ教会 日が暮れて 屋根の十字架 明かりが灯る
ミンスクの 地下鉄通路 花束を 売るおばさんら 立ち並びたり

ベラルーシ→ロシア→日本

六月三日（日）ミンスク 晴→モスクワ 晴
青空の レーニン通り スターリン 様式ビルが 両側に立つ
ビルの間に レーニン通り 教会が 聖母マリアの 白い双塔
教会の 通りを挟み 真ん前に 白亜建築 旧市庁舎が
日曜日 聖霊教会 ミサ最中 十字を切って 唱和の信徒
レーニンの 通りを行くと 公園が スヴィスラチ川 両岸に沿い
青空の ミンスクを発ち モスクワへ 眼下は森と 畑が続く
雨上がり モスクワの空 白い雲 雲間に青い 空覗きたり
ＪＡＬ便の モスクワ発は 通路側 取れておまけに 横は空席

六月四日（月）成田 晴→羽田 晴→大阪 晴
ウクライナ ベラルーシとも どこまでも 大平原に 畑と森が
モルドバの ワイン味わい ウクライナ ベラルーシでは ビールが美味い
旧ソ連 三カ国とも 口に合う 食事はすべて 残さず食べし

街並は バルト三国 比べても ソ連色濃い 建物残る
天候は 青空続き 真夏日も 暑さ酷いが 朝は涼しく
街中に 三カ国とも 公園が 緑多くて 好感持てり
成田着き 田植え終った 里山の 風情はやはり 日本なりしや

第二十五回　オーストラリア（平成三十年六月十一日〜六月十八日）

日本↓オーストラリア

六月十一日（月）大阪 曇り後雨

墓参り ゴミを処理して 銭湯へ 準備万端 オーストラリア
短過ぎ 一週間で また旅行 片付け済むと また荷作りと
完全に 旅の疲れと 時差ボケが 取れないうちに 正直言えば
今回は オーストラリア 時差が無い その分体 負担が軽い
四人席 座席を一人 占有し 体伸ばして 横になりけり

六月十二日（火）シドニー 晴後曇り↓エアーズロック 晴

三時間 シドニーを発ち 延々と 砂漠の大地 エアーズロック
赤茶けた 砂漠の大地 涸れた川 流れた跡が 曲がりくねって
機内より 赤い岩塊 突然に エアーズロック まさに目の下
目の前の エアーズロック 岩の上 登る人々 一列に見え

長時間 搭乗の後 すぐ登山 足の屈伸 体の準備
赤い岩 チェーンを握り 急登を 足を踏みしめ 前傾をして
急登の 三十分を 格闘し 汗びっしょりで 岩塊の上
振り返る 急登の下 人の列 眼下広がる 赤い大地が
岩塊の 上の起伏を 登り降り やっと頂上 視界広がる
頂上の 標識の前 記念にと 登頂者同士 写真撮り合う
アボリジニ ウルルと呼んだ この岩は 聖地故にて もう登れぬと
陽を受けて ウルルの麓 見下ろすと 岩肌に影 我の姿が
下る道 目的達し ゆっくりと 登る人たち 励まし声を
下に降り 見上げる岩の 大きさを 実感させる 一枚岩は
砂漠地の ウルルの周り 意外にも 背丈の低い 灌木草が
日の入りの 夕日に染まる ウルル見て 変わる色調 確かに感じ
ワイン手に 夕日の当たる ウルル背に 記念写真の 自撮をしたり
夜の空 南十字星 はっきりと カンガルー肉 初めて食べる

六月十三日（水）エアーズロック 晴→カタジュタ 晴→エアーズロック 晴
日の出前 荒野に光る 花園は 色とりどりの 電球灯る
日の出前 黒いウルルを 背景に 光る花園 闇夜に灯る
地平線 空が茜に 染まり出し 突如陽が出て 眩く昇る
日の出前 ウルルの上が 染まり出し 日の出とともに 岩肌赤く
岩肌が 黒い影から ゆっくりと 明るさ増して 赤いウルルに
アボリジニ 先住民の 生活が 焦げた岩肌 描いた岩絵
アボリジニ 聖地のウルル 伝説が 蛇の女の クニヤの話
岩肌に ハートの窪み ムティジュルの 涸れない泉 クニアウォーク
ウルルから 見えるカタジュタ 巨岩群 マウントオルガ 谷間を歩く
カタジュタの オルガ渓谷 両側の 赤い巨岩の V字に空が
午後からは 展望台の 三カ所に ウルルカタジュタ 眺め楽しむ
展望後 リゾート地内 散歩する 大きなオウム 広場に群れて
ディジュリドゥ ユーカリ製の 長い笛 アボリジニ吹く ホテルのロビー
夕食は ウルルの見える 屋外の 「サウンドオブ サイレンス」にて

ディジュリドゥ 音色聴きつつ 夕暮れの ウルルでワイン ディナーの前に
サンセットワイングラスに 映りたる 逆さウルルの 赤い姿が
夕色の ウルル目にして 星空を 肴にワイン 杯を重ねて
満天の 星空の下 夕食を 天の川見え 流れ星さえ
天体の 望遠鏡で 惑星を 土星の環さえ はっきり見えし

六月十四日（木） エアーズロック 晴→ケアンズ 晴
寒い中 暗い夜道を 日の出見に 展望台に 早一人居り
空白む 寒さに震え 半時間 やっと陽が出て ウルルが染まる
いつの間に 周りに人が 集まって ウルルに日の出 皆で観賞
二日酔い 広場のベンチ 陽を受けて 体を温め 短歌を詠みし
見納めに 展望台の 二カ所寄り ウルルカタジュタ 最後の別れ
青空に 白い木肌の ユーカリが 枝を広げて 緑を垂らす
ユーカリの 木蔭の下で 寝そべって ランチの後に 一休みする
ウルル見て エアーズロック 午後発って 夕刻六時 ケアンズに着く

ケアンズの ナイトマーケット 賑やかに 日本の女子も 多く働く

六月十五日（金） ケアンズ 晴→キュランダ 晴→グリーン島 晴→ケアンズ 晴

干潮の ケアンズの海 陽が昇る 半島の上 雲をかすめて
海岸の プロムナードを 散歩する 行き交う人が 挨拶交わし
突然に レスキューヘリが 着陸し 広場の前に 救急車待つ
ゴンドラの スカイレールの 駅の木に 寄生の蘭の 美しきかな
キュランダへ 熱帯雨林 俯瞰する ゴンドラ一人 乗り満喫を
広大な 熱帯雨林 真上から 樹上の姿 観察できし
途中駅 熱帯雨林 中通り 別のゴンドラ 二度乗り換える
一人乗る ゴンドラからは バロン滝 白く落下し 川へと流れ
キュランダで アポリジニらを 見かけたり 絵画モチーフ 独特なりし
キュランダの 芸術家村 マーケット 工芸品や 絵画楽しむ
沖進む 水平線に グリーン島 緑の丘が 徐々に大きく
グリーン島 高速艇の 揺れること 少し酔いかけ その時着きし

サンゴ礁 シュノーケリング 潮引いて 浅瀬が続き 泳ぎにくけり
岩棚に 色とりどりで 大小の 魚群れなし 目の前泳ぐ
目の前を 大きな魚 横切って 小魚の色 形さまざま
魚たち シュノーケリング する人を 恐れはせずも 岩の隙間に
水温が まだ冷たくて 体冷え 一時間でも 楽しみたりし
浜上がる 目が釘付けに ビキニ着た スタイルの良い 若い女性が
グリーン島 桟橋の下 海亀が 悠々泳ぎ 潜って消えし
船降りて 巨大イチジク 中央に メイン通りを ケアンズ駅に
遊歩道 金曜の夜 家族連れ ラグーンのプール 子供戯れ
ケアンズの 海遠くまで 干上がって ペリカンの群れ 舞い降りて来る

六月十六日（土） ケアンズ 晴→シドニー 晴
干潮の ケアンズの海 朝焼けで 雲茜色 日の出は見えず
潮引いた 干潟で休む ペリカンの 群に嘴 背に寝るものも
街中の ビルの屋上 動物園 ガラスドームに コアラワラビー

放し飼い ワライカワセミ 木に止まる コアラを抱いて 記念写真を
ケアンズを 発ち三時間 シドニーへ グレートバリアリーフの島が
鉄道の シドニー駅で ホーム聞く オペラハウスの サーキュラーキー行き
券売機 操作分からず 時間食う 後ろの女性 見兼ね手を貸す
電車にて シドニー港へ 二階建て 車内は広く 快適なりし
港右 オペラハウスが 左には ハーバーブリッジ 夕暮れの中
夕日射す オペラハウスの ヨットの帆 茜に染まり 夕空に映え
黒い影 ハーバーブリッジ 橋梁を 歩く人たち 姿はっきり
陽が沈む 茜の空を 背景に ハーバーブリッジ 黒々浮かぶ
陽が落ちて オペラハウスの ヨットの帆 急に白色 元に戻って
夕空に 植物園の 丘からは ハーバーブリッジ オペラハウスが
有名な 光りと音の 祭典の ビビッドシドニー 今日最終日
噴水に 光のショーの 祭典の ビビッドシドニー ダーリングハーバー
再度行く ライトアップの 祭典の ハーバーブリッジ オペラハウスに
土曜夜 光り祭典 港には ライトアップを 見る人の波

地元民 観光客が 押し寄せて 港周辺 ごった返して
橋梁に ライト点滅 空に浮く ハーバーブリッジ 船もライトを
白色の オペラハウスの ヨットの帆 映像映す ライトアップが
様々な 色と模様の 映像が 刻々変わり 飽きることなし
光ショー 植物園の 周回路 ビビッドウォーク 長い行列
周回路 次から次へ 光ショー 色や形が 目を楽しませ

六月十七日（日） シドニー 晴→カトゥーンバ 晴→シドニー 晴
快晴の シドニーを発ち カトゥーンバへ 標高高く 気温も低い
風強く ブルーマウンテン 寒過ぎて フードを被り 手もかじかんで
五十度の 最大斜度を トロッコが 下るスリルを レールウェイで
ゴンドラの ケーブルウェイ 谷昇り スリーシスターズ ユーカリの森
ゴンドラの スカイウェイで 谷渡る ジャミソンバレー 台地の山が
下見ると ユーカリの森 樹上には ゴンドラの影 黒くはっきり
絶好の ブルーマウンテン 展望地 エコポイントで スリーシスターズ

褐色の 台地の山を 目の前に ジャミソンバレー ユーカリ茂る
アボリジニ 伝説により 三奇岩 スリーシスターズ 名付けられたり
三姉妹 手前の奇岩 崖下りて 小橋を渡り 直に立ちたり
昼食の 中華料理は 箸持つも 手がかじかんで うまくつかめず
岬から 一枚に撮る 逆光の ハーバーブリッジ オペラハウスを
結婚の 写真撮影 カップルが セントメリーズ 大聖堂で
木の茂る ハイドパークの 空の上 シドニータワー 真っ直ぐ伸びて
賑やかな ピット通りで 人だかり 歩行者天国 バイオリン弾く
日が暮れて シドニー湾の クルーズを ディナーと眺め 共に楽しむ
昨晩の ライトアップと 様変わり 闇夜に黒く シルエットだけ
船を降り ホテルに戻り 夜の街 メイン通りを 一人ぶらつく
時計塔 ライトアップの 市役所の タウンホールは 街の中心
長大な クィーンビクトリア 外観と 内装見事 ショッピング街
最古なり オーストラリア 市役所の 横の聖堂 聖アンドリュース
中華街 夜遅くまで 賑わって 饅頭屋には 並ぶ人あり

オーストラリア→日本

六月十八日（月）シドニー 雨後曇り→大阪 晴

シドニーで 搭乗前に 大阪で 震度六弱 直下地震が
状況が 分からぬままに 離陸する 十時間後に 何とかなると
機上より グレートバリアリーフ見る 環礁の縁 白い波寄せ
環礁の 緑の島の ラグーンの エメラルドグリーン 海の青さに
オセアニア オーストラリア 初旅し 大陸五つ すべてを制覇
時差のない オーストラリア 旅行中 体調はよく 食欲落ちず
この旅は エアーズロック 登頂する 目的果たし 満足なりし
頂上の エアーズロック 地平線 地球の丸さ 大きさ感じ
三日間 エアーズロック 眺めつつ 朝昼夕の 姿まぶたに
広大な オーストラリア 季節逆 シドニー冬で ケアンズ泳ぐ
ケアンズの 熱帯雨林 サンゴ礁 魚間近に 干潟ペリカン
シドニーの 光りの祭り 偶然に ハーバーブリッジ オペラハウスが
本旅行 天気快晴 陽に焼けし 放射冷却 朝晩寒い

今回も 食事完食 有名な オージービーフ 堪能したり
関空で ダイヤ乱れる 阪和線 運行中で 無事帰宅でき
ニュースでは 大阪市内 地下鉄と 環状線は 今も動かず

第二十六回　ベネズエラ エンジェルフォール・ブラジル アマゾン河

（平成三十年七月七日〜七月十五日）

日本→アメリカ合衆国→ブラジル

七月七日（土） 大阪 曇り後雨→成田 曇り→ダラス 晴→マイアミ 晴→マナウス 晴

浴衣着た 女性が整理 空港で 今日は七夕 合点が行きし
チェックイン 長い行列 イライラが 浴衣の女性 声聞き和む
遅延して 成田に着くと 時間なし 乗継ゲイト 急ぎ間に合う
時間なく 両替所には 長い列 ブラジル通貨 レアル替えれず
ダラス行き 機内寒くて 上着着る 半袖半パン 外人元気
空港の ダラスマイアミ 冷房が 日本人には 効き過ぎ寒い
疲れ出て マイアミ便は ぼうっとし 頭入らず 読書は止める
寝不足で マナウス便は よく眠る 通路傾き 起こされ眠る
ブラジルの マナウス着くと 零時半 日本を発って 一日半が

ブラジル→ベネズエラ

七月八日（日） マナウス 晴→ボアヴィスタ 曇り→サンタエレナ 晴

シャワー浴び かなり疲れて 床に着く それでも五時に 目が覚めるとは
早朝の マナウスの町 ホテルから はるかに見えし アマゾン河が
機上より マナウスの町 俯瞰する ジャングルの中 高層ビルが
機上より 二川合流 アマゾンの 色の違いが はっきり見えし
ネグロ川 黒い流れに 合流の ソリモインスの 茶色の水が
合流し アマゾン河と 名を変えて 色混じらずに 流れが続く
ボアヴィスタ 着いて国境 三時間 途中の店で 牛の解体
ベネズエラ 政情悪く 難民が ブラジル側で テント生活
ベネズエラ ブラジル国境 テント村 難民保護で 国連管理
ブラジルの 入国審査 難民が テント生活 順番を待つ
国連の スタッフたちが 難民を 審査を終えて テント村へと
空晴れて サンタエレナの 町を過ぎ 緑鮮やか 草原見える
国道を 飛ばす車の 彼方には テーブル状の 山雲かかる

高台で ジャングル下りて ハスペ滝 赤い川床 水が流れし
酸化鉄 赤い正体 川床を 踏んで滝まで 近づきたりし
日が暮れて パチエコの滝は 遠くから 白い落下が 薄闇の中
ぐっすりと 車で眠る 突然に 揺れで目が覚め がたがた道に
すごい揺れ 穴ぼこだらけ 道を行く 頭を窓に ぶつける程に
真っ暗な デコボコ道を 山の中 やっと灯りが ロッジに着きし
ロッジでは 素朴な夫婦 経営の 夜空満天 星が輝く

七月九日（月） サンタエレナ 晴→カバック 晴→カナイマ 晴後曇り
高原の 涼しい朝に 陽が射して ロッジの椅子で 小鳥の声を
陽を受けて 体温もり 飼い猫が 我と戯れ 喉鳴らしたり
谷筋の 霧立ち昇り ロッジまで 朝日陰って 温もり緩む
セスナ機の 助手席に乗り わくわくし 視界は広く 揺れることなく
晴れた空 ギアナ高地の 光景を セスナに乗って 機上より見る
セスナ乗り 地上草原 ジャングルが 蛇行濁流 川氾濫し

右左 テーブル状の 山続く 最後正面 アンヤンテプイ
セスナ機が 麓カバック 着陸を 草原の中 土滑走路
カバックの 滝を目指して 急流を 浸かって渡り 泳ぎ達する
スリリング 浮き袋着け 急流を 綱に捕まり 足を取られて
急流の 狭い岩間の 先見える カバックの滝 白濁落ちる
綱を引き 流れに抗し 滝壷へ 轟音のなか 圧倒される
セスナ機の パイロットたち 同じ滝 バッタリ会って 笑顔を交わす
スリリング 恐怖味わい 楽しんで 疲れた体 帰途にも滝が
カバックに 戻り茅葺き 小屋の中 野趣の溢れる 昼食美味い
セスナ機が アンヤンテプイ 渓谷を 進んだ先に エンジェルフォール
助手席で エンジェルフォール 正面に 徐々に大きく 全容見えし
頂上の 台地を落ちる 白流が 裾を広げて 水煙となる
水流が 台地絶壁 途中から 岩間噴出 滝の流れに
台地上 アンヤンテプイ 浸食で 残る岩柱 倒れずに立つ
興奮し セスナ旋回 二往復 エンジェルフォール 目が釘付けに

興奮が 冷めやらぬ先 カラオ川 四つの滝が 目に飛び込んで
突然の 降雨のために 前見えず 着陸中止 急上昇を
恐怖感 急旋回し 雨小降り 再着陸で カナイマに着く
ワクロッジ カナイマ湖畔 木造の コテージと庭 広い敷地に
ロッジ前 カナイマ湖先 滝四つ 黄色に濁る 落下が見えし
カナイマ湖 雨期で増水 ハンモック 架かる湖岸の 木々水の中
ボート乗り 四つの滝に 近づきし 轟音すごく 水煙昇る
水煙に 日光当たり どの滝も 同じ向きにて 虹が架かりし
ボート降り 上下カッパに 靴下で サポの滝裏 びしょ濡れになる
滝裏の 水の落下の 轟音と 水量すごさ 圧倒されて
スリップの 危険を回避 手をつなぐ 水を被って 足元注意
サポの滝 上から見ると その眺め 裏を歩いた まさに実感
滝の上 二重にかかる 七色の 見事な虹に 恐怖吹き飛ぶ
夕食は インディオの子ら 合唱と 演奏を聞き 疲れが取れし
食事中 テーブルの下 足痒い 何度払うも ブヨに噛まれて

七月十日（火）カナイマ 曇り↓ラトンシート島 晴↓ライメ展望台 晴↓
　　ラトンシート島 晴↓カナイマ 曇り

轟音が ロッジの部屋に 聞こえ来る カナイマ湖畔 四つの滝の
半ズボン ブヨに噛まれた 傷跡が 夜中痒くて 赤く腫れたり
夜明け前 暗闇の中 ボート乗る エンジェルフォール 目指して遡上
静かなり 川面滑らか カラオ川 白む空には 雲覆いたり
雲覆う 今日は見えぬか エンジェルは 期待をしつつ 川遡る
遡る 白波立てて 急流が ボート突進 水頭から
急流の 危険な場所は ボート降り 陸を迂回し 再度ボートで
少しずつ 雲流れ行き 山塊の 顔が見え出し 期待膨らむ
蛇行する 川の左右に 見え出した アンヤンテプイテーブルの山
チュルン川 更に進むと 目の前に 白流落下 エンジェルフォール
絶壁の 上部雲にて 見えないが エンジェルフォール 半分だけが
波頭 光り通して コハク色 タンニン含む 水質故に
上陸し 展望台へ 山登る 突如全容 エンジェルフォール

感激し 岩立ちつくし 全容を ただただ見入る 至福の時を
雲流れ 滝の落ち口 見え隠れ 一コマごとに 表情変えて
自撮する 展望台の 岩場にて 全容写る ポイント探し
エンジェルと 別れを惜しみ 下山する 麓再会 喜び倍に
麓降り 遅れた人を 待ちながら エンジェルフォール 顔見せたまま
天上に エンジェル眺め 昼食を ラトンシート島 ビールが美味い
川下る 途中で見えた エンジェルと 最後の別れ 手振りさよなら
速度増し 下るボートに 激流が 水を被って スリル楽しむ
絶壁の 途中から滝 流れ出る 雨期ならではの 光景なりし
長ズボン 履いて登るが 腿の裏 赤く腫れるし ズボンに血染み
ボートにて 川の往復 八時間 動けぬ姿勢 お尻が痛い
ハンモック 疲れた体 横たえて ゆっくり揺れて 気分和みし

ベネズエラ→ブラジル

七月十一日（水）カナイマ 雨→サンタエレナ 晴→ボアヴィスタ 曇り→マナウス 曇り
滝の音 かき消すような 豪雨降る 今朝の飛行は いかなることか
目的地 豪雨のために 待機する 一時間待ちちゃっと離陸へ
三日間 現地ガイドと スペイン語 会話楽しみ 別れを惜しむ
危険避け エンジェルフォール 諦めて 迂回コースと 機長判断
雨雲の 合間に見えた 絶壁は アンヤンテプイ 最後の別れ
ベネズエラ 出国の人長い列 政情不安 祖国見限り
ベネズエラ 豪雨の後は 快晴に ブラジル入り スコールに会う

七月十二日（木）マナウス 曇り後晴一時雨
ゴム景気 往時偲ばす アマゾナス 劇場の色 鮮やかなこと
ゴム長者 宮殿風の 豪邸は 黄色統一 白枠の窓
マナウスの 港の前の カラフルな 市場の中は 品物溢れ
大量の バナナオレンジ スイカ売る 果物市場 無造作に置く

魚市場 怪魚溢れて 男ども 威勢良い声 張り上げ客を

ピラニアに 骨切りするか 包丁で 細かく刻み きれいに並べ

ボート行く ソリモインスと ネグロ川 合流地点 混じり合わずに

雨期の今 アマゾン河は 増水し 中州ジャングル 水浸しなり

ピラルクの 力の強さ いけす釣 試してみると 迫力すごい

アマゾンの 淀みに生えた 大蓮の 葉の上じっと 子ワニ寝そべる

ピラニアの 中州の淀み 釣試す 一時間にて 成果は二尾を

竹竿に 肉餌にして ピラニアを 引きの強さに 心が躍る

サンダルの 鼻緒が外れ 困ったが 舟のお店に インディオ製が

アナコンダ 首に巻かれて 写真撮る 蛇の蠕動 皮膚を通して

ナマケモノ カメラの前で 抱えられ ポーズよろしく じっと動かず

中州住む インディオの村 歓迎の 踊りの輪にも 参加をしたり

空揚げに 釣ったピラニア 調理され あっさりとして 意外に美味い

アマゾンの 大河ゆったり 流れ行く 沈む夕日が 川面に映えて

アマゾンに 架かる唯一 橋である ネグロ大橋 彼方に夕日

ブラジルの 最後の夜を シュラスコで 肉堪能し 帰りの空へ

ブラジル→アメリカ合衆国

七月十三日（金） マナウス 晴→マイアミ 晴

飛行機の 到着遅れ 出発が 二時間遅れ マナウス離陸
出発の 遅延お詫びに 軽食の サービスがあり 搭乗口で
深夜発 マイアミ便は 空いており 三人掛けを 横になり寝る
早朝の マイアミの町 機上より 砂州のビーチに 青い内海
機上より マイアミの町 高級地 芝生の緑 池に囲まれ
到着も 乗継便の チェックイン 間に合わなくて 乗り損ねたり
他の便を 交渉するも 空きがなく マイアミ泊まり 余儀なくされる
宿泊の 費用はすべて 保険にて カバーされると 安心したり
トラブルで 延泊するは 初めてで 海外旅行 三十回で
良い機会 マックを食べて 観光へ バスで往復 マイアミビーチ
砂浜に ずらりと並ぶ パラソルが 背後に立つは 高層ビルが

ビーチには ビキニ姿の 女性たち わんさかおって 目の保養なり
遠浅の 白い砂浜 水温く エメラルドグリーン 鮮やかなりし
深みには 大きな魚 サメらしき 影見え隠れ 南国の海
女性たち ビキニのままで カフェテラス 通り歩いて 夏を楽しむ
砂熱く 陽射しきつくて 蒸し暑く アイスクリーム 涼を求めて

アメリカ合衆国↓日本

七月十四日（土） マイアミ 晴↓ダラス 晴
朝三時 目が覚め今日は マイアミを 発って日本へ 一日遅れ
フロリダの 半島北へ 機上より 海岸線を メキシコ湾へ
機上より ダラス郊外 湖の 入り組む岸辺 住宅地あり
テキサスの ダラス空港 地平線 はるか広がり 遮るものなし

七月十五日（日） 成田 晴↓大阪 晴
ベネズエラ ギアナ高地は 遠かりし 往復三日 かなり疲れし

天候は 雨期ではあるが 好天で エンジェルフォール 全容見えし
セスナから アンヤンテプイ 絶壁を エンジェルフォール 間近に見えて
急流を 上るボートの 彼方には 白流落下 エンジェルフォール
山登り 巨岩の上で 見上げたり エンジェルフォール 言葉にならず
急流を 飛沫を浴びて 往復を お尻の痛さ エンジェル癒す
スリリング 滝を目指して 川泳ぎ 飛沫を浴びて 滝裏歩く
この旅は エンジェルフォール アマゾンと 子供の頃の 夢を叶えし
広大な アマゾン河で ボート乗り 釣ったピラニア 空揚げ美味い
この旅は 自然の脅威 多様性 体感できて 大満足を
今回も 食事はすべて 完食し 素朴な味の 美味さを知りし
ブヨが刺す 手足無数の 赤い腫れ 無性に痒い これまた自然
スペイン語 ガイドを始め 話したり 通じることの 喜び感じ
ベネズエラ 政情不安 ブラジルへ 難民寄せる これも世界か
遅延して 接続便に 乗り損ね マイアミ泊で ビーチ観光
初めての トラブルだけど ポジティブに マイアミビーチ ビキニ観賞

タラップで 我の名を持つ 係員 大阪行きの チケットくれる
自宅着く この蒸し暑さ アマゾンの マナウスよりも ひどいと感じ

第二十七回　スイス（平成三十年八月三十一日～九月八日）

日本→カタール

八月三十一日（金）大阪 晴→羽田 晴→成田 曇り後雨

墓参り 午後出発と 両親に 旅の安全 お願いをする
特典の マイルチケット 成田便 取れず羽田を 経由で着きし
寒過ぎる 機内冷風 セーターに 毛布を被り 我慢をしたり

カタール→スイス

九月一日（土）ドーハ 晴→チューリッヒ 雨→ベルン 曇り→シュピーツ 曇り

中東の 夏のドーハの 空港は 外は熱気で メガネが曇る
チューリッヒ 空港出ると 雨模様 涼気漂い 心地良きかな
アーレ川 蛇行の端に ベルン在り スイスの首都の 古い街並
旧市街 赤瓦屋根 家並に ひときわ高い 聖堂の塔
湾曲の アーレ川面に 夕日映え 旧市街見る バラ公園で

アーレ川 高い橋から 旧市街 古い屋並が 眼下に伸びる
川岸の 熊公園で ニーデック 橋のアーチに 赤屋根の家
旧市街 メイン通りの 両側は アーケードなす 建物続く
ユニークな 名前が付いた 像の立つ 泉が続く メイン通りに
英雄や 伝説の像 柱上に 七つの泉 道の真ん中
時計塔 メイン通りの 中央に からくり人形 定時に動く
大聖堂 百メートルの 尖塔が 入口の壁 レリーフ見事
有名な アインシュタイン 住んだ家 メイン通りに 目立たずに在り
旧市街 ベーレン広場 中心で 監獄塔から 連邦議事堂
聖堂の 尖塔見上げ 議事堂の 裏から望む 川と家並
飛行機が 遅れ散策 慌ただし ゆっくり見たい ベルンの街は
腕伸ばし 緑のドーム 議事堂が アーレ川越し バスから見える
シュピーツの 高原の村 コテージの 夕食美味く パスタお代わり

九月二日（日）シュピーツ 曇り→インターラーケン 曇り→ルツェルン 曇り→
　　インターラーケン 曇り→シュピーツ 曇り

シュピーツの 高台の村 ホテルから トゥーン湖が見え 教会の鐘
高原の 谷に広がる 牧草地 鈴を鳴らして 牛草を食む
谷向こう 独立峰の ニーセンが 中腹に雲 尖る山頂
トゥーン湖と プリエンツ湖に 挟まれた インターラーケン 雲空覆う
オフト駅 民族服を 着た婦人 写真を頼み 撮らしてもらう
アーレ川 バーダー行きの ケーブルカー インターラーケン 街を見下ろす
展望の ハーダークルム 雲の上 ユングフラウと メンヒ顔出す
アイガーは 全く見えず 雲かぶり 展望台も ガスに覆われ
湖畔行く プリエンツ湖の 水の色 緑がかった 乳白色に
ルツェルンへ 湖畔を通り 峠越え 谷の崖には 滝幾筋も
湖と 谷の斜面の 牧草地 草食む牛は スイスなりしや
湖が 川に流れる ルツェルンの 城壁囲む 旧市街行く
岩壁を えぐって彫った ライオンの 悲しげな顔 傭兵悼む

木造の 花を飾った カペル橋 ロイス川岸 斜めに架かる
カペル橋 ロイス川岸 一巡り 城壁望み 旧市街行く
川岸の イエズス教会 木造の シュプロイヤー橋 水車小屋あり
カペル橋 シュプロイヤー橋 屋根付きの 梁に三角 絵のある木橋
橋渡り 旧市街抜け 坂上がり モーゼック城壁 メンリの塔へ
旧市街 囲む城壁 塔登り 端から端へ 眺め楽しむ
メンリ塔 眼下に見える ルツェルンの 湖と川 橋と街並
高台の ホーフ教会 回廊が 三方囲み 墓石敷かれ
ルツェルン湖 澄んだ水面に 白鳥が ヨットも浮かび 人々集う
夕食後 インターラーケン 賑やかな 露店ぶらつき ワインを買って

スイス↓フランス↓スイス

九月三日（月） シュピーツ 曇り↓ラヴォー 曇り↓モントルー 曇り↓シャモニー 晴↓

テーシュ 晴

早朝の アルプスの峰 陽に映えて トゥーン湖を発ち レマン湖目指す

ラヴォー地区 高台の駅 シェーブル ピンクの駅舎 レマン湖見える
雲覆う レマン湖暗く 見下ろすと 湖岸の斜面 ブドウ畑が
ラヴォー地区 斜面の畑 立ち入ると ブドウの果実 すでに熟して
レマン湖と ブドウ畑を 眼下にし 湖岸に立った シヨン城見え
シヨン城 突き出た岩場 立っており 湖浮かぶ 姿に見えし
近づくと 古色蒼然 シヨン城 バイロンの詩で 有名となる
シヨン城 湖岸歩いて その姿 レマン湖を背に 角度を変えて
ローヌ川 スイスに発し 谷造り フランス流れ 地中海へと
スイス側 ローヌ谷には 北斜面 ブドウ畑が 延々続く
ローヌ谷 リンゴ畑に 赤い実が ブドウ畑を 縫い峠へと
ローヌ谷 見下ろし斜面 ジグザグと 峠を越えて フランス側へ
峠越え フランス側は 晴れ出して 雲は残るが シャモニーに着く
麓から ドリュ針峰 氷河見え モンブランには まだ雲かかる
青空の シャモニーの街 山斜面 白く輝く ポゾン氷河が
モンブラン グランドジョラス 対面の 山ブレヴァンの 山頂目指す

ゴンドラと ロープーウェイで ブレヴァンの 展望台で モンブラン見え
正面の グランドジョラス モンブラン 雲の動きで 見え隠れする
モンブラン 直下の氷河 ずっと見え 後退の跡 はっきり分かる
頂上で 周囲の山と モンブラン 雲の切れ間を 待ちつつ眺め
帰り道 谷間の氷河 針峰が 木々の間に 垣間見えたり
正面に 雪の峰見え 牛が食む ひなびた里の テーシュ着きたり

九月四日（火） テーシュ 晴→ツェルマット 晴→サースフェー 晴→テーシュ 晴
早朝の 朝日に映える アルプスの 峰がホテルの 正面見える
ツェルマット 車乗り入れ 禁止なり テーシュ駅から 次の終点
ツェルマット 駅降り背後 見上げると マッターホルン 青空に見え
山の中 くり抜き登る ケーブルカー スネガ駅出りゃ マッターホルン
早朝の 雲一つない 青空に マッターホルン 東壁聳え
アルプスの 白く雪抱く 峰々が 一目置いた マッターホルン
澄み切った 空の青さに 東壁の 張り付く氷 マッターホルン

天空に マッターホルン 聳えたり 逆さの姿 ライ湖に映し
マーモット ライ湖の周り 鳴き声が 逆さに映る マッターホルン
自撮する ライ湖の周り 絶妙な マッターホルン 逆さと共に
ライ湖には 周囲聳える 岩の峰 四千級も 水面に映る
ツェルマット 背後の山に 登りたり マッター谷の 街が一望
朽ちそうな 鼠返しの 小屋の基礎 柱の上に 平らな石を
氷河溶け 乳白色の 川の奥 マッターホルン 午後から雲が
ベランダを 花で飾った 建物が 街を彩る ツェルマットには
駅前で 馴れたスズメが 手から餌 背伸びし咥え すぐに飛び立つ
サースフェー 村の近くに フェー氷河 迫り来るほど 圧倒されし
スイス一 高峰ドーム 谷筋を 埋め尽くすのは フェー氷河なり
氷河溶け 水が溜まった 氷河湖に 小山登って やっと着きたり
小山より 遠くに見える サース谷 屋並が伸びる サースフェー村

九月五日（水）テーシュ 晴→ツェルマット 晴→ベルヴェデーレ 晴→
アンデルマット 晴→フィリズール 曇り→チューリッヒ 曇り

夜明け前 月星冴える 駅の道 一人電車で ツェルマット行く
ツェルマット 駅振り返り 見上げると マッターホルン 白く浮かびし
街暗く 明かりが灯る 家々の 白む空には マッターホルン
川筋の 橋の上にて 日の出待つ マッターホルン 朝日染まるを
橋の上 日の出の時刻 人増えて 見ればアジアの 顔ばかりなり
頂上の 東壁の先 茜色 下に広がり 一面染まる
茜色 朝日に染まる 岩壁は マッターホルン 神々しさが
灰色の 空に岩壁 茜色 青空になり 色が失せたり
早朝の 登山電車で 展望の ゴルナーグラート 高度三千
麓から 高さ増しつつ 電車行く マッターホルン 姿を変える
高度増し マッターホルン 東壁が 正面を向き 間近に迫る
展望は 高度三千 周囲には 高さ四千 山々囲む
目の前に 四千峰が 連なりし この絶景に 言葉は要らぬ

取り囲む 四千峰の 山々に 一人孤高の マッターホルン
眼下には 四千峰に 幾筋の 氷河流れて 合流したり
黒い筋 ゴルナー氷河 アルプスの 第二高峰 モンテローザが
リッフェル湖 目指し急坂 踏ん張って 一つ手前の 駅まで下る
線路から 道が外れて ただ下る 他に人なく 駅見えほっと
標識に 沿って登るが 道はなく 高度三千 息が苦しく
駅見える ガラ場登ると 姿消え 息絶え絶えで 時間が迫る
リッフェル湖 マッターホルン 目の前に この絶景に 苦しさ消えし
間に合って 登山電車で 山下る マッターホルン 別れを告げて
ローヌ谷 フルカ峠へ ジグザグに ローヌ源流 氷河現れ
山腹の ベルヴェデーレで 青空に ローヌ氷河が 谷の上部に
氷河湖の 乳青色の 水の色 氷河の端が すぐ目の前に
ローヌ川 渓谷下り レマン湖へ フランス流れ 地中海へと
崖の上 フルカ峠を 下り行く 羊放牧 急な斜面に
時間あり 氷河急行 発車まで アンデルマット 街をぶらつく

パノラマの 氷河急行 山を縫い 湖畔を走り ラインの谷に
沿線の 最高地点 峠には 湖があり 一時停車を
双塔の 修道院の ディゼンティス 駅で停車し 機関車替える
沿線に 村が点在 牧草地 スイス的なる 車窓の景色
車窓から ライン渓谷 崖続き 白くえぐられ 頭上に見えし
お目当ての ランドヴァッサー 石橋は 薄闇の中 瞬時に通過
三時間 氷河急行 パノラマ車 車窓の景色 堪能したり
フィリズール 既に日が暮れ 赤白の 列車に別れ チューリッヒへと

スイス→カタール

九月六日（木） チューリッヒ 晴→ザンクトガレン 晴→チューリッヒ 晴
ワイン空け 歩き疲れて ぐっすりと 朝の五時まで 一眠りする
朝起きる 腰と足首 痛みけり 昨日の歩行 かなりきつかり
カテドラル ザンクトガレン 天井の 暗いフレスコ 悲しさ誘う
教会の 裏山登る 遠足の 子供に混じり 街を一望

谷間には 大聖堂の 双塔と 旧修道院 尖塔目立つ
裏山で 街を見下ろし ハイキング 池で水泳 地元の人が
裏山の 斜面で牛が 草を食む 下から響く 教会の鐘
旧市街 石畳踏み ぶらつきし 木組みの家と 出窓の家が
旧市街 露店の中で 聞こえ来る アルペンホルン 演奏の音
柄の長い アルペンホルン 吹き鳴らす 男女十人 スイス気分を
昼食の レストランにて 美しい 人形のような ウェイトレスが
チューリッヒ スイス旅行も 終りかけ 空港発って ドーハ成田へ
ジャズピアノ 待合室で 弾き語り 旅の疲れを 癒してくれし
機上より チューリッヒ湖を 見下ろすが アルプスの山 雲に隠れし

カタール→日本

九月七日（金）ドーハ 晴→成田 晴

この旅は 四千峰に 湖と 氷河急行 スイス満喫
ツェルマット インターラーケン シャモニーと 山岳リゾート 個性の山が

レマン湖と プリエンツ湖に ルツェルン湖 それぞれの色 立地に依りし
首都ベルン ザンクトガレン ルツェルンの 古い街並 散策楽し
ローヌ谷 ライン谷へと 峠越え ジグザグコース 視界広がり
石橋に 山と湖 渓谷と 氷河急行 スイスそのもの
山斜面 草食む牛が 鈴鳴らし 家点在の 牧歌なスイス
展望は ガス湧き上がり 真白に ユングフラウの 姿はちらり
モンブラン 雲の流れで 顔出して 氷河陽に映え 白く輝く
青空に マッターホルン 聳え立ち 茜に染まる 朝焼けも見し
毎日が 一万歩超え この旅は マッターホルン 見ながら下山
四千級 山の氷河に 驚嘆し ポゾンゴルナー フェーローヌ見て
食欲は 落ちずこの旅 全食事 すべて平らげ いつものように
旅行中 台風地震 災害が 日本で起きる 帰国後知りし

九月八日（土） 成田 晴→羽田 晴→大阪 曇り後一時雨
朝食に ご飯味噌汁 漬物に 豆腐納豆 日本戻りし

里山の 田圃の稲は 色付いて 刈られた跡も 成田空港
直前に 搭乗口が 変更に 時間ぎりぎり アナウンス知る
東京は 蒸し暑いけど 大阪は スイス帰りに 良い気温なり
閉めっ切り 部屋に入ると むっとする 扉窓開け 空気入れ換え
旅行中 台風通過 ベランダの 物が移動し 葉っぱ散乱

第二十八回　スペイン（平成三十年十月十六日〜十月二十五日）

日本→フランス→スペイン

十月十六日（火）大阪 曇り→羽田 曇り→パリ 晴→マラガ 晴→ミハス 晴

羽田行き ＪＡＬカウンター 長い列 修学旅行 生徒騒がし
パリ行きの エールフランス 通路なく 有料故に 窓側我慢
羽田発ち 雲から頭 富士山が 雪を冠して 小さく見えし
シベリアの 雲の上飛ぶ 窓の外 陽当たる雲に 光りの道が
機上より 茜に染まる 地平線 沈む太陽 なかなか落ちぬ
パリに着く 乗り継ぎ時間 短くて マラガ行き便 急ぎ間に合う
マラガ着 コスタデルソル 懐かしい 三十五年 遠い昔に
ミハスには 零時を過ぎて 到着し 睡魔に勝てず 直ぐにベッドに

十月十七日（水）ミハス 晴→セテニル 晴→ロンダ 晴→ミハス 晴

夜明け前 ミハスの街を 散歩する コスタデルソル 街の夜景が

地中海 コスタデルソル 陽が昇る 白い街並 茜に染めて
ミハスから コスタデルソル 別荘地 白い建物 陽を受け赤く
青空の アンダルシアの 丘陵地 見渡す限り オリーブ畑
川筋の 岩崖の下 洞窟を 住居にしたる セテニルの街
岩棚の 下の窪みに 隙間なく 白い住居が 軒を連ねて
岩崖に 沿う道上り セテニルの 街一望の 展望台に
ひっそりと 街の頂き 教会が オリーブ畑 青い実を付け
セテニルの 入り組んだ道 陽だまりに 子猫四匹 だらりと眠る
旧市街 繋ぐロンダの ヌエボ橋 絶壁の下 百メートルと
ヌエボ橋 眼下右手は 丘陵が 左手深く 狭い谷間に
左手の 狭い谷間の はるか先 小さく古い ビエホ橋見え
ヌエボ橋 右手の崖を 降り下る 橋全景を 下から眺め
橋の下 グアダレビン川 浸食の 谷間の崖に 滝の流れが
汗かいて 来た道登り 教会へ 鐘楼眺め ほっと一息
教会の 広場の前に 市庁舎が アーチの窓が 長く連なる

ヌエボ橋 スペイン広場 その先に 白い最古の 闘牛場が
足棒も ミハスに戻り 街中へ ロバタクシーが 人乗せ行きし
崖の上 展望台を 一巡り 眼下夕景 コスタデルソル
展望の 崖の切れ目の 岩壁を ロッククライム 張り付く人が
山肌に へばり付きたる 白い家 ミハスならでは 眺望なりし
街中を 歩いていると 聞こえ来る タップの音は フラメンコなり
人混んだ サンセバスチャン 通り行く 端まで上り 見下ろしたりし
帰り道 ワインを買って テラスにて 海を眺めて 一杯やりし

十月十八日（木） ミハス 雨→バエサ 晴後雨→コンスエグラ 晴→トレド 曇り
大雨の 朝ミハス発ち 北上し バエサに着くと 雨上がりたり
オリーブが 規則正しく 植えられた 高原通り バエサに向う
ハエン門 名知らぬ古い 教会の 回廊に立ち 鐘楼望む
ファサードの 装飾見事 宮殿の ハバルキントの パティオ佇む
美しい 回廊アーチ 宮殿の パティオの外に 糸杉並木

カテドラル 塔に登って 眺望を バエサの街と オリーブ畑
昼食の ホウレンソウと タラフライ サービスワイン ほろ酔い気分
ラマンチャの トレードマーク 風車小屋 小高い丘に 車中より見え
風車小屋 連なる丘の 麓村 コンスエグラの 店で休憩
ラマンチャの トレド近づき 高原に 小麦畑が 目に付き出して
カテドラル 高い尖塔 遠くから トレドが見えて タホ川渡る
旧市街 アルカサル見え 真向かいの 古いホテルに 夕刻着きし
落ち着いた ホテルの部屋は アルカサル 窓のすぐ外 ベランダに出て
日が暮れて トレドの街を 散歩する 広場賑やか 通りも混んで
見事なり ライトアップの カテドラル 尖塔高く 下から見上げ
斜め前 対照的に 落ち着いた ライトの色の 市庁舎があり
真向かいの ライトアップの アルカサル 部屋の窓から 間近に見えし
賑わいの ソコドベールの 広場にて 生ハムづくし ボカディージョ買う
アルカサル 眺め夕食 ボカディージョ 生ハム美味く ワインが進む
バス移動 八時間乗り 疲れたり ワインと風呂で 体を休め

十月十九日（金）トレド 曇り→アランフェス 晴後雨→エルエスコリアル 曇り時々雨→

サラマンカ 曇り

早朝の トレドの街を 散歩する 路地で迷うも 楽しからずや
カテドラル 人に尋ねて やっと着く 昨晩よりは 古色感じる
石畳 坂上がり下り 狭い路地 曲がりくねった 旧市街行く
教会を 迷いながらも 四つ見る いずれも街に 溶け込みたりし
エルグレコ 旧宅の跡 美術館 開館前で タホ川に出る
路地巡り 偶然入る 絵画展 ヌードのモデル 絵から浮き出て
タホ川が 囲むトレドの 全景は まさに絵はがき そのものなりし
カテドラル 尖塔聳え アルカサル 四隅の塔が 台地の上に
アランフェス 広大な地に 王宮が 別荘として 春秋使う
タホ川の ほとり広がる 庭園の 緑背にして 王宮が立つ
宮殿の コの字の角に 塔が立ち 広い中庭 石畳のみ
王宮の 外観ピンク くすみしも 内部調度は 見事なものが
陽が射した 王宮の後 七面鳥 ランチ済ますと 雨に打たれし

壮大な 修道院が 紅葉の 並木の向こう エルエスコリアル
宮殿と 霊廟兼ねた 修道院 巨大建築 圧倒されし
長大な 祭壇飾り フレスコ画 礼拝堂に 王と妃の部屋
最後には ハプスブルク家 一族の 棺が並ぶ 地下霊廟に
日が暮れて サラマンカ着き 夕食後 ライトアップの 旧市街行く
サラマンカ 大学の町 週末で 学生たちも 集い語らう
週末で 人で混み合う バル街は ライトアップの マヨール広場
広場から 目抜き通りも 賑やかで 貝の家から カテドラルへと
最後には サンエステバン 修道院 正面前に 大勢人が

十月二十日（土） サラマンカ 曇り→アビラ 曇り後晴→サラマンカ 晴
城壁が 囲むアビラの 旧市街 一望できる 対岸の丘
九十の 塔が連なる 頑丈な 囲む城壁 圧巻なりし
城壁に 九つの門 重厚な アルカサル門 カテドラルへと
城壁に 接して立った カテドラル 砦の役目 果たしていたと

外観は 風化進むが 内部には 赤斑入りの 砂岩のドーム
ひっそりと 聖女テレサの 生家跡 修道院に 巡礼の人
スカーフを 巻いた一団 一族の 老若男女 礼拝をする
城壁の 聖女テレサの 白い像 花束の山 信仰厚い
真下から 見上げる程の 城壁を 登り間近に カテドラル屋根
見下ろすと 赤い瓦の 屋根の家 城壁内と 外にも立ちし
サラマンカトルメス川の ローマ橋 対岸からは カテドラル見え
土曜日の マヨール広場 昼下がり 観光客と 家族連れらが
貝の家 内部回廊 二階から 中庭の空 教会の塔
サラマンカ大学の門 彫刻が ぎっしり彫られ カエルを探す
着飾った 女性らが待つ 教会に 新郎新婦 手つなぎ入る
新旧の 大聖堂と 修道院 昼間の姿 歴史感じる
サラマンカ 土産物屋に マスコットカエル置物 ずらりと並ぶ
日が暮れて マヨール広場 ブックフェア 大学の町 大賑わいに
通りでは 男子学生 ギター弾き 女子学生は 腰振り踊る

宵も過ぎ 目抜き通りの バルとカフェ オープン席は いまだ混み合う
夜再度 ライトアップの カテドラル ローマ橋から 尖塔見上げ

十月二十一日（日） サラマンカ 雨→アストルガ 晴→レオン 晴
アストルガ 城壁の下 南天が 赤い実を付け 小鳥啄ばむ
司教館 言われてみれば ガウディが 設計したと 思われしかな
城壁の 上に並んで カテドラル 司教館とは 対照的に
アストルガ メイン通りの 広場前 古い市庁舎 鐘と十字架
アストルガ 一周するも 半時間 城壁の上 プラタナスの木
路地抜けて 大聖堂の 正面と 尖塔二本 空に迫って
尖塔の 左右の壁の 色違う 右は赤味が 左は白く
日曜日 ミサから帰る 人たちが 城壁の上 家路を急ぐ
アストルガ 町の通りに 巡礼の 道の印しの 帆立貝あり
アストルガ 昼レストラン サービスに ワインとビール 料理も美味い
レオンにも ガウディ作の 建物が 四隅尖塔 その特徴を

城壁の 上の教会 イシドロの 遺骨納めた 巡礼地なり
カテドラル ステンドグラス 有名も 時間外にて 参観できず
川のそば サンマルコスの 修道院 陽光受けて 壁面白く
夕食後 ライトアップの モニュメント 見るため一人 中心街へ
ガウディの ライトアップの 建物は 青空の下 雰囲気違う
日曜日 目抜き通りも 路地裏も 夜のレオンは 賑やかなりし
闇の空 ライトアップの カテドラル 尖塔白く くっきり浮かぶ
カテドラル 裏の城壁 見て回り ライトアップの サンイシドロへ
日曜日 サンイシドロの 教会は 夜のミサ終え 信者家路に

十月二十二日（月） レオン 晴→ブルゴス 晴→ログローニョ 晴→ビルバオ 晴
レオン発ち 一路ブルゴス 秋の色 北スペインは 木々も黄葉
ブルゴスは 標高高く 肌寒い 一枚羽織り カテドラルへと
入口の サンタマリアの 門くぐる 間近に迫る 大聖堂が
自転車で 巡礼路行く グループが 帆立目印 大聖堂に

スペインの レコンキスタの 英雄の エルシド眠る 大聖堂に
カテドラル 豪華絢爛 主祭壇 礼拝堂も 装飾見事
ブルゴスと ログローニョ間 巡礼路 リュック担いだ 巡礼者たち
ログローニョ 石橋渡り エブロ川 大聖堂の 鐘楼見えし
旧市街 バルに入って ピンチョスを イベリコ豚の ハムにロースト
カウンター バルでワインを スペイン語 隣の人と 話をしたり
シエスタの 習慣残り 美術館 案内所まで 二時から四時は
旧市街 巡礼の道 貫きし 帆立目印 石畳道
ログローニョ ビルバオ間の 丘陵地 ブドウ畑は 収穫終り
ビルバオの ビスカヤ橋の 宙づりの ゴンドラに乗り 一分で着く
ゴンドラは 両岸の町 繋ぐ足 人と車の 移動の手段
ビルバオの グッゲンハイム 美術館 人気の子犬 花入れ換えを
建物は 船をイメージ 外観は チタンが張られ 前衛的な
外観は 奇抜な形 遊歩道 クモニワトリの 大きなオブジェ

十月二十三日（火）ビルバオ 曇り↓サンファンデガステルガツェ 曇り↓
サンセバスチャン 晴↓ビルバオ 晴

曇り空 ガステルガツェへ 坂下る 視界が開け 島に教会
頂きに 赤い屋根ある 教会が 白波寄せる 岩穴通り
下り終え 石橋渡り 階段を 汗かき登り 教会に着く
頂きの 島の教会 下を見る 階段登る 人に手を振る
教会の 正面の鐘 ひもを引く 三度鳴らして 願を掛けたり
対岸へ 石段を下り 坂上る くたびれ着いて カフェで一服
ケーブルカー 乗り場行きバス 停留所 人に聞きつつ サンセバスチャン
陽が射して サンセバスチャン コンチャ湾 バスから眺め ケーブルカーへ
見るからに ケーブルカーは 時代物 手で開閉の 手動式とは
ケーブルカー モンテイゲルド 丘登る サンセバスチャン 街並見える
コンチャ湾 白い砂浜 浮かぶ島 海の青さを モンテイゲルド
対岸の モンテウルグル 丘見えて モンテイゲルド コンチャ湾挟む
時間なく ケーブルカーで すぐ下る 帰りのバスが なかなか来ない

大慌て 集合時間 近づいて下った浜で ヒッチハイクを
親指を 挙げても車 止まらない ホテル駆け込み タクシー頼む
運転手 急がせ飛ばし ギリギリに タクシー代は チップをはずむ
夕刻に ビルバオ川の 遊歩道 スビスリ橋に グッゲンハイム
遊歩道 観光客に 地元民 すごい人出で 旧市街へと
旧市街 ヌエバ広場の ピンチョス屋 空いてる店で 一人店主と
目の前の ピンチョス選び 三品食う ビールにワイン 気分も乗って
時間経ち 若いカップル 老夫婦 両隣との 会話楽しむ

スペイン→フランス→日本

十月二十四日（水） ビルバオ 曇り→パリ 曇り
スペインを 南から北 縦断の 小さな町を 巡る旅なり
陽光の コスタデルソル 白い街 ミハスから見る 地中海かな
地中海 ミハス北上 トレド過ぎ ビスケー湾の ビルバオ目指す
絶壁の ロンダの橋を 下り見て トレドの路地で 道迷いたり

尖塔の バエサの街と 洞窟の セテニル囲む オリーブ畑
オリーブの アンダルシアを ラマンチャへ 北スペインは ブドウ畑が
ラマンチャの コンスエグラで 風車小屋 小高い丘に バスから見えし
サラマンカ トレドレオンの カテドラル ライトアップは 圧巻なりし
巨大なる エルエスコリアル 修道院 アランフェスでは 王宮巡る
城壁が 囲むアビラを 一望し アストルガでは 一周をする
アストルガ レオンの街で ガウディの 特徴のある 建物を見る
黄葉の ブルゴスの街 ログローニョ 巡礼の人 多く見かけし
ログローニョ ビルバオのバル ピンチョスを 隣の人と 楽しく会話
教会へ ガステルガツエで 島登り サンセバスチャン モンテイゲルド
忘れない サンセバスチャン 大慌て 機転を利かし 時間間に合う
この旅は 風土気候と スペインの 変化楽しみ 満足したり
全食事 デザートが付き 完食し ワインサービス 付くとこ多い
ミハスにて 買ったワインは 飲み切れず 昼夜ワインの サービス付きで
この旅も よく歩きたり 毎日が 一万五千 超える歩数に

十月二十五日（木）羽田 晴→大阪 晴

羽田着き 大阪行きの 早い便 全て満席 我慢して待つ

ラウンジで 休憩すると 疲れ出て 大阪便は ずっと眠りし

渋滞の 高速道路 陽が沈む オレンジ色に ほっと一息

自宅着き 明日の朝食 買出しに 今夜は軽く おにぎりにする

第二十九回　フランス アルザス・ロレーヌ・シャンパーニュ地方

（平成三十年十二月十二日〜十二月十七日）

日本↓オランダ↓フランス

十二月十二日（水）大阪 雨後曇り↓成田 雨↓アムステルダム 曇り↓
　　　　　　　　ストラスブール 曇り↓モルスアイム 曇り

チェックイン 機械でやると 名が違う Eチケットは 同姓女性

窓口で 事情話して 確認を 私の名にて 予約があると

ツアー客 同姓女性 参加との 添乗員の 配布ミスなり

通路なく 三人掛けの 窓側に 隣の男 体はみ出て

ニュース見る ストラスブール テロで死者 犯人逃げて 厳重手配

有名な クリスマス市 中止なり ストラスブール 人通りなし

アルザスの ワイン街道 点在の 村の一つの モルスアイムへ

お目当ての ストラスブール 観光は どうなることか 明日まで待とう

十二月十三日（木）モルスアイム 曇り→リクヴィル 曇り→コルマール 曇り→
ストラスブール 曇り→モルスアイム 曇り

白む空 夜明けが遅い 街中へ モルスアイムの 散策に出る
名も知らぬ モルスアイムの 旧市街 小さいながら クリスマス待つ
冷え込みし モルスアイムの 旧市街 登校生徒 親に連れられ
氷張る 水溜まりにて 生徒らが 足で踏み割り 戯れたりし
リクヴィルの ブドウ畑に 囲まれた 小さな村は クリスマス市
坂道の メイン通りの 両側は クリスマス飾り 木組みの家が
木組み家 窓の飾りが 楽しくて 坂を上がると ドルデ鐘楼
路地にある 地元名物 店巡り 声掛けられて 試食楽しむ
丘登る リクヴィルの街 一望に 周り一面 ブドウ畑が
クリスマス 目当ての人が 次々と メイン通りを 屋台の店に
店巡り チーズワインに ソーセージ マカロンクッキー 試食楽しい
娘さん 声掛けて来て にこやかに ついつい手出し 試食を重ね
コルマール クリスマス市 旧市街 至る所で 出店が並ぶ

旧市街 小さな顔の 彫刻が 正面並ぶ 「頭の家」が
路地入る 通りの角に 尖塔と 出窓ベランダ ブフェスタの家
旧市街 通り両側 木組み家 窓の飾りを 見て楽しみし
教会の 周りは特に 賑わって 回転木馬 子供らはしゃぐ
小ベニス 運河に沿った 一帯は パステル調の 木組みの家が
運河沿い 木組みの家が カラフルに 花や飾りで クリスマス色
どの市も 観光客と 地元民 溢れんばかり 混雑したり
テロのため ストラスブール 旧市街 クリスマス市 出店は閉鎖
イル川の 市街に入る 橋の前 検問があり 荷物検査が
イル川の 小フランスの 一帯を クヴェール橋から 旧市街へと
白壁に 黒い木組みの 家並ぶ 薄暮の下で 川沿い見える
旧市街 イルミネーション 通りには 灯るけれども 人出少なく
ロウソクと 花の束にて それと知る 思わず止まり 手を合わせたり
テロ現場 犠牲者悼み 次々に ロウソク灯し 花を捧げし
夜になり 警察官の 巡回が 目に付き出して テロを思わす

暗闇に ノートルダムの 大聖堂 ライト控えめ 悲しさたたえ
テロ現場 大聖堂の 鐘の音 死者を弔う 響きに似たり
クリスマス ツリーが立った 広場にも 犠牲者悼む ロウソクと花
暗闇の クレベール広場 ツリーだけ 人も少なく 侘びしさだけが

十二月十四日（金） モルスアイム 曇り→ナンシー 曇り→ランス 曇り
今朝もまた モルスアイムの 旧市街 冷え込みの中 ぶらつきたりし
薄暗い 市庁舎の前 ツリー立ち 周りの家に イルミネーション
アルザスの ブドウ畑の風景が ロレーヌ地方 牧草地なり
ロレーヌの 州都ナンシー 広場立つ スタニスラスは 人影まばら
広場ある 四隅の門の 鉄柵は アールヌーヴォー 金装飾が
ナンシーで デモ行進に 遭遇し ニュースで聞いた フランス世情
拡声器 シュピレヒコール デモ隊の 黄色のベスト 音頭は女性
警官の 警備の服は 男女とも 頭から足 ロボコップなり
昼時の クリスマス市 出店には 人少なくて 手持無沙汰が

昼飯は ジャガイモハムの 炒め物 屋台で買って 持参のワイン
日本語の 色紙を売りし 出店あり 書道教える 日本女性が
この街も テロの影響 続いてる ショッピングセンター 荷物検査が
屋内の 市場陳列 きれいなり 昼過ぎにつき 人は少なく
広場から 大聖堂に 凱旋門 通りの彼方 スタニスラス門
凱旋門 抜けると広場 カリエール 博物館の 宮殿があり
教会の サンエプーブル 前通り 旧市街端 クラッフ門へ
マリアンヌ 広場の周り 木が囲み 天使の像の 噴水があり
通り行き ナンシー駅に スケート場 若者たちが 楽しみたりし
日が暮れて シャンパンの町 ランス着く 通りにツリー イルミネーション
暗闇に 浮かぶ聖堂 サンレミの 古色蒼然 壮大なりし
聖堂の 回り一周 早足で 奥行き深く 大きさを知る

十二月十五日（土） ランス 曇り→パリ 曇り後雨
国王の 戴冠式が ランスにて ノートルダムの 大聖堂で

ゴチックの 彫刻見事 ファサードに 均整取れた 大聖堂は
堂内の 暗い奥には 輝いた ステンドグラス 目に飛び込んで
趣が 他と異なる シャガールの ステンドグラス ブルーが映える
聖堂の 正面広場 クリスマス 出店が並び 開店準備
パリはまた 予告デモにて シャンゼリゼ コンコルド広場 閉鎖となりし
大規模な クリスマス市 混雑の 新凱旋門 前の広場は
会場は 荷物検査が 行われ テロとデモとの 影響のため
デモのため 人の流れが この市に ごった返すは 飲み食い出店
雨のため ショッピングセンター 人溢れ クリスマス色 華やかなりし
様々な クリスマス用 催しと 光り演出 見て楽しみし
前回の パリ旅行にて 残りたる 回数券で 地下鉄に乗る
終点の 四号線で シテ駅へ 途中混み出し パフドンで降り
雨の中 ノートルダムの 大聖堂 ライトアップで 暗闇浮かぶ
聖堂の 前に輝く ツリーの木 ブルーの色が コントラストに
聖堂の 斜め向かいの 建物が フランス国旗 三色ライト

セーヌ河 渡った先の プチ広場 出店が並び トリオ演奏
雨の中 サンルイ島と シテ島を 一巡りして メトロで帰る
終点で 違う出口で 道迷う 店の主人が スマホで調べ
雨脚が 激しくなって 傘差すも ホテル戻ると びしょ濡れなりし

フランス→日本

十二月十六日（日） パリ 曇り

同姓と 夫婦扱い 並び席 画面変更 チェックインにて
テロのため ストラスブール クリスマス 市の中止は 残念なりし
テロ現場 ロウソク灯し 花供え 犠牲者悼む 人が絶えずに
人出なく イルミネーション 灯る街 何か悲しい ストラスブール
リクヴィルと コルマールにて クリスマス 市の出店を 楽しみたりし
アルザスの 木組みの家は カラフルに クリスマス飾り 目を楽します
フランスの 全土広がる デモの波 ナンシーの街 直に出くわす
シャンゼリゼ メイン通りは デモのため パリの観光 変更となる

雨の中 パリの気分を シテ島へ ノートルダムの 近く散策
パリランス ストラスブール カテドラル ノートルダムは それぞれ見事
この旅は 天気良くなく 曇りがち 最後のパリは 雨でびしょ濡れ
冷え込みが 連日続き 氷点下 重ね着をして 寒さに耐える
自由食 食事付きでも 完食を 食欲落ちず いつもの如し

十二月十七日（月） 成田 雨↓羽田 曇り↓大阪 晴
機内にて 思い起こして この旅を 総括的に 短歌に詠みし
一年を 思い返して 九旅行 短歌に起こし 年賀状にと
この旅は 曇りと雨の 寒い日が 大阪戻り 照る陽がうれし

第三十回　バルカン半島七カ国

（ブルガリア・マケドニア・コソボ・アルバニア・モンテネグロ・ボスニアヘルツェゴビナ・セルビア）

（平成三十一年一月二十三日～二月一日）

日本→ドイツ→ブルガリア

一月二十三日（水）大阪 晴→羽田 晴→フランクフルト 曇り→ソフィア 曇り

ネットでの 座席予約時 予想した 二人掛席 隣空席

機窓より 雪を頂く 富士山と スカイツリーが 一つの視野に

上越の 白い山々 陽が当たり コントラストの 濃淡映える

眼下には 大河アムール 凍結し 白く輝く 極寒の地で

手荷物が フランクフルト 乗継で 検査確認 初めてなりし

ソフィア着く 深夜だけれど 寒くなく マイナスならず 予想に反し

見覚えが あったホテルは 名が変わる 二度目のソフィア 懐かしかりし

ブルガリア→マケドニア

一月二十四日（木）ソフィア 雨後曇り→リラ 曇り一時晴→スコピエ 曇り

暖房で 空気乾燥 喉渇く 何度も目覚め 水を飲みたり
夜が明けて 雪を被った 山々と ソフィアの街が 窓から見えし
小雨止み ソフィアの街の 見物を 寒さ和らぎ 巡りがよろし
街中を 観光すると 蘇る 二度目のソフィア 行く先々で
曇り空 アレクサンドル ネフスキー 寺院のドーム 金と緑の
ビル谷間 ローマ遺跡の ただ中に 聖ゲオルグの 教会が立つ
雪残る ボヤナ教会 フレスコ画 人が少なく ゆっくり見られ
山深く リラの僧院 雪積もる さすがに寒く 足元凍る
僧院の 門をくぐると 雪の中 僧坊囲む 教会が立つ
白い雪 色鮮やかな フレスコ画 回廊アーチ 黒白の縞
教会の 外壁飾る フレスコ画 内部黄金 イコノスタシス
人もなく 雪を踏みしめ 僧坊の 回廊眺め 一回りする
僧坊の 四階建ての 回廊に 上り見下ろす 教会ドーム

僧坊の 回廊からは 教会の ドームの背後 白い山並
板敷きの 回廊踏むと 軋みたり 廊下の出窓 眺め楽しむ
ブルガリア 僧院を発ち マケドニア 長距離移動 スコピエに着く
寝不足で バスの中では すぐ眠る 国境検査 一時間待つ

マケドニア→コソボ→マケドニア

一月二十五日（金） スコピエ 雪→プリズレン 雪→デチャニ 雪→スコピエ 雪
夜明け前 雪降る中を マケドニア スコピエを発ち コソボに向う
国境の 検問を抜け コソボへと 一面の雪 プリズレン着く
プリズレン 石橋の先 モスク立ち 浴場跡も オスマントルコ
イスラムと セルビア正教 カトリック 宗教混じる 歴史の中で
石橋を スリップ注意 モスクへと 絨毯の上 信者礼拝
イスラムの アルバニア人 コソボには セルビア正教 聖地がありし
イスラムと セルビア正教 宗教が 一因なりし コソボ紛争
プリズレン 街のスーパー コソボ産 赤ワイン買い 旅行中飲む

デチャニある セルビア正教 修道院 管理するのは 国家警察
一面の 雪覆われる 修道院 シーズンオフで 見学者なし
修道院 雪の反射で 照らされて 内部は暗く フレスコ画あり
修道院 鮮やか残る フレスコ画 内部一面 壁と天井
終日の 雪降る中で 長時間 バスで往復 少し疲れし

マケドニア→アルバニア

一月二十六日（土） スコピエ 雪後曇り→オフリド 曇り→ベラート 曇り
早朝の 雪は止んだが 道凍る 足元注意 スコピエの街
川に沿い カメンモストの 石橋の 先の丘には 城塞の跡
マケドニア 広場に立った 騎馬像は アレキサンダー 大王なりし
野良犬が 群れ成し我ら 伴にする スコピエの街 行き先々に
車追い 野良犬どもが 吠えたてる 立ち向かう様 驚きたりし
生誕地 マザーテレサの 住居跡 記念館には 祈りの像が
大地震 スコピエの町 壊滅の 時間を示す 旧駅舎あり

スコピエを 発って長距離 オフリドへ 湖畔の街は 賑やかなりし
オフリドは 教会多く 旧市街 出窓の家が 今も残りし
聖ソフィア 回廊見事 丘登る ローマ時代の 円形劇場
丘の上 サミュエル要塞 眼下には オフリドの街 湖望む
要塞の 凍る石段 登り切る 塔から望む 眺め最高
塔からは 灰色の空 湖と 教会の塔 ドームに雪が
要塞を 下り森抜け 湖が 岬の先に 教会が立つ
湖の 断崖に立つ 教会は レンガ造りの 小振りでかわい
透き通る 湖岸に下りて 教会が 夕暮れの中 シルエットなす
オフリド湖 夕日が反射 黄金色 この旅初の 太陽を見る
オフリドを 発って検問 アルバニア 長距離走り ベラートに着く

アルバニア→モンテネグロ

一月二十七日（日） ベラート 晴→ティラナ 晴→ポドゴリツァ 晴
早朝の ホテル周辺 散歩する バスターミナル 人で賑やか

アルバニア アドリア海に 面す国 青空の下 気温も上がる
丘登り ベラート城跡 石垣が 周囲を囲み 石の城門
青空の ベラート城の 丘の上 雪の山々 朝日に光る
城跡に 人の住む家 教会が 山と眼下の パノラマ見事
パノラマが 城の南端 崖の下 ベラートの街 眼下に見えし
崖の下 瓦の屋根の 家並が 川の対岸 白壁の家
城下りて 崖見上げると 教会が へばりつくよに レンガ造りで
オスム川 川の両岸 傾斜地に 古い家屋が びっしり並ぶ
ベラートの この美しい 家並を 「千の窓の町」 人々呼びし
オスム川 両岸渡り 対岸の 日向日陰の 家並眺め
オスム川 石橋の上 眺めると 白壁の家 城の石垣
アルバニア ティラナの街は 様変わり スカンデルベグ 広場大きく
この広場 三年前は 交差する メイン通りで 車行き交う
道路なく 一面石の 広場にて 市民が憩う 街作りなり
英雄の スカンデルベグ 像が立ち 周りはモスク 時計塔あり

新しい コンクリートの 大聖堂 ドーム天井 キリストの絵が
アルバニア ティラナを発って 国境へ モンテネグロの ポドゴリツァへ

モンテネグロ→ボスニアヘルツェゴビナ

一月二十八日（月） ポドゴリツァ 雨→オストログ 雨霧→サラエボ 曇り
曇り空 ポドゴリツァを 発ってすぐ 本降りになり オストログへと
山登り 濃霧の中で 真白に 中腹にある 修道院へ
さらに上 霧が消え去り 視界晴れ 突如見え出す 修道院が
中腹の 崖の絶壁 隙間には 白い建物 はめ込まれたり
断崖に きっちり埋まる 修道院 茶色の岩に 白さ際立つ
正教の モンテネグロの 巡礼地 冬オストログ 人影はなし
修道士 手を取り聖遺 触れさせて 願い叶えと 暗闇の中
暗闇で 目を凝らしたら 岩肌に 塗り込められた フレスコ画あり
鐘楼の 裏の空間 岩壁に 色鮮やかな モザイク画あり
雨止まず 雪の残った 山道を 時に霰が ボスニア目指す

ボスニアの サラエボへ向け 国境を モンテネグロを 後にし越える
延々と 石灰岩の 禿山が 続く沿道 バスは走りし
人の住む 家と廃屋 点在の 荒涼地にも 人の営み
七時間 座席で胡坐 足伸ばし くたびれ果てて サラエボに着く

ボスニアヘルツェゴビナ→セルビア

一月二十九日（火） サラエボ 雨後曇り→ヴィシェグラード 曇り→ベオグラード 曇り
小雨降る 盆地の町の サラエボの バシチャルシアの 旧市街行く
ラテン橋 川岸からの 銃声が 大戦呼んだ サラエボ事件
旧市街 イスラムユダヤ カトリック 正教寺院 宗教るつぼ
旧市街 バシチャルシアの 家並は オスマン時代 雰囲気残す
水パイプ 銅食器類 絨毯に ケバブコーヒー トルコの名残
通りには ミナレット見え イスラムの 丸屋根の家 ブルサベジスタン
旧市街 古い屋並の 雰囲気に くたびれトラム よく似合いたり
雪残る ヴィシェグラードの ドリナ川 架かる石橋 世界遺産に

ボスニアが 誇る作家の アンドリッチ 「ドリナの橋」で ノーベル賞を
ドリナ川 川幅広く 石橋の アーチ連なる 姿美し
十一の アーチ連なる 石橋は 雪山を背に 川面に映える
川沿いの 観光文化 センターの アンドリッチ グラード訪ね
授業終え 高校生ら 川岸を 歩く我らに 話しかけたり
ドリナ川 沿って歩くと 石橋の アーチ近づき 美しかりし
雪凍る 石橋渡り 対岸へ アーチの向こう 屋並が続く
国境を 越えセルビアへ 雪被る 岩壁の谷 ベオグラードへ
たっぷりと 日が暮れ着きし 六時間 ベオグラードは 薄暗い街

一月三十日（水） ベオグラード 曇り→ノヴィサド 曇り→ベオグラード 曇り
雪残る ベオグラードは 丘の町 ドナウとサヴァの 川合流地
正教の 聖サヴァ教会 建築中 ドームの屋根の 緑が目立つ
地下にある 聖堂の壁 フレスコ画 金ふんだんに 煌びやかなり
紛争で ＮＡＴＯ空爆 被害ビル そのまま残る ベオグラードに

花の家 ユーゴスラビア 大統領 チトー霊廟 博物館に
チトー死後 ユーゴスラビア 分裂し 七つの国が 独立国家
カレメグダン 公園の丘 眼下には 大河ドナウに サヴァ川注ぐ
公園の ドニーグラード 雪残り ドナウの見える ネボイシャの塔
公園の 崖の下では 雪の上 騎馬隊の列 撮影現場
時計塔 ゴルニグラード スタンボル 門の前抜け 公園離れ
ノヴィサドは 正教ユダヤ カトリック 宗派が違う 多民族都市
カトリック 大聖堂は 淡い色 清楚な姿 貴婦人然と
ノヴィサドの セルビア正教 寺院には 珍しきかな ステンドグラス
丘の上 ペトロヴァラディン 要塞は ドナウ対岸 雪にて閉鎖
日暮れ時 大聖堂の 正面の 市庁舎灯る ライトアップで
夕食は べオグラードの レストラン 凍った湖畔 隠れ家風の

セルビア↓ドイツ↓日本

一月三十一日（木） べオグラード 曇り↓フランクフルト 雪

連日の 強行軍で 疲れ切る 早朝三時 起床で帰国
一眠り ベオグラードの 機内にて 目覚めてみると まだ地上なり
滑走路 凍結のため 飛び立てず 一時間半 遅れて離陸
乗継を 心配したが 一時間 遅れで着きし フランクフルト
乗継は 余裕はないが 間に合いし 急ぎ足にて トイレも済まし
しんしんと フランクフルト 雪が降る 帰国便にも 遅れ一時間
バルカンの 七カ国行く バスの旅 走行距離は 二千キロ超え
ブルガリア ソフィアに降りて セルビアの ベオグラードへ 計七カ国
バルカンは オスマントルコ 南方を ハプスブルグ家 北方支配
民族と 宗教違う 人々が 混在住んだ バルカン諸国
正教と イスラムユダヤ カトリック 寺院が立った 旧市街地区
観光地 全ての国で 宗教と 係わる施設 訪ねることに
連日の 長距離移動 二千キロ バスの旅には さすが疲れし
疲れたが 食欲落ちず 毎食事 すべて平らげ いつものように
連日の 早朝発で 夜半着 寝不足続き バスで居眠り

天候は 冬のバルカン 雪雨曇り 青空見たは 一日だけと
アルバニアティラナ以外は 雪の道 凍結したり シャーベット状
観光地 オフシーズンで 見学が スムーズなりし 冬のバルカン

二月一日（金） 羽田 晴→大阪 晴
帰り便 旅の総括 短歌にて 詠んで十日を 振り返りたり
十時間 短歌を詠むに 集中し 狭い座席も 長く感じず
羽田着 遅延のために 伊丹便 急ぎ汗かき 乗継出来し
雪雲の バルカン比べ 日本では 太陽注ぎ 青く明るい
トランクの 荷物を解いで 片付ける 帰宅当日 終えるのは初

第三十一回　チュニジア（平成三十一年二月二十一日～二月二十八日）

日本→アラブ首長国連邦

二月二十一日（木）大阪 曇り

墓参り 旅の安全 両親に お願いをして しばし別れを

久しぶり 関空からの 出発は 席も通路で 安心をする

エミレーツ 新型機種は 二階建て エコノミー席 一階のみに

アラブ首長国連邦→チュニジア

二月二十二日（金）ドバイ 晴→チュニス 晴→スース 曇り

深夜発 食事の後は ぐっすりと 朝まで寝たり 目覚めすっきり

ドバイ発ち アラビア半島 西へ飛ぶ 下を覗くと 砂漠だらけが

チュニス着く 荷物出るのが 遅過ぎる 一時間待ち 最後になりし

新市街 ハビブブルギバ 通り行く 緑の並木 時計塔あり

カテドラル 独立広場 メディナへと フランス門で スークに入る

イスラムの 祈り知らせる 拡声が フランス門に 響き渡りし
スークでは 狭い通りの 両側に 店が並んで 人で混雑
スーク内 オープンカフェで 水タバコ 長いパイプで 地元の人が
スーク抜け グランドモスク 突き当たる アーチ回廊 周りを店が
広大な 中庭入る ミナレット 正面聳え 回廊巡る
長大な ドームの下で 信者たち 男女に別れ 祈りの中に
祈り終え ドームから出る 信者たち こんなに人が 驚きたりし
パノラマが メディナ一望 屋上に 現地の人の 後追い上る
狭い路地 グランドモスク ミナレット 立派な姿 空を埋めたり
シディユセフ バルコニー付き ミナレット 八角形の 優美な姿
黒白の アーチ回廊 首相府の 前を通って カスバ広場に
チュニス出て 湖のそば バス走る 水鳥浮かび 岸山羊の群れ
チュニスから スースに向う 道中は オリーブ畑 羊放牧

二月二十三日（土）スース 曇り後晴→エルジェム 晴→マトマタ 曇り時々雨

リゾート地 エルカンタウイ 地中海 オフシーズンで ビーチ人なし
地中海 冬の陽射しを 浴びながら ビーチぶらつく 風は冷たい
城壁が 囲むスースの 旧市街 メディナのスーク 路地裏歩く
リバド塔 グランドモスク スーク街 丸屋根の路地 商店並ぶ
屋上で メディナ見下ろす 城壁が 囲む高台 城塞カスバ
地元民 相手の市場 賑わって 魚新鮮 漁港が近い
威勢良い 魚店主と 話しをし 魚の名前 教えてもらう
漁港では 漁を終えたる 漁師たち 網の繕い 精を出したり
高台の カスバ城塞 カレフ塔 目指し城壁 一周をする
城壁の 内外通り 巡り行く 下校の生徒 言葉を交わす
城門と グランドモスク 通りには 露店並んで 雑貨商う
スースから コロセウムある エルジェムへ オリーブ畑 仕切りサボテン
平原に 突如出現 巨大物 石の塊 コロセウムなり
エルジェムの 街に聳える コロセウム 本場ローマの 小型版なり

コロセウム 巨大石組み 階上へ 眼下楕円の 闘技場なり
オリーブの 畑の中に 白い花 アーモンドの木 マトマタ向う
マトマタへ 近づくにつれ 砂漠化が 続く禿山 雨が降り出す
マトマタの 穴居ホテルは 有名な 「スターウォーズ」 の 撮影舞台
撮影の シディドリスの レストラン 穴居部屋では ダンスに参加
宿泊の ホテルの部屋も 岩壁を えぐり寝室 白く塗りたり

二月二十四日 (日) マトマタ 曇り→ケロアン 晴
岩山の 窪地の周囲 岩えぐり 各部屋とした ホテル建物
風強く 寒過ぎる朝 マトマタの 荒涼とした 禿山散歩
セーターを 一枚余分 着るけれど 風の寒さが 身に堪えたり
ベルベルの 穴居住宅 縦穴に 横穴を掘り 住む部屋とする
ベルベルの 女性振舞う パンとチャイ 冷えた体に ありがたかりし
ケロアンへ 向かう道中 砂嵐 オリーブ畑 砂塵で霞む
バスの中 細かい砂が 入り込み 黒い帽子に はっきり白く

紙広げ 文字を書こうと 指なぞる ざらざらするは 砂粒なりし
ケロアンの 城壁利用 レストラン スカーフ巻いた 地元の女性
九世紀 建造された 貯水池が 今も市民の 水源利用
シディサハブ 霊廟の中 回廊の アラブ模様と タイルが見事
ケロアンの メディナの中の スーク行く ラクダ回って 井戸水汲みし
城壁で 四方を囲む 建物が 雰囲気がある ホテルラカスバ
ホテル出て メディアを囲む 城壁を 一時間かけ 一周したり
人だかり 何かと思い 近づくと 夕食用の パン出来あがり
城壁と 墓地の真白 墓石が ミナレットとも 夕日に映える
ミナレット 高い外壁 囲みたる アフリカ最古 グランドモスク
閉館と 断わられたが 頼み込み 門から入り ミナレット撮る
城壁を 一周すると 子供たち ニーハオと呼び 中国人に
城門に 収まるドーム ミナレット グランドモスク 写真ポイント

二月二十五日（月） ケロアン 晴→ドゥッガ 晴後雨→チュニス 曇り

早朝の ケロアンメディナ 路地裏で 機織る音が 聞こえて来たり
白い家 青い扉の 家々で 機織る人は 男性ばかり
一軒で 覗いていると 招かれて 機織る仕方 見せてくれたり
通りでは 揚げ菓子作る 職人が カメラ向けると ポーズを取りし
朝日受け グランドモスク ミナレット 回廊巡り 聳え立つなり
早朝の グランドモスク 人いなく 中庭挟み ドームミナレット
中庭の 緩い傾斜の 大理石 雨水貯める 仕掛けとなりし
回廊の 四方巡らす 列柱は ローマ遺跡の 流用なりと
礼拝の ドームの中も 列柱が 絨毯敷かれ 静まり返る
中南部 乾いた大地 見慣れたが 北行くにつれ 緑が増して
チュニジアの 北部の遺跡 ドウッガへと 緑の大地 目に新鮮に
オリーブの 畑の大地 黄色から 緑滴る 下草生える
ひた走る 緑の谷間 丘の上 ローマ遺跡の ドウッガが見えし
遺跡より 見下ろす谷間 緑なす 目には優しい 眺めとなりし
遺跡には ローマ劇場 神殿に 広場市場に 浴場の跡

劇場の 半円形の 客席の 上から見える 遺跡と谷間
劇場の 舞台に立って 手を叩く 客席反射 こだまが響く
散歩する 夜半のチュニス メディナまで メイン通りは 警官多い
通りには ライトアップで 煌々と 市民劇場 フランス門が
風呂入り チュニジア産の ワイン飲む 気分ほぐれて ベッドに入る

二月二十六日（火） チュニス 晴→ナブール 晴→ハマメット 晴→カルタゴ 晴→
シディブサイド 晴→チュニス 曇り

陽が射して 暖かくなり ナブールの 陶器の街の スーク訪ねる
城壁が 囲む建物 子供らに 誘われ入る 学校なりし
校庭に 中学生が 群がって 防寒具着て リュックを担ぎ
ハマメット 岬の先に メディナあり 波打ち際を 城壁囲む
岬沿う ビーチに寄せる 白い波 薄グリーンの 地中海なり
メディナ内 曲がりくねった 路地を行く 青い扉の 白壁の家
どの家も 扉の横の 白壁に 魚の模様 呪いらしい

路地裏を 辿れば急に ミナレット 銅皿を打つ 職人の音
カルタゴの 遺跡巡りは フェニキアの 街の中心 ビュルサの丘に
丘からは カルタゴの街 地中海 古代軍港 一望できし
フランスの ルイ九世に 捧げたる 教会と墓 ビュルサの丘に
ローマ人 住んだ住居の 中庭の 跡に残った 馬のモザイク
トフェと言う フェニキア時代 墓地の跡 生贄された 幼児の墓が
フェニキアの 古代カルタゴ 軍港と 商業港は 今ただの池
海臨む アントニヌスの 浴場の 巨大遺跡の 内部を歩く
地中海 見下ろす岬 丘の上 シディブサイドの パノラマ見事
石畳 白壁の家 扉窓 チュニジアンブルー 通りに続く
丘の先 ビューポイントで 地中海 遥か彼方に ボン岬見え
丘下り ヨットハーバー 辿り着く 大汗かいて 丘を登りし
丘登る 階段手前 リビア人 上着の中の 鷹を見せたり
急登の 階段急ぎ 登り切る 余裕を持って 時間間に合う
汗かいて 疲れた体 ミントティー 喉をうるおし お代わり頼む

陽が沈む 通りの先が 茜色 汗が引くまで 座り眺める
石畳 茜に染まり 輝いて 日暮れと共に 徐々に消え行く

チュニジア→アラブ首長国連邦

二月二十七日（水） チュニス 曇り後晴→ドバイ 晴

高層の ホテルの西は メディナ見え 東チュニス湖 港が見えし
ホテル前 メイン通りを 往復し メディナ入口 港の駅を
通勤時 渋滞酷く 警官が 信号守れ 交通整理
歩行者も 信号無視し 隙間縫い うまく渡るが 我は出来ずに
通勤時 メイン通りの カフェ混んで 客はほとんど 男性なりし
ロビーにて チュニジア美人 声掛けて 仏語で話し 通じて嬉し
バルドーの 博物館は モザイク画 フェニキアローマ 遺物を集め
博物館 テロの犠牲者 名を刻む 日本人名 三名載りし
テロ犯の 発砲の痕 展示室 扉とケース 今も残して
チュニジアの 観光すべて 終りたり チュニス空港 帰国の空へ

帰途の便 乗継便も 通路側 うまく取れたり ラッキーなりし

アラブ首長国連邦→日本

二月二十八日（木）ドバイ 晴→大阪 曇り

地中海 アラブのメディナ 砂漠の地 ローマ遺跡の チュニジアの旅

チュニジアは 日本以上に 寒かりし 北アフリカの イメージ反し

各都市の メディナのスーク 入り組んで 狭い路地には 商店並ぶ

ケロアンと スースのメディナ 一周を 城壁に沿い 庶民の暮らし

ミナレットドーム中庭 見事なり グランドモスク ケロアン チュニス

各都市の メディナ路地裏 ぶらつくと 職人たちの 仕事の音が

地中海 波音聞いた ハマメット 眼下に望む シディブサイド

白い壁 チュニジアンブルー 窓扉 太陽に映え 鮮やかなりし

カルタゴの 丘から望む 遺跡群 フェニキア人の 栄華の跡が

コロセウム 劇場広場 神殿に 浴場の跡 ローマの凄さ

マトマタの 穴居住宅 ホテル部屋 面白かりし 寒風の中

やたら猫 チュニジアの街 人に馴れ 都市も田舎も 我がもの顔に
アラブ味 食事気にせず 平らげる 機内を含め 全て完食
テロ事件 思い出させる バルドーの 博物館に 犠牲者の名が
夜帰宅 朝食買って 写真処理 トランク整理 その日のうちに

第三十二回　コロンビア（平成三十一年三月十三日〜三月十九日）

日本↓メキシコ

三月十三日（水）大阪 雨後晴↓成田 晴↓メキシコシティ 晴
まだ暗い 土砂降りの中 空港へ 夜が明け切ると 青空となる
乗継の 便欠航で 深夜まで 次便待機で ホテルで休む
ジャカランダ 紫の花 満開で メキシコシティ 夏の暑さに
長距離の 飛行の後で トラブルが 長い待機で 疲れがどっと
シャワー浴び 数時間だけ 横になる 寝不足のため 頭が重い

メキシコ↓コロンビア

三月十四日（木）メキシコシティ 晴↓ボゴタ 曇り↓シバキラ 晴↓ボゴタ 曇り
通勤時 ボゴタの町は 渋滞し 専用レーン バスはすし詰め
シバキラの 塩の教会 洞窟を イエスの受難 岩塩に彫る
岩塩の 壁面彫って 凹凸の 十字架造り イエスを悼む

聖堂の 天井高く 十字架は 世界最大 ライトアップが
十字架は ライトアップで 遠くから 浮き彫りに見え 実は透かし彫り
シバキラの レストランにて 昼食を フォロクロールの 演奏を聴く
エルドラド 黄金郷の 伝説の ボゴタの町に 金の遺物が
古めいた ボゴタ最古の 教会の 横の公園 チェスを楽しむ
ボリーバル 広場の周囲 カテドラル 議事堂があり 鳩乱舞する
広大な 広場の前に 堂々と 尖塔のある 大聖堂が
旧市街 路地の先には 山腹の 斜面広がる 家々が見え
教会の 前の路上で カップルが 体寄せ合い アリア熱唱
通りには コロニアル風 建物が 二階ベランダ 広場を囲む
旧市街 巡ると路地に 白と茶の 縞が明るい カルメン教会
教会の 内部のドーム アーチにも 白と茶縞の 柱立ちたり
夕暮れの ケーブルカーの 乗り場には 夜景見るため 大勢並ぶ
ケーブルカー モンセラーテの 丘上る 眼下広がる ボゴタの市街
曇り空 少し霞んだ ボゴタの地 レンガ色した 旧市街見え

標高が 二千六百 ボゴタ市は モンセラーテは 三千超える
ケーブルカー 降りて坂道 登るうち 空気が薄く ゆっくり歩く
坂道を ボゴタの街を 見下ろして 花咲く道に ハチドリが飛ぶ
丘の上 教会広場 日暮れ待つ 暗さが増して 街に灯りが
陽が落ちて ボゴタの街に 灯が灯る モンセラーテで 夜景に見とれ
教会の 広場の前に 夜景見に 若者集い 写真撮り合う
夜景見に ケーブルカーの 先頭に 煌めくボゴタ 眼下近づく

三月十五日（金） ボゴタ 曇り後晴→メデジン 曇り後晴→グアタペ 晴→メデジン 曇り
三時起き 飛行機遅れ 一時間 メデジン着くと ガイドが来ない
メデジンを 高原縫って グアタペへ 牧場畑 斜面広がる
道中の レンガ造りの 家々の 垣根に咲いた ブーゲンビリア
忽然と 一枚岩の 岩塊が これぞピエドラ デルペニョールだ
今回の 旅の目的 コロンビア あの岩登り パノラマを見る
高台に ポツンと鎮座 この巨岩 何とも不思議 この光景は

溶岩が 火山噴火で 押し上がり 周り浸食 現れたりと
岩塊の 割れ目に見える ジグザグが これから登る 階段なりし
ジグザグに 巨岩を登る 階段の 頂上見える 展望塔が
階段が 人で混み合い 立ち止まる 眼下を見ると 湖見えし
汗かいて 七百七の 階段を 登って見えた 大パノラマが
岩の上 大パノラマは 地平線 大地入り組み 湖はるか
頂上を 一回りする 眼下には 湖に島 伸びる半島
大汗を かいて登った この疲れ パノラマ見ると 吹っ飛びたりし
登り切る 人々の顔 破顔なり 歓声上げて 眺め見とれし
階段を 疲れた足で 下るなり 濡れた足元 注意忘れず
階段を 降りて見上げた この巨岩 実感湧きし 登ったのだと
巨岩抱く トリック写真 ポーズ取る バス運転手 皆に勧めし
昼食は 湖のそば 巨岩見え 山盛りの肉 残さず食べる
この巨岩 麓の村の グアタペへ カラフルな家 通りに続く
路地行くと 彩色された 家々の 壁にそれぞれ 模様描かれ

その模様 花に蝶々に 動物が 通り散策 面白かりし
白壁に 茶色の線の 教会の 入口の壁 動物の絵が
日が暮れて メデジン戻り 山腹に 街の明かりが 広がりたりし
カテドラル ライトアップで 荘厳に 建物の中 十字架見えし
太っちょの 見たことのある 彫刻が ポテロ広場は 彫刻広場
屋台売り 広場周辺 声掛ける 活気溢れる 下町風情

三月十六日（土） メデジン 曇り→カルタヘナ 晴
高原の メデジンを発ち カリブ海 海沿いの町 カルタヘナ着く
カリブ海 空は晴れても 海の色 イメージ違う どんよりとして
ビーチ沿い 高層ビルが 林立の リゾート地なる 新市街かな
旧市街 周囲を囲む 城壁に ビーチ内海 囲む島なり
旧市街 内部の通り カラフルな 家のテラスが 雰囲気醸す
様々な 色に塗られた テラスには 花が植えられ 緑の蔓も
旧市街 通り行く度 土産売り 相手かまわず 声をかけたり

路地歩き 緑豊かな ボリーバル 公園の角 カテドラルあり
時計門 抜けると広場 正面の コロニアル風 テラスの家が
路地の先 大聖堂の 尖塔が 急に現れ 絵になる眺め
教会の 小さな広場 彫刻が 例のポテロの ずんぐり像が
ビーチ沿う 城壁歩き カリブ海 彼方に見える リゾートのビル
旧市街 城壁歩く どこからも 大聖堂と 教会の塔
旧市街 東高台 サンフェリペ 要塞堅固 襲撃防ぐ
サンフェリペ 要塞登る 急坂を 新旧市街 一望できし
要塞の 堅固な内部 様々な 仕掛けめぐらし 敵から守る
旧市街 三度攻撃 堪えたり 最後の砦 この要塞が
部屋からは カリブのビーチ 白波が 泳ぐ人見え 我も水着に
カリブ海 きめの細かい 砂浜が 寄せる高波 白く砕けて
波を背に 寄せるたんびに 水に浮き 足をすくわれ 水の中へと
白波の 寄せ来る度に 背を向けて 時を忘れて 戯れたりし
砂浜に 夕暮れの中 寝そべりし 弱い陽射しを 体に感じ

コロンビア→メキシコ

三月十七日（日）　カルタヘナ晴→ボゴタ曇り→メキシコシティ曇り
白み出す 部屋から見える カリブ海 波頭は白く ビーチに寄せる
早朝の ビーチを散歩 パラソルが 早開き出し 寝そべる人も
カリブ海 常夏の都市 カルタヘナ 湿気が高く 空気が淀む
砂浜を 少し散歩で 汗滲む ビーチバレーで 若者遊ぶ
成田便 メキシコ着くと 五時間の 出発遅れ ホテルで待機
乗り継いで やっと帰国の 便遅れ どっと疲れて ホテルで仮眠
ついてない 行きも帰りも 遅れたり 予定が狂い がっかりしたり

メキシコ→日本

三月十八日（月）　メキシコシティ 曇り後晴
三時起き 空港着くと 待たされて 更に遅れが 一時間なり
友達と 会う約束も 無理なりし 成田に着くと すぐ電話して
大阪へ 羽田発便 間に合わず 後続便に 変更できしや

この旅は 遅延トラブル 往復も まさかと思う こと起きたりし
トラブルも 観光予定 大きくは 狂はなかった 幸いなりし
トラブルで 寝不足続き 堪えたが 長距離移動 さすが疲れし
コロンビア ボゴタメデジン カルタヘナ スペイン統治 旧市街かな
旧市街 ボゴタの街の ボリーバル 広場周辺 歴史色濃く
日が暮れて モンセラーテの 丘の下 ボゴタの夜景 今もまぶたに
この旅は グアタペ近い 岩山を 登ることとなり 満足できし
岩塊の 割れ目階段 登り切る 眺め最高 感動したり
カルタヘナ 色彩やかな テラス家 路地に連なり 散策楽し
カリブ海 城壁囲む カルタヘナ 路地の売り子が 賑やかなりし
白波が 砕けて寄せる カリブ海 初めて泳ぐ 白い砂浜
今回も 重い食事も 気にならず すべて平らげ いつものように
スペイン語 バス運転手 会話する 間違い指摘 勉強になる
帰り便 三人掛けの 窓側に 最後尾通路 空きで助かる
隣席の 若い女性と お喋りを おばさんどもに 比べ楽しい

三月十九日（火）成田 晴→大阪 曇り
六時間 遅れの成田 到着で 羽田乗継 すでに無理なり
ゲート出て 友に電話を 今成田 飛行機遅延 会うこと出来ぬ
友達の 十年ぶりに 声を聴く 会えないけれど 懐かしかりし
ゲート出て 遅延証明 請求し ＪＡＬカウンター 国内線に
時間的 羽田経由と 同じなり 成田発便 変更できし
自宅着く 往復遅延 待ちに待つ 疲れ過ぎるも 緊張残る
トランクの 荷物整理も 全て済み 明日は洗濯 買出し予定

第三十三回　キプロス・マルタ（平成三十一年四月八日〜四月十六日）

日本↓アラブ首長国連邦

四月八日（月）大阪 晴

本ツアー 関空発と 成田発 ドバイ合流 キプロスへ飛ぶ
二人連れ ドバイ乗継 案内を 添乗員に 事前頼まれ
一人来ぬ ツアー窓口 二人待つ 確認すると 搭乗口に
名前聞き 搭乗口で 係員 探してもらう 老婆なりしや
座席聞き ドバイに着くと 席待機 声掛けるまで お願いをする

アラブ首長国連邦↓キプロス

四月九日（火）ドバイ 晴↓ラルナカ 晴↓ニコシア 晴↓レフカラ 晴↓リマソール 晴
ドバイ向け 隣の席の 赤ん坊 父親あやし 泣くことはなし
我もまた 舌を出したり 手を振って あやしてみると ニコッと笑う
二人連れ ドバイ空港 乗継は 問題はなく 搭乗口へ

心配の 添乗員と 合流し 約束果たし ほっと一息
眼下には 砂漠の中に 切れ込んだ 青さ際立つ アカバ湾見え
地中海 キプロス島の 海岸が 近づいて来て ラルナカに着く
島央の 首都ニコシアへ バスで行く 沿道春の 草花が咲く
分断の 国家キプロス 北の山 トルコ支配の 国旗のマーク
ニコシアを 囲む城壁 見えて来て 旧市街へと ファマグスタ門
聖ヨハネ 教会の中 フレスコ画 壁面残り 圧倒される
大主教 館の壁は 黄色で 白枠アーチ 柱美し
髭面の 主教が住んだ 館横 イコン集めた 美術館見る
旧市街 グリーンラインが 分断の 国境線に 兵士の姿
北トルコ 南ギリシャの 民族が 国境挟む 分断国家
国境の グリーンラインの 周辺は 繁華街にて 人通りあり
ビーナスの 生誕の地の キプロスに アフロディテ像 博物館に
レオナルド ダビンチも来た レフカラは レース刺繍で 有名なりし
レフカラの 小さな村を 散歩する 馴れた猫たち 路地で寝そべる

レフカラの 刺繍の柄を 焼菓子に 砂糖で描く 猫の飼い主

四月十日（水）リマソール 晴→トロードス 曇り後晴→リマソール 雨後曇り
沿道に ミモザ咲く道 トロードス 山間縫って 修道院へ
オリンポス 山頂眺め 道沿いに 雪が残って 気温も低い
雪残る 枝が下向く 松林 お土産店で ワインを試飲
山道で グリーンラインの 先にある 北キプロスの 海岸線が
キッコーの 修道院で 猫迎え モザイク画門 抜け中庭へ
中庭を 囲む回廊 モザイク画 壁面飾り 二階に上る
修道院 天井壁に フレスコ画 イコノスタシス 装飾見事
聖ルカの イコノスタシス イコン像 聖母マリアに 信者口付け
赤瓦 石壁の上 回廊の 白いアーチが 中庭囲む
麦畑 物置小屋が ひっそりと フレスコ残る ポディトゥ教会
山の中 谷を見下ろす 高台に ほったて小屋の アシヌ教会
異教徒の 侵略を避け 山里に 粗末な小屋を 教会にして

四月十一日（木）リマソール 晴→コロッシ 晴→クリオン 晴→ペトラトゥロミウ 晴→
パフォス 晴→リマソール 晴

白み出す ビーチに急ぐ 山の端に 朝日半分 顔を見せたり
ビーチにて 日の出見ながら 泳ぐ人 寒くないのか 少し寒いと
海面を 朝日照らして 眩しけり 黒いビーチで 一人散歩を
泳ぐ人 釣をする人 ジョギングも 早朝ビーチ 人それぞれに
丘陵に ポツンと立って 荒れ果てた コロッシ城は 十字軍基地
クリオンの ローマ劇場 崖の上 眼下広がる 地中海なり
モザイク画 古代遺跡に 残りたり 人物鳥に 魚鮮やか
平原に 石だけ残る 遺跡群 アポロを祀る 神殿跡が
アフロディテ 生誕の地の 海岸の 波打つ浜で 小石を拾う
浜にある 岩の小島に よじ登る 海岸線の 絶景を見る
数本の 柱が立った アフロディテ 神殿残る 黒い石にて
海見える パフォス遺跡の 館跡 床のモザイク 精巧なりし
動物や 神話人物 モザイク画 今も鮮やか 見事なりしや

道端に マーガレットと ポピー咲く 遺跡の中を モザイク巡り
パフォス城 屋上からは 遺跡群 港街並 海岸線も
リマソール 夕暮れの海 遊歩道 ウォーキングの 人の多さや
ビーチにて クリケットする 若者が やはりイギリス 元植民地
リマソール 旧市街へと 遊歩道 時間がなくて 引き返したり

キプロス→マルタ

四月十二日（金） リマソール 晴→ヒロキティア 晴→ラルナカ 晴→バレッタ 晴
ヒロキティア キプロス最古 住居跡 丘の斜面に 石丸く積む
キプロスの 小学生が 遠足に 歴史勉強 手に資料持ち
ラルナカの 空港発って マルタへと 乳青色の ソルト湖見えし
機上から ギリシャの島の クレタ島 雪を頂く 高い山あり
マルタ島 紫の花 ユダの木が 咲く道抜けて バレッタ向かう
聖ヨハネ 騎士団築く バレッタは 難攻不落 要塞の町
広場から 城壁を抜け バレッタの メイン通りは 賑やかなりし

バレッタは メイン通りを 頂点に 左右に下る 坂の街なり
聖ヨハネ 大聖堂に 一足を 圧倒されし 豪華絢爛
金ぴかの 中央祭壇 天井画 柱彫刻 見事一言
祭壇の ホールの周り 礼拝堂 騎士の言語で 八堂囲む
大理石 床一面に 墓碑がある 種々の紋様 骸骨の絵も
美術館 カラヴァッジョの絵 二点あり 光と影の 対比に見入る
聖堂の 鐘楼のある 正面に 西日が当たり 色鮮やかに
建物は マルタストーン 特産の 蜂蜜色の 石灰岩が
バレッタの 見晴らし台で 対岸の スリーシティーズ 突端間近
軍事的 重要拠点 マルタ島 ナチス空爆 バレッタの街
入り組んだ グランドハーバー 指状の スリーシティーズ 海が湾入
セングレア ヴィットリオーザ 対岸を 入江を挟み 互いに眺め
対岸の バレッタの街 セングレア ヴィットリオーザ 入江から見え
入り江には ヨット帆柱 林立し バレッタの街 見晴らし台が

四月十三日（土）バレッタ晴→チュルケウア晴→ゴゾ島晴（イムジャール→
カリプソ→ジュガンティーヤ→シュレンディ→ヴィクトリア→
イムジャール）→チュルケウア晴→バレッタ晴

マルタ島 海岸線を 見下ろして フェリーで渡る ゴゾ島目指し
ゴゾ島へ 行きのフェリーは 舳先にて 風が強くて 体が冷えし
ゴゾ島へ フェリーで見える コミノ島 乳青色の ブルーラグーンが
ゴゾ島に 近づくにつれ 高台に マリア像立ち 教会の塔
カリプソの 洞窟の上 ラムラ湾 雲の動きで 海色変わる
神殿の ジュガンティーヤの 巨石壁 石灰岩の 岩肌風化
シュレンディ 入江に伸びた 断崖が 風を遮り 湾内静か
ヴィクトリア 島の中央 チタデルの 城塞の中 大聖堂が
ドームない 大聖堂の 中央の 天井の絵が あるが如きに
天井画 だまし絵となり 錯覚で まるでドームが あるかのように
祭壇の 天井周囲 赤色に キリスト像が 白く輝く
チタデルの 城壁歩く 周囲には 小さな村の 教会見えし

ヴィクトリア白い家々 地中海 遥かに見える 城壁の上
チタデルの 下の街中 混み合いし 広場飲み食い テーブル埋まる
マルタ島 帰りのフェリー 船の艫 風も弱くて ゴゾに別れを
夕暮れの セントジュリアン 海岸線 一杯飲んで 風心地良い

四月十四日（日） バレッタ 晴→マルサシュロック 晴→ラバト 晴→イムディーナ 晴→
　　バレッタ 晴
雲があり 日の出見えぬが 丘の上 マルタ大学 キャンパス散歩
バレッタの シベラス半島 一周を 対岸の先 要塞が立つ
半島の 先端砦 聖エルモ 両ハーバーへ 睨み利かせる
半島の 西のハーバー マノエル島 先端砦 中世に建つ
対岸の ヴィットリオーザ 先端を 聖アンジェロの 砦が守る
セングレア 突端にある 監視塔 グランドハーバー 敵船見張る
博物館 巨石神殿 発掘の 「マルタビーナス」「眠れる女神」
衛兵の 騎士団長の 宮殿は 今は議会と 大統領府

宮殿の 床の紋章 大理石 タペストリーは 絵画の如し
坂下り 保塁が残る 公園で グランドハーバー 湾の入り口
バレッタの 路地を巡ると 美女ポーズ 艶めか過ぎる モデル撮影
通りでは オープンカフェで 弦楽器 生演奏で 女性ボーカル
日曜日 漁村の港 魚市場 人で混み合う マルサシュロック
晴天の 漁港に沿った レストラン オープン席は どこも満員
マルタ島 島の中央 聖パウロ 伝説教会 ラバトの街に
丘の上 城壁囲む イムディーナ 空堀渡り 城門くぐる
星型の 城内進み 突き当る バレッタの街 遠くに見えし
イムディーナ 大聖堂の 聖パウロ 難破描いた フレスコ画見る
空堀に 下りて見上げし 大聖堂 ピンクのドーム 少し目立って
空堀に 架かる石橋 三アーチ 城壁と門 雰囲気が合う

マルタ→キプロス→アラブ首長国連邦

四月十五日（月） バレッタ 晴→ラルナカ 晴

ホテル出て マノエル島へ 道違え ヨットが見えて 安心したり
道聞くが 島の名前は 知らないと 海に出るには 坂を下れば
着いた岸 マノエル島と 離れ過ぎ バレッタ近く 入江の奥に
人に聞き 海岸線を 歩き行く 対岸バレッタ 逆光の中
マノエルへ 十メートルの 石の橋 陸と繋がる 小島に渡る
人家なく マノエル島は ただの島 突端にある 昔の砦
対岸の 豪華マンション スリーマの 街並眺め 島内進む
突端の 朽ちかけ砦 磯の岩 伝って歩き 海に出る門
岩場から 湾の出口の スリーマと シベラス半島 間近に迫る
対岸の バレッタの街 教会の ドーム尖塔 高台に見え
ホテルへの 帰り方向 迷わずに 行きとは違い 意外に近い
ホテル着く 部屋の掃除の メイドさん ネパールからの 出稼ぎなりと

アラブ首長国連邦→日本

四月十六日（火）ドバイ 晴→大阪 晴

ドバイ着く 成田と別れ 関空へ 婆さん連れて 搭乗口へ

今回の 旅行しょっぱな 予想外 出来事起こる 今は思い出

二人連れ ドバイ乗継 うまく行く 添乗員に 顔向け出来し

キプロスは 分断国家 ニコシアの 首都の真中 国境線が

北トルコ 南ギリシャの 民族が グリーンラインで 住み分けをする

キプロスの 古代遺跡の モザイク画 今も鮮やか 当時偲ばす

キプロスの ギリシャ正教 フレスコ画 イコンが残る 古い教会

バレッタは 騎士団の街 要塞化 半島の先 砦が守る

聖ヨハネ 大聖堂の 内装の 煌びやかさに 感動したり

バレッタの 湾を挟んだ 対岸の 街の眺めは 圧巻なりし

ゴゾ島の 先史時代の 神殿の 跡に残った 巨石の壁が

マルタ島 ゴゾ島中部 城壁に 囲まれた街 大聖堂が

マルタ島 キプロス島も 地中海 海の青さに 陽射し眩しい

猫多い マルタキプロス 街中に 大事にされて 馴れた野良ども
今回も 全ての食事 完食を 体調はよく 食欲もあり
帰り便 三人掛けを 一人占め 体横たえ 少しは眠れ
婆さんの 荷物を取って 税関を 抜けて案内 全て終了

第三十四回　タンザニア（令和元年五月二十六日〜六月二日）

日本→カタール

五月二十六日（日）大阪 晴後曇り→成田 曇り
早朝の 朝飯前に 墓参り アフリカ旅行 安全父母に
地下鉄の 優待カード 利用して 最安ルート 伊丹空港
成田発 最終便の ドーハ行き 定時離陸で 十時間乗る

カタール→タンザニア

五月二十七日（月）ドーハ 晴→キリマンジャロ 曇り→モシ 曇り
零時過ぎ 欠伸は出るが 機内では 気が張るせいか 目は冴えたりし
そのうちに 知らず知らずに 寝付きたり うつらうつらを 繰り返しつつ
深夜着く ドーハ空港 閑散と 乗継までに 五時間待ちが
ドーハ発ち ホルムズ海峡 真上飛ぶ 今きな臭い ペルシャ湾上
憧れの キリマンジャロは 機上から 一面雲で 見ることできず

緑青 制服を着た 子供らが 学校帰り バスに手を振る
荷を頭 カラフルな服 着た女性 道を歩きし ここはアフリカ
ホテル着き 周り散策 バナナ売る おばさんたちと 会話楽しむ
木の幹に 大きな果実 垂れ下がる 聞けばパパイヤ 初めて見たり
雨期末期 青空あるが 地上から キリマンジャロは 雲に覆われ
屋上で 周り見渡す 一面の 大地の緑 瑞々しきや
垂れ下がる 豆の実の房 並木道 行き交う人と 挨拶交わす

五月二十八日（火） モシ 曇り→マニヤラ 晴→ンゴロンゴロ 晴
今朝もまた キリマンジャロは 見えなくて 期待が外れ がっかりしたり
道路脇 鍬を担いだ 人々が 日銭稼ぎに 農作業行く
緑なす 平原の中 ひた走る 一直線を マニヤラ湖へと
放牧の 牛羊山羊 増えてくる マサイの村の 茅葺きの家
マサイの子 放牧助け 家畜追う 伝統守り 受け継ぎたりし
マニヤラ湖 森と水辺の 動物を サファリドライブ 四輪駆動

ペリカンが 巣を木の上に 知らなくて ヒナが羽ばたき 巣立ちの準備
森の中 猿たちの群れ インパラや ウォターバック 草を食みたり
水辺では ペリカン浮かび フラミンゴ 羽を広げて すっと立ちたり
マニヤラ湖 岸辺草原 動物が 散らばり草を 静かに食みし
白い頬 赤喉袋 黒赤の 頭長い毛 カンムリツルが
ヒヒの群れ ボスが怒って 歯を剥いて 若ヒヒ威嚇 追い回したり
崖の上ンゴロンゴロの 道に沿い ヒョウ前歩き まさか驚く
ゆったりと 車恐れず 堂々と 野生のヒョウを 初めて見たり
対向車 ヒョウ森に逃げ 残念も 再度現れ 車の横に
車窓から ヒョウを間近に 眺めたり 前を悠々 森姿消す
水牛も 水辺を離れ 崖の上 道の両側 草を食みたり
暮れかかる ロッジのテラス クレーター 全景見える 圧巻なりや
部屋からも 眼下に見える クレーター 中の湖 薄暮に光る
夜が更けて 気温下がって 寒くなる 空に満天 星瞬きし
同走の 車が故障 遅れ着く 停電前に 夕食シャワー

五月二十九日（水）ンゴロンゴロ 雨後晴→セレンゲティ 晴
寒いはず 窓に結露が 山の中 標高高い ンゴロンゴロは
火口壁 雲の中にて 真白に 底クレーター 全く見えず
山下りる 雲から出ると 視界良く マサイの家が 点在したり
広大な クレーター下り 草原を サファリドライブ 動物探し
まずガゼル ヌーにシマウマ 水牛も 草を食んだり 横になったり
群れをなす ホロホロチョウが 餌探し イボイノシシも 動き回りし
ライオンは 草原の中 寝そべって 動く気配は 微塵も見せず
単独で ゾウが遠くで 草を食む 黄色い花に 巨体が浮ぶ
カバたちが 小さな池で 身を寄せて でっかい背中 鳥が止まりし
ドライバー 黒サイがいる 望遠で 見るが遠くて 姿分からず
湖の 岸に無数の フラミンゴ ピンクの帯が 陽に映え見える
水面に 目と鼻を出し カバたちが 時に巨体の 姿現す
カナリアに 似た鳥巣くう 木を見上げ 下向きの巣が 無数に垂れる
訪ねたる マサイの部落 歓迎の 男女混ざって ダンスを披露

女性たち 頭を剃って 布巻いて 大きなリング 首に掛けたり
マサイ族 若者たちの 輪に入り 片言英語 話し楽しむ
若者も 上下布巻き ステッキを 成人すると 髪を短く
若者の ジャンプ合戦 飛び入りを 全然違う その跳ぶ高さ
牛の糞 塗り固めたる 丸い小屋 火は木を擦り 起こして煮炊き
セレンゲティ 大草原を ひた走る 独特姿 ハイエナ歩く
ライオンの 母メス一頭 目の前を 横切り残す 足跡でかい
ライオンの 若い兄弟 追いかけを バケツ咥えて 取り合いしたり
草原に ダチョウの群れが 餌探し 灌木の中 キリン葉を食べ
シマウマの 大集団が 移動する 大平原に 長い列なし
シマウマの 親子駆け抜け 次々と サファリカーの 目の前の道
日暮れ時 灌木の中 ヌーの群れ 二手に分かれ 移動始める
セレンゲティ 大平原に 陽が落ちる 茜色なす 空を眺める

五月三十日（木）セレンゲティ 晴

天蓋の 蚊帳に囲まれ 目を覚ます 今日誕生日 セレンゲティで
ロッジより 見渡す限り 平原に ポツンポツンと アカシアの木が
夜明け前 サファリドライブ 出発を 平原の中 日の出を待って
陽が昇る セレンゲティの 平原を 茜色した 太陽眩し
アカシアの 棘ある枝の 葉をうまく 舌で食べるは キリンの親子
川の中 背中を見せる カバの群れ 歩く姿も 目撃できし
ハイエナが 牙を剥き出し 車見る 近くの木には ハゲワシ止まる
平原の 小高い丘で 朝食を 開放感で 食が進みし
小鳥たち テーブルの上 寄って来て よそ見をすると パンを啄ばむ
草原を 二頭のチータ 飄々と 歩く姿を すぐ目の前で
草原を 歩くチータと 平行に サファリカーが 随行をする
岩山に ヒョウがいるとで サファリカー ずらっと囲み 皆目を凝らす
岩棚に 一頭のヒョウ 尾を揺らし 頻りに食べる 狩りした獲物
獲物食う 母ヒョウ周り 一頭の 子ヒョウがじゃれる ここ棲みかなり

目を凝らす サファリーカーの 乗客は 歓喜に満ちて 顔はころばす
誕生日 プレゼントなり この歓喜 親子のヒョウと 二頭のチータ
動物の ベビーシーズン ゾウキリン ガゼルインパラ おまけにヒョウも
岩山の ビジターセンター 遊歩道 ハイラックスが ちょろちょろ動く
すぐそばで お互い顔を にらめっこ ハイラックスの 鼻がうごめく
逃げもせぬ ハイラックスと 記念にと 自撮り写真に 思わず笑う
ロッジにて 昼食の後 泳ぎたり プールは一人 平原を見て
潅木の 下草の中 うごめきし 大きなトカゲ のそのそ歩く
水辺にて クロコダイルが 甲羅干し 岩の如くに じっと動かず
川べりに 小型のワニが 口開けて 日向ぼっこを 上から眺め
フラミンゴ 立った塩湖の 岸辺にて 皆で乾杯 シャンペン開ける
大きな目 くりくりとした ディクディクが 車近寄り 見上げるそぶり
誕生日 齢七十 古希の日に セレンゲティで グレートサファリ
平原の 遠く彼方に 黒い雲 地面に接し スコールが降る

タンザニア→カタール

五月三十一日（金）セレンゲティ 曇り→アルーシャ 曇り→キリマンジャロ 晴→ドーハ 晴

セレンゲティ 小雨混じりの 雲垂れて 朝のサファリは 大物会えず
会えたのは 草食性の インパラと キリンにヌーに シマウマばかり
インパラの ハーレムの群れ オスの群れ 耳は交互に 尾は振り続け
セレンゲティ 平原の中 空港が セスナの向こう キリン葉を食む
パイロット 隣の席で セスナ飛ぶ 大平原を 下に見ながら
セレンゲティ 大平原に サファリーカー 列なし走る 上から眺め
パイロット 音楽を聴き 口ずさむ ハンドル放し 手でリズム取る
機上から 丘の上には マサイ族 小屋立ち並び 放牧の牛
乾燥の サバンナ下に 一山を 越えた大地の 緑鮮やか
セレンゲティ 乾くサバンナ 飛び立って 緑輝く アリューシャに着く
昼食の コーヒーロッジ 友人に 土産のコーヒー キリマンジャロを
地上では キリマンジャロは 雲の中 やはり見えずに アフリカ去るや
チェックイン ドーハと成田 両便が 窓側となり 残念なりし

ドーハ便 空席があり 搭乗後 通路に移動 幸運なりし
機上より キリマンジャロの 両ピーク 雲海の上 姿現す
上空で 左右旋回 両側で キリマンジャロの 二つの峰が
主ピークの 白く輝く 氷河見る キリマンジャロの 雄姿再び
機内では 左右両側 殺到し 写真を撮りに 日本人たち
タンザニア ケニア側から 見下ろせし キリマンジャロの 二つの峰を

カタール→日本

六月一日（土） ドーハ 晴→成田 晴

誕生日 アフリカの地で 迎えたり キリマンジャロに グレートサファリ
セレンゲティ ンゴロンゴロで サファリする 念願叶う 七十歳で
タンザニア 四十年前 ケニアでの サファリの記憶 蘇りたり
地上では 見えなかったが 機上から 圧巻なりし キリマンジャロは
今回は 二回もヒョウを 一度目は ほんの目の前 歩く姿を
二回目は ヒョウの親子が 岩山で 狩った獲物を 食べる光景

草原を チータ二頭が 悠然と 歩く姿も 記憶に残る
シマウマと ヌーの大群 駆け抜ける 必死にすがる 子供健気に
雨季末期 ベビーブームは 真っ盛り 親子の姿 心打たれし
マサイ族 若者たちの 輪に入り 片言話す 楽しからずや
人馴れた ハイラックスと にらめっこ 鼻をピクピク 目もかわいらし
セレンゲティ ンゴロンゴロの ロッジから 眺める景色 まさにアフリカ
朝早く サファリカーで 揺られたが 体調落ちず 食欲もあり
成田便 窓側なるが トイレには 手すりに足を 二人跨いで

六月二日（日） 成田 曇り→千葉市 曇り→羽田 曇り→大阪 曇り
窓開ける 既に陽昇り 里山の 成田の田圃 田植え終りし
味噌汁に 卵ご飯に 海苔付けて 漬物納豆 日本の味が
前会社 十年ぶりに 同僚と 再会果たし 楽しからずや
待ち合わせ 互いに老けて 近くでも 認識できず 携帯で呼ぶ
友の家 キリマンジャロを 飲みながら 近況知らせ 昔話も

昼ご飯 握り寿司をば 御馳走に 旅行帰りと 友の配慮が
慌ただし 郵便受けに 北ドイツ 次回の旅の 日程表が

第三十五回　北ドイツ（令和元年六月十二日～六月二十日）

日本→アラブ首長国連邦

六月十二日（水）大阪 曇り後晴

墓参り 部屋掃除して ゴミ出して 夕食を取り 関空に発つ
エミレーツ 今年三度目 ドバイ行き 機内の配置 頭入りし

アラブ首長国連邦→ドイツ

六月十三日（木）ドバイ 晴→ハンブルク 晴→ブレーメン 晴

人工の 幾何学模様 街並が 地上海上 空からドバイ
ドバイ発ち ペルシャ湾上 北西へ カタールサウジ 黄色い大地
ペルシャ湾 過ぎてクウェート イラクへと チグリス川に 沿って緑が
トルコへと 山がちになり 緑増え 雪残る山 雲現れる
トルコから 黒海越えて ブルガリア 緑豊かな 畑地広がる
ドナウ川 黒海注ぎ ブルガリア ルーマニアとの 国境をなす

ルーマニア 雪を頂く カルパチア 山を越えると ハンガリーへと
ハンガリー 大平原を 下に見て 機はスロバキア ポーランドへと
ポーランド 畑広がる 平原を 機上ドイツの ベルリンを過ぎ
ポコポコと 浮かぶ雲間に エルベ川 緑濃き地を ハンブルクへと
ブレーメン 旧市街へと シュノーア地区 細い路地裏 夕食を取る
ホテルから まだ明るくて 旧市街 再度一人で 歩いて行きし
九時過ぎて 陽が沈みかけ ブレーメン マルクト広場 ピアノの響き
聖ペトリ 大聖堂の 双塔に 夕日が当たり 茜に染まる
市庁舎の 前の広場に 人盛り ピアノ演奏 聴き入る人が
十時過ぎ 暗くなる中 ブレーメン 音楽隊像 人影はなし
陽が沈み 紫色に 西の空 ヴェーザー川面 その色映る
川沿いの 通りと船に レストラン 夕食時で 人で賑わう

六月十四日（金） ブレーメン 晴→ハーメルン 晴→ツェレ 晴→ハノーファー 晴
ブレーメン 郊外の街 朝散歩 前庭に花 子ども学校

第三十五回　北ドイツ

ブレーメン 市庁舎前の ローラント 巨大石像 町の象徴
ブレーメン 市庁舎周り 朝市が 花屋が多く 色鮮やかに
ブレーメン 音楽隊の ロバの足 小学生が 握り写真を
ブタ飼いの 銅像のある 通りでは ブタ像に乗り 遊ぶ子供ら
ブレーメン 中央駅は 人多く ホームに上がり 電車撮影
重厚な レンガ造りの 駅前は トラム乗り降り 大勢の人
街囲む 濠に架かった 橋の上 丘に残りし 風車が一基
聖ペトリ 大聖堂の 堂の中 ステンドグラス 朝日に映える
ハーメルン 笛吹き男 伝説の 石や木組みの 家が通りに
日本では 笛吹き男 ハーメルン ネズミ捕り男 伝説の街
ネズミ捕り 男の家は 黒ずんだ 三角屋根の 石造りなり
カラフルな 木組みの家が 裏通り びっしり並び 目を楽します
切り妻の 石造り家 ファサードは 装飾見事 どっしりとして
ネズミ捕り 男の像が 市庁舎に 子供を連れた 笛吹く姿
教会と 結婚式の 家の前 人々座り 演奏を聴く

中世の 木組みの家が 残りたる ツェレの街並 楽しく歩く
どの家も 正面の色 鮮やかで 木と窓枠と 壁色違え
ツェレの街 カラフルな色 個性ある 木組みの家に 飽きることなし
市庁舎の 切妻屋根と 白い壁 尖塔付いた 優雅な姿
白壁に 絵と模様あり 屋根出窓 二階テラスの 美しいこと
ツェレ城は 正面工事 覆われて 両翼の塔 様式違う
高速の 周り広がる 丘陵は 森が連なり ライ麦畑
ライ麦の 穂が実り出し 風に揺れ ドイツの田舎 夏の季節に
ライ麦の 畑の中に 風車立つ 電源用に ドイツの施策
原発を 止めたドイツの 政策が 風力発電 重点を置く

六月十五日（土） ハノーファー 曇り後雨雹後曇り→ゴスラー 晴→
　クヴェトリンブルク 晴→ライプツィヒ 晴→ドレスデン 晴
ハノーファー まだ暗い朝 空港の 駅のホームで 切符を買って
券売機 うまく行かずに 繰り返す 別の機械で やっと購入

電車乗り 刻印忘れ すぐ降りて 機械挿入 間に合い発車

ハノーファー 中央駅で 雷雨会う 雹まで降って ビル雨宿り

雨上がり メイン通りで 忽然と マルクト教会 尖塔見えし

白む中 レンガ造りの ライネ城 教会近く 重厚なりし

夜が明けて 宮殿風の 市庁舎が 目の前開け 一人周りを

市庁舎の 雰囲気違う 外観は 表重厚 裏優雅なり

市庁舎の 裏の公園 池からの 眺め堪能 素晴らしかりし

美しい オペラハウスに 立ち寄って 中央駅で 空港行きに

帰り便 ホーム間違え 一分差 走りに走り 電車間に合う

晴れ上がる ゴスラーの街 丘の上 皇帝居城 芝生の先に

屋根の上 出窓の反りが 美しい 木組みの家を 眺め広場に

昼食の ロールキャベツの 大きさに びっくりするが 残さず食べる

教会の 北塔登り 眺めたる 木組みの家の 屋根美しく

眼下には 木組みの家の 赤と黒 出窓ある屋根 混じり合ったり

塔の上 マルクト広場 鐘の音 聞いて眺める 街の全景

正午には 鐘のメロディ ホテル屋根 人形出て来て 見上げる人が
旧市街 クヴェトリンブルク 木組み家 中世姿 今に留めし
木組み家 周りを囲む 広場には ツタが覆った 市庁舎があり
市庁舎の 奥に聳える 双塔の 古色蒼然 マルクト教会
木組み家 路地立ち並ぶ 旧市街 静寂の中 時代が戻る
ライプツィヒ バッハが住んで 亡くなりし トーマス教会 像と墓あり
鮮やかな ステンドグラス コンサートリハーサル中 トーマス教会
ライプツィヒ 音楽の街 バッハ住み メンデルスゾーン シューマンの家
ライプツィヒ マルクト広場 コンサート 音楽祭で 街盛り上がる
塔のある 旧市庁舎の ファサードが 長く連なる マルクト広場
文豪の ゲーテ学んで 飲み歩き 恋愛もした 若き像あり
カフェハウス 中国風の 塔が屋根 アールヌーヴォー 様式のビル
ベルリンの 壁崩壊の 端緒なる 東独のデモ ニコライ教会
入浴し 窓開け放ち 午後十時 日没の後 茜の空に
疲れ切り 裸のままで 夕空を 窓からの風 爽やかなりし

鳥の声 聞きながら見る 夕空の 雲の茜の 移ろいきれい

六月十六日（日） ドレスデン 曇り後雨→ポツダム 曇り→ベルリン 晴
ドレスデン ホテル近郊 散歩する 広い庭ある 邸宅並ぶ
ドレスデン 歴史地区には 四年ぶり 雨降る中を 記憶戻って
黒ずんだ レジデンツ城 歌劇場 大聖堂に 歴史感じて
雨の中 聖母教会 聞こえ来る 金管楽器 四重奏が
有名な 君主行列 外壁の 内側アーチ 回廊見事
ツヴィンガー 宮殿にある 絵画館 ラファエロの他 フェルメール見る
若い時 記憶に残る ジョルジョーネ 「眠れるビーナス」 本物見たり
ツヴィンガー 宮殿囲む 中庭を 屋上歩き 眺め楽しむ
エルベ川 橋を渡って 対岸へ アウグスト王 黄金騎馬像
四年ぶり ポツダム会議 舞台なる ツェツィリーエン ホーフ宮殿
米英ソ 三国首脳 会議して 宣言表明 当時の部屋が
上空に ベルリン封鎖 飛行機が 空中輸送 記念に飛びし

サンスーシ宮殿の下 庭園が 階段状に ブドウが植わる
夜八時 ブランデンブルク 門目指し ベルリンの街 一人歩きし
冷戦の ポツダム広場 壁が立つ 近代的な ビルに変わって
広場には 壁の一部が 展示され 行き交う人が 立ち止まり見る
一面に コンクリートの 柱立つ ホロコーストの 記念碑の前
林立の 柱の中を 歩き行く まるで迷路の 異様な感じ
孤独さを 柱の中で 感じたり 犠牲者悼む 気持自然と
夕暮れの ブランデンブルク 門に着く 夜遅くまで 観光客が
門の前 ティーアガルテン 散歩する 薄闇の中 白いゲーテが
広い庭 菩提樹の木に 花が咲き 香り嗅ぎつつ ゆっくり巡る

六月十七日（月） ベルリン 晴
朝散歩 冷戦時代 検問所 西ベルリンの 名はチャーリーと
ゲシュタポと 親衛隊の あった場所 分断の壁 今も残りし
四年ぶり ベルリンの街 ペルガモン 博物館に 大聖堂見る

エジプトの ネフェルティティ像 横顔の 凛々しき姿 目を引き付けし
橋渡り シュプレー川の 対岸へ 遊覧船と 博物館島
有名な ホーネッカーと ブレジネフ 「兄弟のキス」 壁の絵見たり
日の丸の 太陽の中 富士山と 五重の塔の 壁の絵があり
コンサート ホール挟んで 独仏の 教会のある 素敵な広場
フンボルト 創始者の名の 大学の 通りの向い オペラハウスが
大学の 正面前の 騎馬像は フリードリッヒ 大王なりし
大学の 中庭芝生 学生が 学食ランチ 仲間と食べる
テレビ塔 マリエン教会 重厚な レンガ造りの 市庁舎を過ぎ
菩提樹の メイン通りを 東へと アレクサンダー 駅から電車
どの電車 ベルヴュー駅は 三人目 尋ねてやっと 乗れ無事に着く
電車降り ベルヴュー駅で 緑地抜け 通りの手前 ビスマルク像
黄金の 天使が載った 記念柱 ジーゲスゾイレ 眺望見事
真下には ティーアガルテン 放射状 五本の通り 真っ直ぐ伸びる
遥か先 ポツダム広場 ビル群が メイン通りに ブランデンブルク

観光の 気球浮かんだ 遥か先 ポツダム広場 ビルの上空
空色の ベルヴュー宮殿 優雅なり 芝生に座り しばし眺める
電車乗り ティーアガルテン 西の端 動物園の 駅降り歩く
空襲で 壊れた姿 今もなお 皇帝記念 教会を見る
入口が 中国風の 門構え 動物園に 沿って歩きし
公園に 沿って日本の 大使館 ベルリンフィルの 建物に寄る
やっと着く ポツダム広場 ビル群の ソニーセンター 中を素通り
ユダヤ人 移送の駅の アンバルター 駅舎の跡が ホテル近くに
ホテル着く 歩き疲れて 汗まみれ シャワーを浴びて すっきりしたり
夕食は 喉が渇いて ソーセージ 当てにピッタリ ビールが進む

六月十八日 (火) ベルリン 晴→バートドーベラン 晴→キュールングスボルン 晴→
リューベック 晴→ハンブルク 晴
早朝に ベルリンを発ち 北ドイツ バルト海沿い バートドーベラン
赤松の 広大な森 走り抜け ライ麦畑 風車が回る

ＳＬの モーリー号乗り 街中を ゆっくり進み 子供手を振る
煙吐き ライ麦畑 左手に ラベンダー咲く 右手走りし
駅舎にて キュールングスボルン 東駅 昼食済まし バルト海へと
波静か バルト海沿い ビーチには 日光浴の 小屋立ち並ぶ
沖向う 長い桟橋 振り返る 瀟洒なホテル 陽に映えて立つ
ビーチ下り 柔い砂踏み 水際へ 穏やかな海 子供ら遊ぶ
リューベック 町のシンボル 重厚な ホルステン門 我ら迎えし
広場から ホルステン門 背後には 青い尖塔 教会二つ
トラヴェ川 河畔に並ぶ 塩倉庫 レンガ造りの 三角屋根が
市庁舎が マルクト広場 正面に 重厚な色 どっしりとして
白壁の ファサードの上 風避けの 丸穴が開く 市庁舎の壁
市庁舎の 一階アーチ 回廊は 長く連なり 内部も続く
リューベック 教会の街 五つあり レンガ造りを 全て見回る
聖マリア 教会の裏 回廊が 長く連なり 人々通る
街の端 大聖堂の 広場には 式を終えたる 花嫁が立つ

ハンブルク 黒い船体 Uボート 白アスパラで 黒ビール飲む
ハンブルク 郊外ホテル 裏手には 羊草食む 自然公園

ドイツ→アラブ首長国連邦

六月十九日（水） ハンブルク 晴

朝散歩 昨夜同様 羊たち 朝露浴びた 草を食みたり
エルベ川 堤防の中 自然林 水路流れて 茅が生えたり
堤防の 下を歩いて 橋の下やっと本流 エルベ川出る
ただ一人会う人もなく 対岸へ エルベ本流 岸辺近くに
橋の上ゆったり流る エルベ川 浮いては潜る カイツブリかな
ハンブルク レンガ造りで 塔緑 教会見える 旧市街には
運河沿い 赤いレンガの 倉庫街 干満の差で 壁船繋ぐ
倉庫街 右手に見える チリハウス 舟形をした 優雅なビルが
左手は レンガ台座に 斬新な デザインのビル フィルハーモニー
エルベ川 立派な石の ターミナル 港の下を トンネル通る

百年の 歴史を誇り 現役の エルベトンネル 人も通れる
塔聳え 緑の屋根が 美しい 市庁舎が見え 感動したり
空襲の 破壊の跡を 残したる 聖ニコライの 教会廃墟
ハンブルク 街の近くに 湖が バスの窓から ヨットが見えし

アラブ首長国連邦→日本

六月二十日（木） ドバイ晴→大阪 晴

北ドイツ 思いの外に 暑かりし 急ぎ歩くと 汗かくことも
日の暮れが 夜の十時と 遅くまで 明るいうちに 街を散策
小都市の 古いホテルは 冷房が なくて夜中は 寝苦しかりし
各都市の 特色のある 市庁舎の 建物それが 街の顔なり
小都市の 木組みの家の 街並は それぞれ個性 表情に出る
北ドイツ 菩提樹並木 広い森 ライ麦畑 風車が回る
教会の レンガ造りと 石造り 塔の形に 街の個性が
券売機 ホーム間違い 雨に雹 思い出残る ハノーファーには

ベルリンを 徒歩と電車で 一巡り 三万歩超え 楽しからずや

暑い夏 汗かいた後 ビール飲む 本場ドイツの 味を堪能

ベルリンの 街の真ん中 広大な 緑地広がり 羨ましけり

北ドイツ 緑豊かな 森畑 エルベ川沿い バルトの海も

自宅着き 疲れた体 気力だけ 明日の食料 荷物の整理

第三十六回　エクアドル ガラパゴス諸島（令和元年七月九日～七月十五日）

日本→アメリカ合衆国→コロンビア

七月九日（火）大阪 曇り一時雨→ロサンゼルス 晴
墓参り 今日旅立ちを 報告し 旅の安全 父母に願って
ＪＡＬ便の 三年ぶりに ロス便に 気分落ち着く 和のもてなしに
入国の 写真認証 はじかれて 窓口行くと 長い列待つ
ロス着いて 晴れた陽の下 乗継で 外の空気は 心地良かりし
乗継の 六時間待ち 冷房が 効き過ぎのため 陽の射す窓辺

コロンビア→エクアドル

七月十日（水）ボゴタ 晴→グアヤキル 曇り→ガラパゴス諸島 バルトラ島 晴→
サンタクルス島（ロスヘレモス→プエルトアヨラ）晴後曇り
ガラパゴス 一日半で やっと着く 空から島を 感慨深い
ダーウィンの ビーグル号の 航海記 ガラパゴス島 憧れの島

降り立ったバルトラ島は緑なし入島料の百ドル払う
対岸のサンタクルスの島渡る標高増すと樹木が増える
ガラパゴス赤道直下暑くない寒流流れ過ごし易かれ
元火山ロスヘレモスの火口穴周りの木々に地衣類垂れる
ダーウィンの進化論成す鳥フィンチ偶然止まり人を恐れず
高原へ続く道路にゾウガメが速度を落とし避けて通りし
木々の下緑の中で大小のゾウガメがいて草を食みたり
番号が甲羅にあるは繁殖の番号なしは野生のカメと
草を食むカメに近寄り写真撮るシューと音出し首引っ込める
ゾウガメのでっかい甲羅抜け殻に体押し込みポーズで写真
ガラパゴス最大の町ダーウィンの研究所あるプエルトアヨラ
日向ではウミイグアナが群れをなし動かずじっと陽を浴び続け
繁殖のゾウガメの子が飼育され甲羅の後ろ番号付され
ゾウガメの甲羅の形棲む島と餌の違いで環境変化
サボテンの葉を食べるカメ首伸びて甲羅も高く前足長く

ガラパゴス ピンタ島最後 ゾウガメの ロンサムジョージ 剥製になる
幹茶色 ウチワサボテン 高木に 想像外の 大きさ樹木
陽が陰り 気温下がると イグアナは 身を寄せ合って 暖め合いし
入江では アシカ一頭 頭出し 岩場のそばで 泳ぎ戯れ
海辺から 高地へ行くと 樹木増え ロッジの周り 森が広がる
ロッジ着き 夕食の後 シャワー浴び 体疲れて すぐに就寝

七月十一日（木） サンタクルス島 曇り→サウスプラザ島 晴→サンタクルス島 曇り
早朝の ロッジの周り 散歩して ハンモック寝て 朝食を待つ
ボートにて サンタクルスの 島沿いの 絶壁の海 クルーズをする
ペリカンや 海鳥たちが 急降下 魚を狙い 次から次へ
絶壁の 下の岩場に 赤と黒 大小の蟹 うようよいたり
海の中 色鮮やかな 魚群れ サメまで泳ぐ 姿が見えし
入江出て 外海出ると 波高く 船も揺れ出し 酔う人もあり
陽が射して サウスプラザの 島に着く 海の色まで 紺碧になる

海亀も 青い海原 悠然と 泳ぐ姿も 見ること出来し
ゴムボート 岩場に着くと アシカたち 寝そべるものや 泳ぐものあり
アシカの子 陽浴び寝そべり だらりとし 人を恐れず 一緒に写真
上陸し ウチワサボテン 木の下に リクイグアナが じっと陽を浴び
一年に 一センチ伸び 太い幹 ウチワサボテン 大木ごとし
サボテンの 樹齢数百 大木が サウスプラザに 林立したり
サボテンの 林の中の 道行くと リクイグアナが 木ごと一頭
サボテンの 落ちた葉肉を 悠然と かじり続ける リクイグアナが
真っ黒な ウミイグアナが 岩の上 精悍な顔 動かずじっと
リクとウミ 両イグアナの 大きさは 思いの外に ずっと小さく
リクとウミ 両イグアナの 区別には 姿形に 色に食べ物
ずんぐりと 手足黄色く 大きくて 頭が丸い リクイグアナは
スリムにて 全身黒く 小さくて 頭が尖る ウミイグアナは
サボテンの 葉と果実食う リク比べ 海に潜って 藻を食うウミは
カツオドリ グンカンドリの 舞う崖は 鳥の糞にて 真白になる

崖巣くう 海鳥たちが 岩の上 ヒナの姿も 垣間見えたり

陸上がり サボテンの下 一頭の アシカ寝そべる 信じられない

海光る ボートのデッキ 風受けて 絶壁に沿い 赤道直下

七月十二日（金） サンタクルス島 霧雨後晴→ノースセイモア島 晴→サンタクルス島 晴

霧と雨 サンタクルスの 島高地 港に出ると 晴れ間見えたり

陽が射して ノースセイモア 島目指す ブイの上には アシカ寝そべる

溶岩の 平坦な島 上陸を 鳥の天国 営巣地なり

上陸の 岩にはアシカ 寝そべって 横通る人 気にせず眠る

上空を グンカンドリに カツオドリ 舞う下通り 白い糞浴び

カツオドリ 白い産毛の ヒナ育つ 親子の姿 島一面に

ヒナ育つ 餌をねだって 嘴を 親に突っ込み 口移しにて

カツオドリ 二羽のヒナたち 育てけり つがいの親が 交互に餌を

ヒナの中 既に大きさ 親並みに 羽ばたかせては 飛ぶ練習を

カツオドリ 求愛ダンス メスの前 青い足上げ 交互に踏んで

喉袋 グンカンドリが 膨らませ 赤さアピール 空飛ぶメスへ
カツオドリ 二羽のヒナたち 餌ねだる 喧嘩し出して 追いかけ合いを
岩の上 赤目カモメの 二羽つがい じっと座って 人を恐れず
サボテンの 木に爪かけて 登りたり 葉肉をかじる リクイグアナが
この島の リクイグアナの 皮膚の色 黄色味濃いと 昨日島より
この島で ウミイグアナは 二頭見る 昨日と同じ 数は少ない
岩の上 アシカの群れが 横たわる 海から上がり 図太い声を
ペリカンが 岩の上から 何回も 海に飛び込み 魚を狙う
ビーチにて シュノーケル付け 海泳ぐ 魚の群れが 岩場で見えし
ロッジにて バナナの茂る 遊歩道 オレンジ狩りを 体験したり
港町 プエルトアヨラ 漁港では マグロ水揚げ 賑わいたりし
ガラパゴス 三大動物 ゾウガメに アシカイグアナ 置物を買う
夜になり 地元のダンス ショーがあり 軽快リズム 子供ら踊る
ベンチでは 大きなアシカ ごろ寝する 横に座って 写真を自撮り

七月十三日（土）サンタクルス島 霧後晴↓バルトラ島 晴↓グアヤキル 曇り↓
　　キト 曇り一時雨

森の中 素朴なロッジ 人の良い 夫婦見送り 手を振り別れ
今日も霧 島の高地は 雲かかり 海岸沿いと 天気が違う
澄んだ水 狭い海峡 渡し船 空港の島 ただただ平
海鳥が 早朝からも 魚捕り 狙い定めて 急降下する
エクアドル 首都のキトへと ガラパゴス 発って一日 移動の日なり
キトに着く 空港そばの ホテルへと 宿泊の部屋 ＶＩＰ待遇
曇り空 急に雨降り 陽が射して ころころ変わる キトの天気は
歴史地区 行きたいけれど タクシーで 一時間ほど 断念したり
ＰＣを 借りてネットに 接続も 繋がらなくて 人呼びやっと
ＪＡＬ便の ネットで座席 チェックイン 一時間経ち 通路は皆無
明日深夜 二時半発ちで シャワー浴び 荷物整理し 八時半寝る

エクアドル→エルサルバドル→アメリカ合衆国→日本

七月十四日（日）キト 雨後曇り→サンサルバドル 晴→ロサンゼルス 晴

真夜中の 零時に起きて 前日の 短歌を詠んで 二時半に発つ
空港の 待合室で 睡魔来て 立ってうろうろ お土産店に
出発が 遅れ乗継 時間なし サンサルバドル 急ぎ間に合う
グァテマラの 上空通過 富士山に 似た山見えし アグア山なり
ロス着くと 添乗員が 出て来ない 入国審査 終えて待てども
関空へ 乗継便の チェックイン 時間迫るが まだ現れず
係員 確認すると 留め置かれ 先に搭乗 手続きをする
チェックイン 安全検査 ゲートへと 急いで行くと すでに搭乗
ガラパゴス 乗務員らに 話しする 冗舌になり 楽しからずや

七月十五日（月）大阪 曇り

ガラパゴス 確かに遠い ダーウィンの ビーグル号の 航海想う
ガラパゴス ゾウガメアシカ イグアナに 海鳥間近 人怖がらず

ゾウガメを 繁殖させて 野生へと 保護活動で 個体を増やす
ゾウガメの 甲羅の形 環境の 食性により 進化をしたり
リクとウミ 両イグアナの 大きさは 映像よりも はるかに小型
見て分かる リクイグアナの 皮膚の色 黄色濃淡 島にて変化
色形 ウミイグアナは 海泳ぎ 黒い溶岩 棲みかに合わせ
リクとウミ 両イグアナの 色形 棲みかと餌の 環境の差が
アシカたち 海で戯れ 寝そべって 街中ベンチ 恐れず眠る
カツオドリ 親とヒナ二羽 コロニーは 白い産毛で 丸々育つ
カツオドリ 脚踏みダンス 赤い喉 グンカンドリの オスの求愛
カツオドリ ペリカンたちが ダイビング 急降下にて 魚を狙う
高地雨 晴の海沿い 天候が 植生変えた サンタクルス島
港町 プエルトアヨラ 賑わいし 観光客に 地元の人が
ガラパゴス 時間がかかり 疲れたが 食欲落ちず すべて完食
眠りこけ 関空発の ＪＲ 天王寺まで 乗り過ごしたり

第三十七回　マダガスカル（令和元年九月六日〜九月十五日）

日本→アラブ首長国連邦

九月六日（金）大阪 晴

両親の 月命日の 昨日今日 旅の安全 頼み墓へと
洗濯に 部屋とトイレの 掃除して ゴミすべて出し 準備完了
シャワー浴び 汗を流して 身支度し 夕食済まし いざ関空へ

アラブ首長国連邦→モーリシャス

九月七日（土）ドバイ 晴→モーリシャス 晴後曇り

エミレーツ 今年四度目 ドバイ行き ランプ壊れて 読書ができず
ワイン飲み 夜食の後は ぐっすりと 普段通りに 七時に目覚め
モーリシャス 旧フランスの 植民地 機内仏語が 飛び交いたりし
インド洋 小さな島の モーリシャス 夕焼けの空 雲茜色

モーリシャス→マダガスカル

九月八日（日）モーリシャス 曇り後晴→アンタナナリボ 曇り

モーリシャス 雲の彼方が 白み出す 鳥のさえずり 窓から聞こえ
夜が明けて ホテルの敷地 ロッジ風 レンガの家が 川に沿い立つ
彼方には 川の入り江が 狭まりし 河口の先に インド洋見え
川に沿う ロッジの中を 散歩する 植わる椰子の木 実がなり落ちる
川岸に マングローブが 生い茂り ロッジの中で 猿ども餌を
この景色 テラス席にて 朝食を 雲が流れて 陽が照り出して
テーブルの 下で我見て ニャーニャーと 野良の子猫が 物欲し顔で
海岸へ 歩いて行って 河口へと 干潮のため 幅狭まりし
日曜日 対岸ビーチ ウォーキング こちらの岸は 釣りする人が
ホテル発ち 海岸走り モーリシャス ポートルイスの 首都車窓から
モーリシャス 機上から見る 海岸部 コバルトブルー 鮮やかなりし
モーリシャス 二時間弱で 目的地 マダガスカルに やっと着きたり
混雑の 入国審査 手間悪く 窓口移動 時間がかかる

渋滞で 進まぬ道を 窓越しに 店や人見て 時間をつぶす
川沿いに 堀建て小屋が 立ち並ぶ 土産売る人 客引き激し
夕刻で 閉店時間 売り子たち バスに寄り来て 値を引き下げる
沿道に ローマ法王 見るために 人が集まり 兵士が並ぶ
日が暮れて アンタナナリボ やっと着く 坂が多くて 眼下に街が

九月九日（月） アンタナナリボ 曇り後晴→モロンダバ 曇り
窓からは 丘の斜面に びっしりと 家立ち並ぶ アンタナナリボ
高台の 坂の斜面の ホテル出て 真っ直ぐ下り 広場へ散歩
坂下り 独立広場 朝食の 準備する人 立ち回りたり
ホームレス 広場周辺 横たわる 子連れの家族 中に混ざって
広場から 真向かいの丘 階段が 上下に長く 動く人影
眼下には オレンジ色の 瓦屋根 小屋立ち並ぶ マーケットなり
広場から 階段下りて マーケット 早朝なるが 人で混みたり
坂上り ホテルへの帰途 丘の下 アヌシ湖見える 開けた谷間

高原の アンタナナリボ プロペラ機 西の海岸 モロンダバへと
モロンダバ ホテルの裏は インド洋 ビーチの中に バンガローあり
白い砂 波穏やかな ビーチには 人は少なく 泳ぐ人なし
バンガロー 白砂の中に 点在し 蚊帳が囲んだ 天蓋ベッド
ビローグの 浮き木の付いた カヌーにて 河口を渡り ヴェズ族の村
カヌーにて マングローブが 両岸に 河口へ下り 海の浅瀬を
カヌー降り ヴェズ族子供 付いて来る 村を訪問 生活を見る
女性たち カゴに魚と エビ入れて カヌーに乗って 売りに出かけし
ビローグの カヌー手作り 大丸太 中を削ずりし 男二人で
子供たち 元気溢れて 木に登り 走り回って 注意を引きし
木の臼と 杵を使って 米粉に 女性二人が 我も体験
夕日見て インド洋にて 泳ぎたり ビーチ独占 遠浅の海
インド洋 風心地よく 屋外で 民俗歌謡 聞いて夕食

九月十日（火） モロンダバ 曇り一時雨↓キリンディ 晴↓モロンダバ 晴

暗い中 四輪駆動 ホテル発ち 悪路を目指す バオバブ並木
闇夜にて デコボコ道を タテヨコに 揺さぶられては 目を覚ましたり
目の前に ライトアップの バオバブの 巨木現れ 驚きたりし
白み出し バオバブ並木 姿出す 巨木連なる 街道なりし
朝焼けに バオバブ並木 シルエット 上空の雲 赤く染まって
街道の 東の空に 太陽が 昇り始めし バオバブの間に
朝日受け バオバブ並木 照り映えて 巨木の幹が 赤く染まりし
朝焼けの バオバブ並木 背の雲に 虹がかかって 幻想的に
街道の バオバブ並木 行き来する 奇妙な巨木 圧倒されし
人いない バオバブ並木 写真撮る 巨木の中に ただ一人立ち
稲植わる 水田の中 バオバブが 点在するは おもしろかりし
合体の 双子バオバブ 幹伸ばし そばに小さな 弟の木が
キリンディ 自然公園 カメレオン 緑色して 葉に紛れたり
公園の 厨房周り うろつきし 肉食性の 野生のフォッサ

森の中 ベローシファカが 木の枝で 尾や足垂らし 寝そべりたりし
軽やかに ベローシファカが 飛び跳ねて 枝から枝へ 渡って行きし
木の室に 小型ミミズク 顔を出す 夜行性にて じっと止まりし
キツネザル 木にしがみつき 大きな目 こちらに向けて じっと動かず
キツネザル　地上行くもの　間近にて　人を恐れず　興味ありげに
フランスの 旧植民地 南仏の ペタンク遊び 初めてしたり
バオバブの 聖なる巨木 崇めたり 周辺に住む 現地の人は
「愛し合う バオバブ」 の木は 太い幹 交差し合って 抱き合う姿
抱擁の バオバブの木に 実が残る 赤紫の 楕円ボールが
バオバブの 落ちた実並べ 店先に 持つと軽けり 大きさの割
夕暮れの バオバブ並木 日の入りを 写真に撮りに 人集まりし
バオバブの 巨木の並木 シルエット 夕日の中に 浮かび上がりし
陽が沈む 茜の空を 背景に バオバブ並木 シルエットなす
陽が沈み 薄暮の中に 白い月 バオバブ樹上 枝の間に

九月十一日（水）モロンダバ　晴↓ミアンドリバス　晴↓アンチラベ　晴
モロンダバ　発って半日　五百キロ　バスにて移動　アンチラベへと
半日を　マイクロバスは　窮屈で　尻が痛くて　むずむずしたり
モロンダバ　水田続き　バオバブも　やがて乾燥　禿山走る
泥壁と　葉を葺いた家　道沿いに　集落の子ら　手を振り叫ぶ
乾燥の　西部の川は　干上がって　穴掘り水を　汲む子供たち
谷沿いの　ミアンドリバス　村に着く　ブーゲンビリア　黄色の花が
草枯れた　高原の道　突っ走る　牛飼う子らが　道を避けたり
高原の　集落の道　ジャカランダ　一本咲いて　子供群れ来る
どっぷりと　日が暮れ西は　茜色　高原の町　アンチラベ着く

九月十二日（木）アンチラベ　晴↓アンタナナリボ　晴↓アンダシベ　晴↓ペリネ　雨
アンチラベ　早朝の町　散歩する　三輪自転車　人力車行く
谷挟み　対岸の丘　陽が昇る　雲の間に　射し込む光
アンチラベ　メイン通りの　カテドラル　中はひっそり　ステンドグラス

今日もまた アンチラベから ペリネまで 十時間かけ バスに揺られし
水田の 中央高地 突っ走り マダガスカルの 東部は森が
谷沿いの 段々畑 稲植える 人力作業 大変ならん
川の中 黄色く濁る 水使い 洗濯をする 女性の姿
川べりや 畑の縁に 広げたる 洗濯物が やたら目に付く
昼食の アンタナナリボ レストラン 川沿いの道 露店が並ぶ
夕暮れに やっと着きたる アンダシベ カメレオン飼う 施設見学
大きさと 形に色が 様々な カメレオン見る 面白かりし
餌を取る 実演見たが 一瞬に 舌が飛び出し 引っ込む速さ
枝に尾を 巻き付けじっと 動かずに 眼だけ動かす 上下左右に
皮膚剥げて 白い皮むけ カメレオン 脱皮途中の 姿も見たり
吸盤の 大きなヤモリ 保護色で カエル派手過ぎ 赤青茶色

マダガスカル→モーリシャス→アラブ首長国連邦

九月十三日（金） ペリネ 霧後曇り→アンタナナリボ 晴→モーリシャス 晴

霧深い ペリネのホテル コテージが 白く覆われ 視界が効かず
陽が昇り 山を下ると 霧晴れて 自然公園 動物探し
キツネザル つがいの二頭 竹藪で 葉を朝食に 飛び跳ね回る
高木の 樹上の枝で インドリの つがいが食事 どうにか見つけ
インドリの オスロ尖らせ 吠え続け けたたまし声 響き渡りし
逆光で 樹上高くの インドリは デジカメ撮るに 姿分からず
今日もまた 六時間バス 疲れ果て 昼食の後 微熱を感じ
水を飲み モーリシャス行き 機内にて 気分回復 安心したり
ミニバスと 四輪駆動 長時間 揺られた体 疲れ溜まりし

九月十四日（土） ドバイ晴
五時前の ドバイ空港 コーランの 祈りの時間 告げる知らせが
ドバイ着き 空港出ると 早朝も 熱気と湿気 メガネが曇る
この旅で 初のバスタブ ゆったりと 手足を伸ばし 体休める
クリークで 水上タクシー アブラ船 乗って対岸 旧市街着く

スパイスと 金のスークをうろつきし 客引き男 ニーハオと呼ぶ
スパイスと お香の匂い 充満の スークの中は 色鮮やかに
黒ずくめ 眼だけを開けた ブルカ着た 女性が通る ここはイスラム
砂色の ジュメイラモスク 簡素なり スンニ派風の 伝統なりし
ペルシャ湾 ジュメイラビーチ エメラルド 帆形のホテル 海に突き出て
世界一 超高層の ビル登る パージュカリファの パノラマ凄い
世界一 八百超の 高さあり 展望台も 四百超える
ペルシャ湾 高層ビルを 見下ろして 百二十五階 眺望見事
眼下には コバルトブルー 池周り 高級コンド ホテル小さく
全体の パージュカリファを 見上げれる 場所を探して 半周をする
池越しに パージュカリファを 見上げれる スポット見つけ シャッターを押す
ビルの前 池の噴水 ショー見える 小高い芝生 絶好の場所
陽射し浴び 高温多湿 汗だくに ドバイの暑さ 日本以上に
冷房で 濡れた肌着が 冷たくて 体に悪い この温度差は
日が暮れて 芝生の上に 寝転んで ライトアップの パージュカリファを

芝生にて 噴水ショーを 楽しみし ライトアップの 高層ビルと
噴水が 音楽合わせ 律動し 高さ色変え 池一面に
背景に パージュカリファを 噴水の ショーが引き立つ 場所を選んで
外壁に パージュカリファが マッピング 色鮮やかな 図柄楽しむ

アラブ首長国連邦→日本

九月十五日（日） ドバイ 晴→大阪 晴

モーリシャス マダガスカルに ドバイまで 今回の旅 変化に富みし
モーリシャス 平坦な島 小国が 大型機飛ぶ リゾート客で
日本より 大きな島で 東西の 気候異なる マダガスカルは
西部では 乾燥気候 冷涼な 中央高地 東部に森が
貧富の差 大きな国で 泥に葉と レンガ造りと 家で分かりし
米作り 日本と同じ 水田が 今も人力 耕す農夫
大木の バオバブ並木 朝夕の 太陽染まる 光景神秘
バオバブは 高さ太さに 幹周り 樹頂枝ぶり 個性がありし

陽が沈む 白砂のビーチ インド洋 遠浅の海 泳ぐは一人
カメレオン シファカインドリ キツネザル 野生の姿 見えたは嬉し
貧困で みすぼらしいが 元気よく 素朴な子供 胸が痛みし
沿道で 若者大人 仕事なく だべる姿も 現実なりし
沿道の 市ある通り 賑やかで 小さな店が 連なり並ぶ
濁り水 飲料煮炊 洗濯に 日本の水の ありがたさ知る
三日間 四輪駆動 ミニバスで 悪路長距離 腰が痛みし
バス移動 長時間乗る 男女とも 青空トイレ 灌木の中
グループの 二人が病気 病院へ 強行軍の 疲れ祟るや
ドバイには 石油の富で 高層の ビル林立し 世界一あり
世界一 パージュカリファの 高層の 階から眺め 最高なりし
全体の パージュカリファの 池からの 昼間の姿 顔を見上げて
噴水の ショーを含めた 全体の パージュカリファの ライトアップを
ドバイでは 高温多湿 大汗が 全身流れ さらに疲れが
自宅着き 朝食買って 荷整理も 疲れてシャワー すぐ寝付きたり

第三十八回　南イタリア（令和元年十月二十一日～十月二十八日）

日本→ドイツ→イタリア

十月二十一日（月）大阪 曇り→羽田 曇り→フランクフルト 曇り→ナポリ 晴

羽田行き チェックイン中 欠航に 一便前に 乗れて助かる
乗継の 国際線の 発券が 伊丹で出来ず 羽田でやれと
ナポリ行き フランクフルト 空港の 夕暮れの雲 赤く染まりし
ナポリ便 着席すると ぐっすりと 離陸気付かず 眠りこけたり
ナポリ着く 荷物出て来ず 窓口で 添乗員と 手続きをする
五十回 海外旅行 初めての 荷物紛失 とうとう来たか
大阪の 二人の荷物 紛失に 便の変更 影響出たか
パスポート チケットコピー 書類書き 中味チェックと キーまで預け
今どこに 荷物の行方 分からない 明朝電話 添乗員に
まさか我 荷物紛失 当たるとは 人ごとのよう 聞いてはいたが
意外にも 淡々として 慌てずに こういう事象 受け入れたりし

ホテルには 零時を過ぎて 到着し シャワーを浴びて すぐに就寝

十月二十二日（火） ナポリ 晴↓カプリ島 晴↓ソレント 晴↓アマルフィ 晴↓サレルノ 晴
まだ暗い ナポリの駅を 散歩する 構内すでに 人が待ちたり
バール開き 路上群がる ホームレス 駅前来れば 明かりが灯る
ホームには 特急イタロ ミラノ行き すでに入線 人が乗りたり
停泊の 豪華客船 ナポリ港 バスローブ着た 男テラスに
ヌォーヴォ城 港の前に 城壁が ヴォメロの丘に サンテルモ城
カプリ島 目指し出港 客船で 背にベスビオを 左舷ソレント
カプリ島 港に着くと 岩山が 斜面に立った 白い家々
カプリ島 青の洞窟 ボートにて 小舟繋いで 絶壁の下
絶壁の 下に開いてる 洞窟の 小さな穴を 小舟に乗って
陽が射して 波穏やかで 小舟にて 待つこともなく 小穴をくぐる
背を丸め 手漕ぎ小舟で 洞門を くぐると中は 真っ暗なりし
洞門を 振り返ったら 光り射し 海面見事 神秘な青に

この青さ 言葉で言えぬ 色合いは 海の底から 光りが上がる
穴の中 漕ぎ手の男 歌い出す サンタルチアを 我も釣られて
穴を出る 五分程度で チップくれ 漕ぎ手の男 皆に声掛け
カプリ島 海岸線を 散歩する 岩場の入り江 泳ぐ人あり
山の上 ケーブルカーで 上りたり カプリの町は 絶壁の上
正午前 トランク行方 まだ不明 添乗員が 伝えてくれし
船に乗り 「帰れソレント」 有名な カンツォーネ町 崖の上あり
ナポリ湾 ソレントの町 反対の 海岸線を アマルフィ向けて
海辺から 家が連なる ポジターノ 崖の上まで 眺め見事に
アマルフィ マリーナ門を くぐり抜け 西日の当たる 大聖堂が
アマルフィ 大聖堂と 鐘楼が 階段の上 見上げるばかり
ファサードの 白と黒との 縞模様 アーチが目立つ 大聖堂は
緑なす 中庭巡る 回廊の 白い二本の 柱列見事
街中の 崖に立ちたる 家々の 狭い階段 登り見下ろす
見下ろすと 大聖堂の 鐘楼と レモン畑の 先には海が

海上に 突き出た波止場 アマルフィ 全景見える パノラマなりし
アマルフィ 黒い砂浜 長い影 日光浴に 泳ぐ人あり
アマルフィ サレルノまでは 山の道 家々が立つ 山の上まで
夕刻に 所在ミュンヘン トランクが 明日届くよう 手配したとの
これを聞き 安心したり 下着類 買うこともなく 済みそうなりし
サレルノに 着くと日の入り 太陽が まさに沈みし 水平線に

十月二十三日（水） サレルノ 晴→カステルメッツァーノ 晴→マテーラ 晴→
アルベロベッロ 晴→バーリ 晴→アルベロベッロ 晴

真夜中に 破裂音にて 目が覚める 窓の下には 花火する人
迷惑な 十八歳の 誕生日 パーティの後 花火打ち上げ
サレルノの 近郊の駅 朝散歩 学生たちが 急ぎ乗り込む
カンパニア バジリカータの 丘陵を 山の上には 小さな町が
山の中 巨岩の下に 集落が 美しい村 カステルメッツァーノ
三角に 尖った奇岩 麓まで 這いつくばって 家々が立つ

青空に 白い奇岩と 赤い屋根 目に鮮やかな 絵画のように
集落の 石畳抜け 階段を 登り切ったら 奇岩が迫る
狭い路地 石造り家 窓辺には 赤い花咲く 鉢植を置く
奇岩から 街見下ろすと 急峻な 斜面に立った 家々の屋根
名残惜し 小さな村を 後にして 岩盤の都市 マテーラ向う
マテーラの サッシの見える 広場には 古い教会 現代彫刻
思い出す 二十年ぶり マテーラの 岩穴の家 サッシの眺め
谷に沿う サッシの街の 階段を 下り上って 迷路の中を
ぎっしりと 谷間を埋める 石の家 岩の壁には 家の扉が
ランチ終え トランク着いた 知らせあり 添乗員と 今夜受け取る
夕暮れの アルベロベッロ 旧市街 円錐屋根の トゥルリを巡る
白い壁 円錐屋根の トゥルリ群 おとぎの世界 今も変わらじ
陽が落ちて トゥルリ散策 土産店 覗き見しては 会話楽しむ
丸屋根に 白い模様の 装飾が 夜空くっきり 五軒のトゥルリ
モンティ地区 トゥルリの通り 坂の上 教会覗く 夜のミサ中

トゥルリ群 二十年ぶり 変わらじも 道はきれいに 夜も明るく
帰路の道 思い出しつつ 駅に寄る 泊まるホテルは 以前と同じ
夕食後 トランク取りに バーリまで 往復タクシー 二時間かけて
受け取るが 預けたキーが 付いてない 南京錠を 切断開ける
着替え出し カメラ充電 シャワー浴び やっとパジャマで ゆっくり眠る
帰国後に 紛失苦情 ネットにて 航空会社 補償請求

十月二十四日（木） アルベロベッロ 晴→レッチェ 晴→ロコロトンド 晴→アルベロベッロ 晴
霧かかる アルベロベッロ 丘の下 太陽まさに 昇らんとする
モンティ地区 トゥルリの黒い 丸屋根が 朝日に当り 斜面林立
早朝の アルベロベッロ 旧市街 トゥルリの通り 閑散として
大通り 広場の中は 朝市の 店の準備で 人々動く
二階建て 唯一トゥルリ 円錐の 屋根は大きく 高さもありし
大通り 正面に立つ 教会の 早朝ミサで 讃美歌を聞く
レッチェへと アルベロベッロ 丘下る 眼下広がる オリーブ畑

レッチェ着き ナポリ門から ドゥオーモへ 凝灰岩の 砂色の家
広々と ドゥオーモ広場 鐘楼が 高く聳える 逆光の中
陽に映える サンタクローチェ 聖堂の ファサード飾る 彫刻見事
街の中 ローマ時代の 闘技場 一部現れ 残りは地下に
土産物 凝灰岩の 置物が 細工自在で デザイン素敵
街中で この石削り 置物の 実演をする 男女のペアが
街中に この石使い ファサードに 特徴凝らす 教会多い
陽射し浴び レッチェの街は まだ暑い 散策の中 汗をかきたり
円形の ロコロトンドの 街巡る 前後一周 時間かからず
街の中 迷路の如く 何処に出る 楽しみながら 歩き回りし
石畳 細い路地裏 白い家 通る人なく 静まり返る
教会で 夕刻のミサ 大勢の 住民集い 司祭の話
麓から ロコロトンドの 白い家 屋並の丸さ 実感できし
青空に ブドウ畑の 丘の上 円弧を描く 白い屋並が
夕刻の アルベロベッロ トゥルリ群 見収めのため 街をうろつく

十月二十五日（金）アルベロベッロ 晴→カステルデルモンテ 晴→ナポリ 晴
日の出前 アルベロベッロ 駅ホーム 高校生と 話をしたり
駅員と 話をしたの 思い出す 二十年前 今無人駅
オリーブの 林の彼方 陽が昇る 上空の雲 茜に染めて
オリーブと ブドウ畑が 広がった プーリア州の 丘陵走る
丘陵の 丘の頂 モンテ城 ポツンと立った 砂色の城
モンテ城 周り一周 眼下には 丘陵眺め 遙か先まで
モンテ城 八角形の 二階建て 角に塔あり 中庭もあり
遠足の 女子高生と イタリア語 会話楽しむ モンテ城にて
中庭で 空見上げると 青空の 八角形が 実感できし
モンテ城 徐々に小さく 遠ざかる どうしてここに 疑問が残る
農家にて アグリツリズム ランチする 給仕の女性 素朴で元気
アペニンの 山々越えて カンパニア プーリア 比べ緑が多い
渋滞の ナポリに着いて ヌォーヴォ城 王宮のある 広場に出たり
ガッレリア 十二星座の アーケード 誕生月の 双子座と撮る

柱廊が 半円形に 取り巻いた 聖堂の前 長い王宮
下町を 迷いながらも ぶらつきし 洗濯物が 干した通りを
日が暮れて ナポリ港には 停泊の 豪華客船 ライト眩しい
客船の ライトアップの 彼方には ベスビオ山の シルエット見え
高台の ホテルの部屋は テラス付き ナポリの夜景 遠くに見える

十月二十六日（土） ナポリ 晴↓ポンペイ 晴↓カゼルタ 晴↓ナポリ 晴
ベスビオの 背後の空が 赤くなる 朝日昇るに 時間がかかる
朝焼けの ホテル屋上 ナポリ湾 ソレント半島 カプリ島まで
ベスビオの 二つの峰の 高い方 やっと顔出す 朝日眩しい
五年ぶり ポンペイ遺跡 日陰なく 陽射しが強く 少し汗ばむ
ポンペイの 遺跡間近に ベスビオの 二つの峰は 今は静かに
ベスビオの 火山噴火で 埋もれた ポンペイの街 碁盤の通り
ベスビオの 噴火で降った 火山灰 石畳には 今も残りし
ポンペイの メイン通りは 往時には 車禁止の 歩行者のみと

家の跡 貧富の差にて 扉跡 広さが違う 人の営み
火山灰 埋もれた死体 石膏の 姿形に 苦悶の色が
家の床 犬のモザイク 鮮やかに 石膏の犬 悶えた姿
人待ちの 娼婦の館 春画あり いつの時代も 男女の仲は
秘儀荘に 残るフレスコ 絵の色は ポンペイの赤 背景使う
カゼルタの 王宮館 世界一 ベルサイユより 敷地は広い
庭園も 広大過ぎて 大急ぎ 徒歩で往復 大汗かいて
カゼルタの 緩い傾斜の 丘伸びる 長い庭園 大股歩き
細長い 池の端には イルカ像 大きな口に 噴水が出る
庭園は 広すぎるため 徒歩よりは バス自転車か 馬車がお勧め
カゼルタの 王宮館 部屋巡る 当時華麗さ 装飾語る
ホテル着き ナポリの夜景 屋上で 豪華客船 明かり港に
明日からは 冬時間ゆえ 一時間 時計遅らせ 寝床に入る
誕生日 パーティ祝う 音楽が 夜中聞こえて 眠りが浅い

イタリア→ドイツ

十月二十七日（日）ナポリ 晴→ミュンヘン 晴→フランクフルト 曇り→
ヴィースバーデン 雨後曇り→マインツ 雨→フランクフルト 雨

朝三時 帰路の旅へと ナポリ発つ 夜景に別れ 眺め惜しんで
曇り空 フランクフルト 降り立って 自由行動 電車の旅を
ドイツでは イタリア比べ 秋進み ブドウ畑は 黄色に染まる
小雨降る ヴィースバーデン 塔のある 中央駅は 趣ありし
昼食に 中央駅で パンを買い 教会広場 ベンチで食べる
尖塔が いくつも空に 優美なる レンガ造りの マルクト教会
低音の パイプオルガン 音響く 教会の中 演奏会が
合唱の 教会の中 ハーモニー 共鳴響き 聴き心地よい
祭壇に 聖人の像 五体あり 白大理石 ステンドグラス
ライン川 渡りマインツ 雨の中 収穫祭に 人集まりし
屋台出て 大聖堂の 広場には ワインチーズに ソーセージあり
広場には 大聖堂の 壁の下 アトラクションは 雨で人なし

マインツの 大聖堂の 暗闇の 太い柱に 重厚感が
雨に濡れ 大聖堂の 中庭で 六角形の 尖塔が見え
カラフルな 木組みの家が 軒連ね 大聖堂の 近くの通り
娘さん 収穫祭の イベントで 行き交う人に リンゴを配る
屋台では タコ焼きに似た 鉄板で ポッフェルチェスは 人気がありし
マインツの 中央駅は 目立たない 飾り気のない 質素な造り
繁華街 フランクフルト 駅降りて レーマー広場 大聖堂へ
市庁舎と 木組みの家と ファサードの 三角屋根が 広場を囲む
マイン川 アルテ橋から 高層の ビルと対照 鐘楼が見え
鐘楼の 大音量で 鐘が鳴る 日曜ミサの 開始を告げる
帰路の道 ゲーテハウスに 立ち寄って 中央駅へ カイザー通り
道迷い 中央駅に やっと着く 立派な駅で すぐに分かりし
券売機 旧機種使う 分からない 新機種探し やっと買えたり
空港へ 中央駅の 案内で ホーム分からず 人に聞きたり
鉄道で ドイツ三都市 街巡り 自由気ままに 一人楽しむ

ドイツ↓日本

十月二十八日（月）フランクフルト 雨↓羽田 晴↓大阪 晴

空きっ腹 ビールワインで 酔い回り 気分が悪く トイレ駆け込む
気が付くと 五時間ばかり 良く眠る 寝起きすっきり 頭が冴える
出端から 乗る便欠航 伊丹では ナポリに着くと 荷物紛失
三日間 荷物なしでも 過ごせしや 気にも留めずに 旅を楽しむ
カプリ島 青の洞窟 やっと来れ あの青い色 言葉にならず
カプリ島 ナポリソレント アマルフィ 海岸線を 満喫したり
奇岩下 カステルメッツァーノ この眺め 思いの外に 気に入りたりし
岩盤の 町のマテーラ 迷路なり 二十年前 眺め変わらじ
朝夕の アルベロベッロ 円錐の 屋根が可愛く 飽きず眺める
砂色の 凝灰岩の 教会と 建物古い レッチェの街は
円形の ロコロトンドの 街並は 白壁の家 カーブで分かる
丘陵に ポツンと立った モンテ城 八角形は 不思議なりしや
雑然と ナポリ下町 うろつきし イタリア気質 そのままの街

ナポリ湾 カプリも見えて ベスビオの 山頂からは 朝日が昇る
眼下には ナポリの街の 夜景見え 豪華客船 ライトアップも
ポンペイの ベスビオ噴火 埋没の 石膏死体 悶えた姿
カゼルタの 王宮敷地 広過ぎる 庭園巡り 歩き疲れし
電車旅 ドイツ三都市 マインツに ヴィースバーデン フランクフルト
合唱と パイプオルガン 演奏を ヴィースバーデン マルクト教会
マインツの 大聖堂の 広場では 収穫祭の 出店が並ぶ
日曜日 フランクフルト大聖堂 ミサを知らせる 鐘楼の鐘
三都市の 中央駅は それぞれの 趣がある 建物なりし
この旅は 小都市巡る イタリアの ドイツはおまけ 満喫したり
機内では 良く眠れたり 帰宅して 朝の食材 荷物も整理

第三十九回　チリ・アルゼンチン パタゴニア

（令和元年十一月十九日〜十一月二十九日）

日本→アメリカ合衆国→チリ

十一月十九日（火） 大阪 晴→羽田 曇り後晴→ニューヨーク 晴

阿倍野橋 始発リムジン 長い列 何とか乗れて 積み残しあり

初めての ビジネスクラス スペースが 広く快適 ストレスがない

乗務員 名前を名乗り 挨拶を 扱い違う ビジネスクラス

テーブルや ランプ座席に 仕切り板 装置扱い 分からず試す

食事来て 一品ごとに 給仕する 器盛り付け 空レストラン

平面に 座席倒して 足伸ばし 仰向けに寝て ゆったりできし

通路側 仕切りを閉めて 個室感 人を気にせず 我が部屋ごとし

窮屈な エコノミー比べ 隣人の ストレスなきが 最高なりし

乗務員 気さくに話し 間食に きつねうどんを 勧められたり

ニューヨーク 乗継長く ホテル待ち マンハッタンの 摩天楼見え

ニューヨーク 三十年ぶり 夜チリへ 今年三度目 南米旅行
ニューヨーク チリ便通路 変更を 窓口女性 日本語話す

十一月二十日（水）サンチャゴ 晴→プンタアレナス 晴→プエルトナタレス 晴
早朝に チリのサンチャゴ 着陸を 霞みがかかり アンデス見えず
サンチャゴを 発ってアンデス 山の上 プンタアレナス 目指し南下を
眼下には アンデスの山 雪残り 湖多く パタゴニアなり
着陸へ プンタアレナス 見えて来る マゼラン海峡 旋回をして
フエゴ島が 彼方に見える 海峡は 思いの外に 幅は広けり
パタゴニア 風が強くて 肌寒い 堪え切れずに フリースを着る
海峡に 沿って北上 風強く 木々が育たぬ 草原続く
パタゴニア ようやく春が やって来た 道端に咲く タンポポの花
草原の 荒涼とした 景色でも 草食む羊 牧歌的なり
草原の 湖渡る フラミンゴ 遠くに見える ピンクの姿
長旅と 寝不足のため バスの揺れ 睡魔となって 眠りこけたり

丸二日やっと到着 パタゴニア フィヨルドの町 プエルトナタレス
ホテル前 フィヨルド入江 波静か 対岸の山 雪を頂く
暮れかかる フィヨルド入江 砂利の浜 人影はなく 水は冷たい
対岸に 陽が沈み行き 茜色 空と海面 共に輝く
夕日見に ホテルの裏の 高台へ 野生のウサギ 飛び跳ね逃げる
ホテルにて チリのワインと ビール飲む サーモン美味く 食が進みし

十一月二十一日（木） プエルトナタレス 晴→パイネ国立公園 晴→プエルトナタレス 曇り
高台へ 東の空に 陽が昇る 西の雪山 茜に染めて
草の中 上り下って ホテルへと 露で足元 びしょ濡れになる
牛が食む 牧草地抜け 山の中 湖越えて パイネ公園
トーロ湖で パイネ公園 遠望を グランデ山と トーレス岩峰
グレイ湖を 見下ろす先に 真白な グランデ山の 岩峰聳え
足元が 揺れる吊り橋 渡り切る グレイ湖の先 氷河遠望
グレイ湖に 浮かぶ氷山 青い色 足場の悪い モレーンを歩く

グレイ湖を グランデ山とトーレスを見つつクルーズ 氷山浮かぶ
湖の 乳青色の 湖面先 グレイ氷河が 徐々に近づく
氷河端 三つに分かれ 湖に 落ちる氷壁 高さ圧倒
氷河端 湖崩れ 氷塊が 重なり合って 裂け目が青く
氷壁の 氷の裂け目 その青さ 近づくにつれ 吸いこまれそう
風強く 寒さ忘れて この青さ 魅了されては シャッターを押す
船上で 氷河のかけら 割る酒の 気泡弾ける 音に耳当て
船上で クルーに頼み 氷河塊 持った写真を 撮ってもらいし
昼食後 ペオエ湖畔の 岸に立ち グランデ山と トーレスを見る
トーレスの 岩峰Ｖ字 崖の間の 光りの筋で 氷輝く
ペオエ湖に 浮かぶ小島の 有名な ホテル眼下に 眺めて走る
ペオエ湖に 落ちる大滝 遠望を サルトグランデ 水煙上げる
トーレスの 三岩峰を 正面に アマルガ湖越し まさに絶景
コンドルが トーレスを背に アマルガ湖 上空高く 旋回をする
アマルガ湖 帰途の草原 グアナコの 群れが草食む 近くで見えし

草原に ダーウィンレアの ヒナ十羽 オスが育てる 飛べない鳥の
絶滅の ミロドンという 動物が 生息したと 洞窟を見る
体冷え 今日もサービス 赤ワイン 二杯を飲んで ビーフも美味い

チリ→アルゼンチン

十一月二十二日（金） プエルトナタレス 曇り→カラファテ 晴→
ロスグレシアレス国立公園 晴→カラファテ 晴

冷え冷えと 曇る早朝 国境へ チリ検問所 一番乗りで
チリ比べ アルゼンチンの 検問所 殺風景で 道路も悪い
晴れ出して アルゼンチンの パタゴニア 草原パンパ 地平線まで
果てしない 草原パンパ 走破する いるのは羊 牛ばかりなり
家が見え やっと人見る 集落へ チリに比べて 外暖かく
更に行く 人家を見ない 数時間 草原パンパ グアナコだけが
峠着き 遥か彼方に 山並と アルゼンティノ湖 はっきり見える
山並が ロスグレシアレス 公園で モレノ氷河と フィッツロイあり

峠下り 乳青色の 湖の 湖畔の街の カラファテに着く
赤い花 ファイアーブッシュ 満開で 見えるは氷河 ペリトモレノが
雪被る 岩峰の下 氷河あり ペリトモレノの 左氷壁
モレノ山 氷河前方 聳えたり 山頂が似る マッターホルン
ボートにて 氷河近づき その高さ 先端尖る 氷塊すごい
氷壁の 裂け目の青さ 射す光 角度によって 幻想的に
デッキにて 興奮気味に 魅了され 氷壁迫る この光景に
人混んで ボートのデッキ 場所取りが 向きが変われば 右舷左舷と
氷河上 人の姿が 黒い影 行きたかったが 年齢規制
丘の上 氷河全景 見渡せる この展望に 大きさを知る
丘下り 氷壁の前 接近を 色幅高さ 度肝抜かれし
山下る 氷河の流れ 間近見て その表面の 凸凹までも
右側の 氷壁見つつ 遊歩道 偶然会った 落下瞬間
念願の 氷河崩落 瞬間を 小規模ながら 見えたはラッキー
氷河から 鈍い轟音 聞こえるが 場所は分からず 見渡すばかり

カメラ据え 氷河崩落 瞬間を 待ち構えたる 人々多い
陽が射して 青空の下 暖かく 氷河展望 最高なりし
丘の下 氷河全景 遊歩道 左右氷壁 展望移動
醒めやらぬ 氷河眺望 興奮が 帰途のバスでは 眠れぬままに

十一月二十三日（土） カラファテ 晴→チャルテン 曇り→カプリ湖 曇り→
チャルテン 晴→カラファテ 曇り

早朝に カラファテ歩き 高台に アンデスの峰 朝日に染まる
カラファテの アルヘンティノ湖 パンパ過ぎ 乳青色の ピエドマ湖見え
ピエドマ湖 背にアンデスの 白い峰 はっきり見えて だんだん近く
アンデスの 山塊の中 白い帯 遠くはっきり ピエドマ氷河
湖に ピエドマ氷河 流れ落ち 湖面に浮かぶ 氷山見える
アンデスの 白い山並 北端に フィッツロイ山 岩峰見える
フィッツロイ 展望台で チャルテンの 小さな街が 麓に見える
フィッツロイ 見ながら着いた チャルテンで カプリ湖目指し トレッキングを

チャルテンの 街中からも フィッツロイ 鋸状の 岩峰聳え
フィッツロイ 尖った峰が 幾重にも 岩塊なりし 独特の山
カプリ湖へ 森林の中 登り出す 岩場の下に 広い谷間が
登山客 行き交う人と オラオラと 挨拶交わす 皆笑顔なり
フィッツロイ 見え隠れして カプリ湖へ 湖面の先に 雄姿が浮ぶ
カプリ湖で まさか弁当 巻き寿司を 粋な計らい 美味しく食べる
フィッツロイ 白い雲背に はっきりと 全体見える 稀なことなり
フィッツロイ 岩峰の下 雪残る 湖面に映る 逆さの姿
フィッツロイ 見ながら下山 山腹に 青い氷河が 幸運なりし
フィッツロイ 手前上空 コンドルが ゆったり舞いし 羽を広げて
下山して チャルテンの街 振り返る 青空の中 フィッツロイ見え
カラファテに 着いて街中 散歩する 遅い日暮れに 観光客が
久しぶり 山登りして お腹空く ビールワインで 食進みたり

十一月二十四日（日）カラファテ 晴↓ウシュアイア 晴

ホテル前 バイク六台 停まりたり ツーリング中 パタゴニア旅
雲晴れて アルヘンティノ湖 北向う 人馴れた犬 我の後追う
丘からは 乳青色の 湖が 小島の彼方 白い山並
ニメス湖の 干潟の先に カラファテの 街も遠望 青空の下
帰途の道 何かが脚に 後ろから 振り向けば犬 付いて来てると
カラファテの 街を突き切り ニメス湖へ フラミンゴ群れ 湖面に立ちし
フラミンゴ 色はピンクで その姿 静かな湖面 はっきり映る
湖と 山並見える 高台に 氷河関する 博物館が
防寒着 零下八度の 体験を 氷のカップ カクテルを飲む
ウシュアイア 向かう飛行機 機上から 乳青色の アルヘンティノ湖
雲の中 下は見えぬが ウシュアイア 近くになって 空は晴れたり
機上から ビーグル水道 フエゴ島に 南端の都市 ウシュアイア見え
ダーウィンが 乗って通過の 船の名が 付いた海峡 ビーグル水道
島巡る 遊覧船も はっきりと ビーグル水道 機上から見え

ウシュアイア シンボル二山 トラペシオ レドンドの峰 先が尖りし
ホテルから 対岸の島 水道と ウシュアイア街 シンボルの山
水道の 海辺へ下りて 散歩する 魚釣る人 海鳥の群れ
南へと 更に日の入り 遅くなり 十時頃まで 外は明るく
高台の 木造ホテル 西日受け 屋根の青さが 空よりも濃く
ウシュアイア アルゼンチン領 フェゴ島を チリと分割 国境の島
ウシュアイア ビーグル水道 国境が 対岸の島 チリ領なりし

十一月二十五日（月） ウシュアイア 晴↓ティエルデルフェゴ公園 曇り後晴↓
ウシュアイア 曇り後雨

早朝に 高台散歩 空晴れて ビーグル水道 すでに陽昇る
ミニ蒸気「世界果て号」 超狭軌 囚人造る 最南線路
途中駅 列車を降りて 滝巡る 車掌に頼み 蒸気と写真
ピポ川の タンポポ咲いた 沿線を ゆっくり進む 馬の親子が
沿線に 囚人切った ブナの木の 切り株無数 今も残りし

蒸気降り フェゴ公園を バスで行く 川に湖 山に海まで
入江なす ラパタイヤ湾 水道の 対岸の島 チリ領なりし
チリ領に 跨るロカ湖 岸辺には ブナに寄生の 「パンデインディオ」
食用の 小さなボール 黄色の 「パンディンディオ」 寄生植物
ロカ湖畔 マゼランガンの つがいおり 仲よく食事 近くに寄れる
ウシュアイア 山の麓の 港町 坂道登る 港一望
通りには ユニークなビル 屋根窓に 人間の像 カモメ狙う猫
港には 南極クルーズ 観光の 豪華客船 停泊したり
曇り空 ビーグル水道 クルーズを 風が強くて 外寒過ぎる
デッキでは 寒過ぎるため 身を屈め 鉄板の陰 風を避けたり
ウシュアイア 海から眺め 山腹の 斜面上へと 街が広がる
ウミウ群れ 小さな島に 営巣を ヨチヨチ歩き まるでペンギン
オタリアが アシカの仲間 別の島 岩場寝そべる 巨体が見える
上陸の 島から見える フェゴ島と チリ領の島 白い山並
岩礁に ビーグル水道 見守りし エクレルールの 灯台巡る

明朝の ウシュアイア発 欠航に 添乗員が 次便を確保
ホテル着き すべて観光 終えてから 雨が降り出し 幸運なりし

アルゼンチン→ペルー

十一月二十六日（火） ウシュアイア 雨後晴→ブエノスアイレス 晴→リマ 曇り

雨の朝 山の頂 雲覆い 窓の外では カモメが群れる
雨上がり 空港待つ間 晴れ出して 山の上には 青空見える
乗継が ブエノスアイレス 危ないと リマを経由の 遅い便へと
チェックイン 乗継便の 発券が 出来ず待たされ 現地でやれと
紫の ジャカランダ咲く 大通り ブエノスアイレス 三年ぶりに
空港が 国内用と 国際用 距離が離れて 町を横断
リマ便と ニューヨーク便 両便の 予約確認 通路も取れし
リマ行きが 出発遅れ 着きたれば ニューヨーク行き すでに搭乗

ペルー→アメリカ合衆国→日本

十一月二十七日（水）リマ 曇り→ニューヨーク 曇り
ウシュアイア 発って乗継 二度あって 一日がかり ニューヨーク着く
ニューヨーク 自動認証 入国の 指紋拒否され 機械を変えて
ニューヨーク 全日空の ラウンジを ビジネスクラス 初めて使用
ラウンジは 広いスペース ゆったりと シャワーを浴びて さっぱり出来し
ラウンジで ビールワインに 軽食を 疲れた体 すぐに眠りに
帰り便 ビジネスクラス 行きよりも 遠慮しないで 飲み食いしよう

十一月二十八日（木）羽田 曇り
パタゴニア 南米の果て 丸四日 往復移動 遠さ実感
空と陸 マゼラン海峡 望みたり パタゴニアの地 初めて踏んで
岩山と 氷河削った フィヨルドの 海を染めたる 遅い日の入り
アンデスの パイネ公園 岩山と 湖氷河 大パノラマが
グレイ湖に 落ちる氷河の 壁裂け目 あの青い色 魅了されたり

第三十九回　チリ・アルゼンチン パタゴニア

岩削り 氷河運んだ 石溜まる モレーン歩く 自然の脅威
パタゴニア アルゼンチンの 草原が 地平線まで 延々続く
広大な モレノ氷河を 間近見る 崩落の音 不気味に響く
山の谷 氷河が造る 湖の 乳青色が 陽射しで変わる
フィッツロイ 尖る岩峰 はっきりと トレッキングで 見え隠れする
グアナコが 草原に群れ フラミンゴ 湖に立ち コンドルは空
ミニ蒸気 川と湖 山と海 フェゴ島自然 満喫したり
ウシュアイア 最果ての都市 クルーズの ビーグル水道 ウミウオタリア
天候が 良くてこの旅 最高で 氷河観光 圧巻なりし
風弱く あまり寒さは 感じぬが 船の甲板 強風寒い
ビジネスの 初体験は 新型の 個室タイプで 快適なりし
ビジネスで 羽田ニューヨーク 往復で 長い移動も かなり楽なり
ビジネスの このサービスと 快適さ 味わったなら 次回の旅も
プライバシー 個室タイプで 守られて 寝顔寝姿 曝さずに済む
総括の 短歌詠み終え ほっとする ラーメンを食べ　スピリッツ飲む

少し酔い 眠くなり出し 平面に 座席倒して 眠りに落ちる
ウシュアイア 三都市経由 丸二日 やっと羽田の ホテルに着きし

十一月二十九日（金） 羽田 晴→大阪 晴
朝食に ご飯味噌汁 焼魚 納豆を食べ 日本帰りし
東京の 気温低くて 寒過ぎる 最南端の ウシュアイアより
晴れ渡り 雪を頂く 富士山と 南アルプス 機上で見える
機内から 奈良の山々 紅葉し 遥か北には 琵琶湖が見える
午後帰宅 食事買出し 墓参り 図書返却し メイル確認
返信が 荷物紛失 メイルあり 補償代にと 一万円を
大阪も 寒くて布団 冬用に 居間台所 障子で仕切る

第四十回　ドイツ西部・ルクセンブルク（令和元年十二月十五日〜十二月二十日）

日本→ドイツ

十二月十五日（日）大阪 曇り→羽田 晴→フランクフルト 曇り→ケルン 曇り

大学の 蛍池の 駅前は 半世紀経ち 面影はなし
駅からは トランク引いて 空港へ 歩いて行くが 案外近い
羽田着き 滑走路から 富士山が 丹沢越しに 白い姿が
ラウンジで スカイツリーを 彼方にし 発着見つつ 眠りに落ちる

ドイツ→ルクセンブルク

十二月十六日（月）ケルン 曇り後雨→アーヘン 雨→モンシャウ 曇り→トリーア 曇り→
　ルクセンブルク 曇り

どんよりと 夜明けが遅い 曇り空 ケルンの市街 雨が降り出す
雨の中 大聖堂の 双塔が 天を目指して 尖り突き出る
ファサードと 両側の壁 漆黒に 巨大聖堂 圧倒されし

聖堂の 暗い内部を 鮮やかな ステンドグラス 照らし出したり
聖堂と マルクト広場 クリスマス 露店が並び 開く準備が
重厚な 旧市庁舎の 塔見える 広場の露店 空見上げると
ライン川 鉄橋見える 川縁へ 流れる水は 波打ち激し
鉄道が 通る鉄橋 歩道行く 仕切る塀には 南京錠が
隙間なく 南京錠が ぎっしりと 高校生が カメラに顔を
電車来る ひっきりなしに 鉄橋を 中央駅の ホーム目の前
対岸へ 鉄橋越しに 聖堂が 黒い尖塔 空に浮かんで
川岸の フィッシュマルクト 広場には 色鮮やかな 三角屋根が
三角の 屋根が連なる 向うには 聖マルティンの 教会の塔
アーヘンも 雨降る中を 大聖堂 八角形の 丸屋根見える
聖堂の 八角形の ドームには アーチの上に 見事な絵画
市庁舎と 大聖堂の 間には 小屋立ち並ぶ マーケットなり
シンボルの クッキー風の 人形が 市庁舎前に 飾られたりし
尖塔と 彫刻のある 市庁舎の 周り小屋立ち 人で賑わう

第四十回　ドイツ西部・ルクセンブルク

夕暮れに モンシャウの街 雨上がり 木組みの家が 川沿いに立つ
日が暮れて 木組みの家の 白壁が 浮かび上がって 鮮やかなりし
石畳 古い街並み モンシャウの 木組みの家も 歪みが目立つ
夜になり ローマ時代の 遺跡ある ドイツ最古の 町トリーアへ
バス降りて 黒く巨大な 石の門 ポルタニグラが 迎えてくれる
闇空に ライトアップの 黒い門 ポルタニグラの 大きさ目立つ
門を抜け 中央広場 マーケット 露店賑わい 回転木馬
広場抜け ライトアップの 豪壮な 大聖堂と 聖母教会
マーケット大聖堂の 前混んで 仕事帰りに ワインにビール
トリーアは かの有名な 思想家の カールマルクス 生誕の町
マルクスの 生家探しに 途中まで 時間が無くて 引き返したり
ドイツから ルクセンブルク 国境を 高速道路 走りホテルに
フランス語 ホテルの表示 メニューまで 独仏間の ルクセンブルク

ルクセンブルク→ドイツ

十二月十七日（火） ルクセンブルク 曇り→ベルンカステルクース 曇り→ザンクトゴア 曇り

一軒家 ホテルの周り 牧草地 起伏の中を 高速道が
雨上がり ぬかるむ道を 散歩する 馬が草食み 干草の束
牧草地 遙か彼方の 地平線 雲の切れ間に 朝日が昇る
アドルフ橋 断崖の上 旧市街 ルクセンブルク 要塞の町
絶壁の 憲法広場 高架橋 低地に架かる アーチがきれい
三本の 細い尖塔 風見鳥 ノートルダムの 寺院目印
祭壇の 背後の窓に 光射し ステンドグラス 色鮮やかに
近衛兵 二名交代 式典が 大公宮の 建物の前
旧市街 広場ごとにて クリスマス 露店が並び 賑わいたりし
崖目指し 道に迷うも 絶壁に 岩穴残る ボック砲台
崖の下 アルゼット川 蛇行する 谷間広がる 低地グルント
旧市街 絶壁の上 眼下には 低地グルント 砲台からは
対岸の アーチ鉄橋 頻繁に 電車が走る 写真ポイント

グルントに 白とピンクの 壁の家 屋根の黒さに コントラストが
グルントに 下りて砲台 見上げたり 細い出っ張り 断崖なりし
絶壁の 中腹巡る 遊歩道 眼下黒屋根 サンジャン教会
広場にて 昼食のため ソーセージ パンに挟んで ワインでかじる
ドイツへと ルクセンブルク 去って行く モーゼル川畔 ブドウ畑が
増水の モーゼル川畔 古い町 ベルンカステル クースに着きし
右岸には ベルンカステル 旧市街 対岸の町 クースと呼びし
狭い街 木組みの家が 軒並べ 色鮮やかな ベルンカステル
出窓ある 市庁舎の前 噴水が マルクト広場 木組みの家が
狭い路地 二階出っ張る 木組み家 頭でっかち バランス悪く
クリスマス 木組みの家の 前の小屋 飾りが素朴 好感を持つ
朽ち果てた 古城へ登る 道迷い ブドウ畑を 突き切り着きし
暖かく オーバー脱いで 手に持って 大汗かいて 急坂登る
急坂を 息を切らして 大汗も 疲れた体 絶景で飛ぶ
古城から モーゼル川と 両町が ブドウ畑の 絶景なりし

古城にて 眼下モーゼル 背景に 記念撮影 人に頼んで
対岸の クースに渡り マーケット アイスリンクで 子供ら滑る
ライン川 ザンクトゴアの 崖の上 古城のホテル 雰囲気素敵
ホテルから 眼下に見える ライン川 ザンクトゴアの 夜景がきれい

十二月十八日（水） ザンクトゴア 曇り↓マインツ 曇り↓リューデスハイム 晴↓
コブレンツ 晴↓ザンクトゴア 晴
白み出す 断崖の上 城ホテル 廃墟の跡も ラインフェルス城
崖に沿い ライン眼下に 対岸の ローレライ見に 遊歩道行く
眼下には ザンクトゴアの 街並とラインに沿って 電車が走る
対岸の 断崖の上 家々が 昔の城が 中腹にあり
ローレライ 崖を下りたら もう少し 時間なくなり 戻るしかなし
マインツへ 二カ月ぶりの 大聖堂 周りに露店 クリスマスなり
木組み家 聖堂周り クリスマス 壁一面の 飾り鮮やか
シャガールの ステンドグラス 一面に ブルーの世界 シュテファン教会

マインツの ライン川沿い 菩提樹の 並木葉が落ち 枝が目立ちし
ライン川 沿って下った 両岸は ブドウ畑が 山腹覆う
正午過ぎ リューデスハイム 広場にも ライン川沿い 露店が開く
ワイン蔵 甘辛口を 試飲する 杯重ね 露店を巡る
ジャガイモの フライした物 リンゴジャム 付けて持参の ワインでランチ
塔のある 木組みの家が 出っ張った ブレムザー館 回転木馬
街背後 ブドウ畑を 高台に 眼下一望 街ライン川
ライン川 更に下流の コブレンツ ローレライ過ぎ 人魚の像が
対岸の 崖の上には 古い城 ラインフェルスは 泊まりしホテル
ライン川 両岸に街 古い城 電車も走り ドライブ飽きず
コブレンツ 丸い双塔 特徴の 聖母教会 ピンクの壁が
コブレンツ 街中広場 クリスマス 露店が立って 大賑わいに
小屋の屋根 趣向凝らした 装飾が ライトアップで 人引き寄せて
陽が落ちて ライトアップの マーケット 雰囲気が増し 気分楽しく
市庁舎の 前と後ろの 広場では ワインビールの 露店賑わう

繁華街 人出が増してリンクあり アイススケート 大勢滑る
通りでは 女性グループ 演奏と 合唱の声 響き渡りし
ライン川 ライトアップの 船泊まり 対岸の崖 城塞があり
ライン川 モーゼル川の 合流の ドイチェスエック 川面真っ暗

ドイツ→日本

十二月十九日（木） ザンクトゴア 晴→フロイデンベルク 晴→フランクフルト 晴
夜明け前 月が出ており 初めての 朝から晴れが 期待できたり
白む前 フロイデンベルク 目指し発つ 高原進み 朝日が昇る
陽が照って 青空の下 進むうち 濃霧の中を 突き切ることに
濃霧抜け 青空戻り 高原を フロイデンベルク 木組みの家が
青空の 淡い光に 白黒の 木組みの家の 照り映え見事
丘からは 木組みの家の 切妻の 屋根の重なり 墨絵の如し
壁は白 屋根と柱は 黒色の モノトーン家 傾斜地に立つ
人気なく フロイデンベルク 静かなり 木組みの家に 時間が止まる

白黒の コントラストが 陽に映えて 木組みの通り 人気配なし
木組み家 閉じた窓には クリスマス サンタクロース ツリーを描く
黒色の 三角屋根に 白い壁 交互重なり 人の目を引く
青空と 雲海見つつ 濃霧抜け フランクフルト 高層ビルが
三度目の フランクフルト 大聖堂 やっと見学 塔にも登る
目が回る 螺旋階段 登り切る 尖塔の上 眺め最高
塔からは 高層ビルに マイン川 レーマー広場 眼下に見える
登り降り 疲れた足を 癒すため マイン川畔の ベンチでリンゴ
クリスマス マーケット小屋 各広場 マイン川畔は 人で賑わう
各広場 露店巡って お土産に クリスマス菓子 シュトレンを買う
空港へ 着くのが遅くれ 通路側 満席のため 窓側となる

十二月二十日（金） 羽田 晴→大阪 晴
この旅は ドイツ九都市 クリスマス マーケット巡り 楽しからずや
天候は 前半曇り 雨模様 後半晴れて 青空見える

暖冬の ドイツとなって 厚着ゆえ 急ぎ足では オーバー要らず
ライン川 モーゼル川に マイン川 流域巡る 街と景観
クリスマス 大小都市も マーケット 露店賑わい いずこも同じ
クリスマス 露店賑やか 夜素敵 ライトアップで 気分も乗って
クリスマス ワインビールを 手に持って 露店の前で 集い語らう
木組み家 フロイデンベルク モンシャウは 黒と白との モノトーンなり
木組み家 色鮮やかで 露店立つ ベルンカステル リューデスハイム
崖の上 ルクセンブルク 要塞の 眼下の眺め 記憶に残る
古城から ザンクトゴアは ライン川 ベルンカステル モーゼル川が
雰囲気も 眺め素晴らし 崖の上 古城ホテルの ラインフェルス城
大聖堂 塔の上にて 一周を フランクフルト 街が一望
伊丹着く 夜風冷たく 冷え込んで 肌感覚は 日本が寒い
短歌詠む 突然睡魔 襲われて 机に額 打ち付け痛い
機内では 眠りにつけず 寝不足に 自宅でワイン 更に眠気が

第四十一回　エチオピア（令和二年二月九日～二月二十四日）

日本↓韓国

二月九日（日）大阪 晴↓羽田 晴↓成田 晴↓ソウル 晴
午前中 荷物チェックに 部屋掃除 墓参りして 慌ただしけり
ゴミ処理し 鉢に水やり 昼飯を 早めに済まし 空港へ発つ
空港と 機内職員 乗客も コロナウィルス マスクだらけに
エチオピア 航空乗るは 初めてで 韓国経由 アジスアベバへ
乗務員 マスクを付けた 大きな目 スリムな姿態 エチオピア美人
成田発 空席多く 経由地の ソウル乗客 満席となる

韓国↓エチオピア

二月十日（月）ソウル 晴↓アジスアベバ 晴↓メケレ 晴
エチオピア アジスアベバの 空港は コロナウィルス 発熱検査
係員 マスクしてない 乗客に マスクを渡し 付けろと指示を

エチオピア 北部乾燥 機内から 灰色の地が 広がりたりし
高原の メケレの町は 盆地なり 砂埃にて 霞んで見える
街の中 紫の花 ジャカランダ ブーゲンビリア 赤い花付け
通りでは 放牧帰り 牛に山羊 人に追われて 渡り進みし
大通り 歩道の端で 女性たち コーヒー沸かし 客を待ちたり
若者が 靴磨きして 客引きを 我に声掛け 勧めて来たり
下校時の 小学生の 少女たち ハローと言えば 握手求めて
日中の メケレの街は 汗ばむも 日が暮れた後 肌寒くなる

二月十一日（火） メケレ 晴→アハメッドエラ 曇り
陽が昇り まだ肌寒く 長袖を メケレの街を 一人散歩を
陽が高く 出立の時 暖かく 半袖にして 四駆に乗って
四駆乗り 砂埃立て エチオピア 乾燥地帯 教会目指す
岩削り アブレハアツバ 教会の 壁画人物 似顔絵楽し
似顔絵の 聖書人物 表情が 現地の民の 顔思わせる

一人住む 教会の僧 正装し 十字架持って 黄色ずくめで
ティグレ族 石で造った 家訪ね 十人家族 家畜と共に
高原の 麦畑にて 籾踏みを 牛にさせたり 農民たちは
牛たちに 鞭打ちさせた 籾踏みで 牛一頭が 耐え切れず逃げ
高原の 一本道を 放牧の 牛や羊を 避けて四駆は
高原の 乾期の季節 珍しく 雲に覆われ 雨が降り出す
ラクダロバ 塩運び終え 帰り道 キャラバン目指す アハメッドエラへ
キャラバンは ラクダ縦列 人が引き ロバは群がり キャンプ地急ぐ
高原の アファール族の 住む地域 遊牧の民 掘っ立て小屋が
山並の 地層が見える 斜面には 色の異なる 層が重なり
アファールの 若者たちは 腰布を 巻いてたむろし コーヒーを飲む
スラリとし 縮れ毛編んだ 娘さん 笑顔向けると ウィンク返す
警官が ツアー警護で 四駆乗る ライフル肩に 腰布巻いて
四駆にて 標高二千 高原を 海面下まで ダナキル砂漠
荒涼な ダナキル砂漠 塩運ぶ ラクダキャラバン 遭遇できし

縦列の ラクダの姿 空を背に 一頭ごとが 小さく見える
平坦な 塩湖遠望 キャンプ地の アハメッドエラに やっと到着
キャンプ地の ダロール地区は 風強くテントは揺れて 音もうるさい
テント内 マットレス敷き 寝袋を 同行シェフの 夕食食べる
海面下 百メートルの キャンプ地は 夜になっても 気温下がらず

二月十二日（水） アハメッドエラ 曇り→アサレ湖 曇り→ダロール火山 曇り→
アハメッドエラ 曇り

テント内 寝袋入る 暑くなり 外は変わらず 風強く吹く
テント越し 空を見上げる 月影が 雲がなくなり 空は晴れたり
テント出て 下着のままで 用足しを 空には月と 星瞬きし
朝起きる 再び曇り アサレ湖と ダロール火山 暑さが緩む
日の出前 ラクダとロバの 宿営地 出発を見て 朝食戻る
キャラバンの 人足たちは 火の周り ラクダと伴に 横になりたり
宿営地 ラクダ両足 膝曲げて 腹這いになり 首伸ばし餌

縦列に ラクダのくつわ 尾を繋ぎ 塩の採掘 現場へ向かう
宿営地 現地の人の 水汲み場 井戸からの水 温泉なりし
アサレ湖の 塩の採掘 現場への 道中からは 蜃気楼見え
干上がったアサレ塩湖の 表面は 六角形の 模様広がる
堆積の 塩を板状 切り出して 面をきれいに ナイフで削る
面削る 専用ナイフ 使い方 教わりながら 挑戦をする
硬い塩 ナイフで削る 六面を コツが分からず 手がくたびれし
炎天下 塩の掘り出し 面削り 過酷な作業 体力勝負
周りには 野積みにされた 板塩と 運ぶラクダと ロバ待機する
道整備 トラック輸送 代わりつつ ラクダキャラバン 消える運命
四駆にて 突き切る湖面 塩の色 白から黄色 褐色になる
塩の色 硫黄のせいで 変化する ダロール火山 今も活動
目の前に ごつごつとした 岩山を 登ると奇岩 次々変化
岩肌が 噴出物で 彩色が ダロール火山 地球の息吹
岩山が 白と黄色と 褐色に 緑も混じり 蒸気発する

岩肌の グラデーションの 色変化 言葉に出来ぬ 感動なりし
緑色 表現できぬ 水の色 噴出泉に 感嘆の声
色変化 ダロール火山 岩肌が 次から次へ 目を楽しませ
堆積の 結晶化した 塩地層 浸食されて 絶壁奇岩
様々な 形となった 塩奇岩 自然の妙の 造形美なり
音を立て 今も噴き出す 硫黄泉 池の周りは 硫黄の花が
朝寄った 塩採掘場 ラクダロバ 夕刻運ぶ キャラバンに会う
塩積んだ ラクダとロバの キャラバンの 長い縦列 長距離を行く
塩原野 泉の口が 開きたり 覗くと深い 透明の水
この泉 足を浸けたる ツーリスト 水に浮きたる 若者もいる
そばに立つ 塩の岩山 アサレ山 登ると四方 塩原続く
夕暮れに 薄く水張る アサレ湖は 曇り空にて 日の入り見えず
水際を 白い塩湖を ぶらつきし 湖面でポーズ 写真撮る人
塩湖にて 夕日は見えず 残念も 赤白ワイン 皆で乾杯
夕食は キャンプの地にて そうめんを 長い一日 疲れが取れし

二月十三日（木）アハメッドエラ 曇り→エルタアレ火山ベースキャンプ 晴
準備終えアファール族の 小屋のあるアハメッドエラの 通りぶらつく
スタッフの 準備が遅れ 歩き出す 途中で四駆 我らを拾う
山中へ 高度が上がり 雨が降る 気温も下がり フリースを着る
道沿いに 竜血樹の木 群生し 赤い樹液を 薬にしたと
雨の中 途中の村で コーヒーを 冷えた体に ありがたかりし
地元の子 飲み終りたる 瓶の蓋 チェスの駒にし 遊び興じる
同行の シェフ先に着き クスクスと パスタのランチ 美味しく食べる
山下り 雨も上がって 陽が射して 蟻塚のある 平原走る
溶岩が ところどころに 見え始め 粘り少なく 薄く広がる
黒々と 道の両側 一面に 溶岩台地 一直線に
道端に ソドムアップル 花が咲き 青い実付けた 毒リンゴの木
溶岩の 流れた跡が 波打って 皺模様でき 生々しけり
舗装から オフロードにて 揺れながら 溶岩台地 ベースキャンプへ
途中にて アファール族に 止められて 通行料で いざこざとなる

一族の 長老が来て 説得しやっとのことで 通行できし
正面に 今も活動 エルタアレ 火山山頂 煙が上がる
エルタアレ 火山だんだん 近づいて 麓のベース キャンプに着きし
荷揚げ用 ラクダの背後 なだらかな エルタアレ火山 白煙上げる
夕空の 溶岩台地 陽が沈み 雲が染まって 茜に映える
星空の ベースキャンプで 夕食を 野趣に溢れて 食欲が増す
荷運びの ラクダ腹這い 嫌がって 大声たてて 抵抗したり
シェフたちは 食料と水 マットレス ラクダに積んで 先に山頂
漆黒の 夜空見上げて 月は出ず 満天の星 流れ星まで
馬蹄状 石を積みたる シェルターで 星と月見て 寝袋で寝る
真夜中に 用足しに出る 月明かり 煌々として 星は見えずに

二月十四日（金） エルタアレ火山ベースキャンプ 晴→山頂 晴
朝四時に 起きておにぎり 二個食べて ライトを点けて 五時山頂へ
エルタアレ 火山登頂 三十分 最後の登り 登山と言えし

山頂へ 着くと朝日が 昇りたり オレンジ色に 雲のかけらが
カルデラを 覗くと白い 煙見え 黒い溶岩 一面埋める
山頂の カルデラの崖 シェルターが 麓見ながら 朝食を取る
山頂に 溶岩片を 積み囲む シェルターの中 今夜も眠る
カルデラを 囲む岩壁 上伝い 南に行くと 岩に裂け目が
カルデラの 溶岩原に 裂け目でき 岩が細かく 断裂したり
カルデラの 急な断崖 下りて立つ 黒い溶岩 流れた上に
溶岩が 噴出流れ 冷えた跡 生々しくも 形を留め
溶岩は 粘度が低く 薄くなり 流れ褶曲 空洞も見え
カルデラの 上を北へと 白煙が 火口は見えず 毒ガス匂う
カルデラの 南火口が ぱっくりと 大口開けて 白煙上げる
火口壁 上から覗く 底からは 噴出の音 不気味に聞こえ
目を凝らす 火口底には 噴出の マグマ溜まりが 赤く点滅
噴出の 溶岩原が 古い順 茶色灰色 黒が重なり
草木ない 溶岩原をリス走る 餌は人間 食べ残しゴミ

炎天下 シェルターの中 昼食を シェフとガイドが 給仕に回る
北火口 硫化水素の 匂いする ガスマスクして 周囲を巡る
火口壁 中程からは 白煙を 硫黄析出 黄色に染まる
火口底 マグマは見えず 音もせず 活動弱し 南火口より
盛り上がり 黄色く染まる 岩裂け目 白煙上がり ガスの匂いが
ガスやられ ツアーの一人 息苦し ガスマスクする 役に立たずに
山頂で 夕食の際 日の入りが まさに沈まん 遙かな雲に
日が暮れて 南火口に マグマ見に 赤いスポット 小さな点に
マグマ見に いつの間にやら 火口には 人が集まり ランプだらけに
火口底 深くマグマの 噴出は 赤く瞬く 点状に見え
火口には 赤いマグマの 星六つ 空に無数の 星が瞬く
噴出の 大きな音が 聞こえるが 火口一面 赤く染まらず
白煙を 灼熱マグマ 赤く染め 期待をしたが 現象起きず
呼び物の この現象が 起きること 期待しただけ 残念至極
気が付くと 火口の周り 人が減り 麓の基地に 下山をしたり

傾斜した シェルターの中 マットレス 敷いて寝袋 空には星が

二月十五日（土） エルタアレ火山山頂 晴→ベースキャンプ 晴→メケレ 晴

山頂の カルデラ崖の シェルターの 石の隙間を 夜風吹き抜け
シェルターの 天井隙間 月明かり 目を覚ましたら 真上に見える
暗い中 山頂下りて 夜が明ける ベースキャンプで 朝食が待つ
移動日で 今日はひたすら 四駆にて メケレを目指し 突っ走りたり
エルタアレ 火山背にして 西方へ 溶岩台地 砂埃たて
溶岩地 過ぎて砂漠の 平原を アファール族の 小屋が点在
遊牧の アファール族の 家訪ね 木の皮で編む むしろのテント
エチオピア 南北走る 地の裂け目 大地溝帯 谷底走る
高原へ 大地溝帯 崖上る 裂け目の谷間 上から望む
メケレ着き 洗濯をして 窓に干す 強風のため すぐに乾きし

二月十六日（日）メケレ晴→アクスム晴

二千超え 標高高い メケレ朝 肌寒い中 アクスム目指す
アビシニア 高原走る 谷筋を 下る斜面に 八角屋根が
緑増え 疎林が続く 谷過ぎて 小さな町で コーヒー休み
逞しい 少年たちが 靴磨き 物売りなどで 集まり来たり
露店では 色鮮やかな 服を着た おばさんたちが 果物を売る
高原を 尖る岩山 左右見て ジグザグ走り 展望台へ
走り来た 尖る岩山 連なって 山並となり 一望できし
エチオピア 古代王国 首都の町 文化発祥 アクスムに着く
オベリスク 王の権力 象徴の 彫刻をした 一枚岩が
オベリスク 最大の物 地に倒れ 断片数個 崩壊したり
二番目は イタリアからの 返還で 今は地上に すっくと立てり
オベリスク 丘に棲み着く リスつがい 人を恐れず 木の実をかじる
紫の ジャカランダ咲く 教会が オベリスク丘 真下に見える
伝承の モーゼのアーク 安置した シオンの聖の マリア教会

聖マリア 女人禁制 教会で 横に男女の 新教会が
新しい マリア教会 女性たち 額を床に 付けて祈りし
教会の ドームの中は 明るくて 古い経典 儀式の太鼓
伝承の シバの女王 神殿の 石跡残る 丘の下には
神殿の 遺跡の前に オベリスク 小さなものが たくさん立ちし

二月十七日（月）アクスム 晴→デパーク 晴→シミエン 晴→デパーク 晴
エチオピア 着いて七日目 疲れ出て バスに乗ったら すぐ眠りこけ
アビシニア 高原の中 広大で いくつもの谷 山を越えたり
広大な 高原の中 変化富み 砂漠疎林に 緑の森が
深い谷 水の流れる 川を見る 乾燥の地で 初めてなりし
橋があり 川の両岸 集落が 民兵が立ち 通行警備
岸辺では 洗濯をする 女たち 傍で体を 洗う男が
網の端 親子が持って 漁をする 中に小魚 数匹跳ねる
対岸へ 歩いて渡る バオバブの 木の下子らが サッカーをする

ジグザグに 崖を登ると 岩山が 尖った姿 遠くに見える
エリトリア 国境近い 高原に 難民キャンプ 国連設け
緑濃い 山腹登る 高原に 突如街並 デパークに着く
標高が 三千近く 四階の 部屋まで上がる 息も上がりし
標高が 三千超える シミエンの 公園からの 渓谷すごい
付添いの 警護の男 谷を背に 銃を構えて ポーズを取りし
ゲダラヒヒ 大集団に 遭遇し 近づく人を 気にせず食事
集団は 数頭のオス たくさんの メスと子供で 構成される
草の根を 引き抜き食事 毛繕い オスメス時に 交尾をしたり
オスヒヒは たてがみがあり 胸赤く でかい体で メス引き連れて
母ヒヒは 子に乳をやり 背に腹に 子を捕まらせ 食事で移動
一斉に 声上げ逃げる ヒヒの群れ ジャッカル走る 姿が見えし
陽が陰る 標高高い 公園は 気温が下がり 肌寒くなる
シャワー浴び 体拭く時 停電に 高原の町 計画節電

二月十八日（火）デパーク 晴→ゴンダール 晴

朝早くコーランの声 お祈りが デパークの地に イスラム教が
高原の 畑の中を 突っ走る 直播きの豆 刈る人たちが
高原に 傘を広げた 枝ぶりの 大木並び 子らが登りし
道端の 家の前では 籾踏みを 牛にさせたり 農夫がしたり
高原の 広い敷地に 子供たち ピンク制服 学校なりし
アビシニア 高原からの 深い谷 絶景見つつ 紅茶を飲みし
絶景が 見える施設の 家の屋根 緑と白の 巨玉が載りし
ユダヤ人 住んだファラシャの 村にて 郷土料理の インジェラを食う
シナゴーグ ダビテの星が 小屋の壁 部屋内部にも 描かれたりし
ファラシャ村 ふいご手にして 風送り 鉄焼き付ける 鍛冶屋がありし
白い布 巻いた人々 集まって 葬儀行う 教会見える
アビシニア 高原走り 歴史ある 旧首都の町 ゴンダールへと
歴代の 王朝建てた 石造り 宮殿残る ゴンダール城
色彩が 今も鮮やか 宗教画 デブレベラハン セラシエ教会

イエス抱き 微笑むマリア エチオピア モナリザと呼ぶ 宗教画なり
天井に 大きな黒眼 黒髪の 天使の顔が 無数に並ぶ
石造り 質素外観 屋根の上 特徴のある 十字架かかる
回廊の 石柱天井 木造りで 葺いた屋根端 かなり傷みし
エチオピア 正教洗礼 使われた ファシダラス王 プールが残る
プール内 三階建の 石館 ベランダがあり 儀式に使う
有名な トゥムカット祭 水を溜め 信者飛び込み 祭りを祝う
ガジュマルが プールを囲む 塀に根を 内外側に びっしり張りし

二月十九日（水）ゴンダール 晴↓タナ湖 晴↓バハールダル 晴
ゴンダール 山沿いホテル 早暁の 山の端赤く 朝焼け映えし
ゴンダール 発って高原 南下する タナ湖の畔 バハールダルへ
たくさんの 少年少女 木の葉摘む 噛んで嗜好の カートの畑
少女らが 勧めたカート 葉を噛むと 苦いだけなり 顔見て笑う
インジェラを 焼く母親の 家の前 車を止めて 実演を見る

テフという 穀物発酵 液薄く 焼き立て食す 酸味が残る
ツアー客 若い女性が 試し焼く 初めてにして うまく出来たと
子供たち 集まり来ては インジェラの おこぼれもらい 皆で食べたり
高原の 谷を見ながら 山腹に 細い巨岩が にょきっと立ちし
親指が 山の斜面に 突き出した 一枚岩を 「神の指」 とは
丘の上 世界遺産の グララ宮 牛を放牧 子供一人で
高原の 道の両側 緑なす 畑が続き 人の姿が
親子らが ニンニク畑 牛二頭 引いて地起こし 収穫をする
集落が 道の両側 賑わいし トマトタマネギ 小山に盛って
集落で 焼き立てパンの ホカホカを モチモチ感で とっても美味い
ジャカランダ 並木を抜けて 丘の上 青ナイル川 彼方はタナ湖
タナ湖畔 ジャカランダ咲く レストラン 灰色の水 湖岸パピルス
ボートにて ゼゲ半島の 対岸へ 舳先に座り 飛沫を浴びて
ペリカンの 群れに餌やる おじさんの 葦の小舟に ボート近づけ
おじさんが 餌の小魚 投げ上げる ペリカン口を 開けキャッチする

風強く 白波が立つ 沖合へ 小島の二つ 十字架見える
半島の 船着き場から 続く道 ウラキダネメフレ 修道院へ
コーヒーの 木の実が赤く 熟したる 一本道に 土産物屋が
円形の 修道院の 中四角 壁一面に フレスコ画あり
独特の 人物画風 宗教画 聖書の話 色鮮やかに
帰り道 コーヒーを飲む 小屋の中 お香煙たく 風ある外へ
湖面では 小舟に乗った 漁師たち 網を流して 漁を始めし
タナ湖上 夕暮れ時に 太陽が 雲の下から 顔出し沈む

二月二十日（木） バハールダル 晴→ラリベラ 晴
夜明け前 タナ湖対岸 コーランの 声が湖上を 響き渡りし
白む空 タナ湖上には 小舟乗り 投網で魚 捕る漁師あり
対岸の 朝焼けの空 陽が昇る 湖面に伸びる 黄金の道
飛行機で タナ湖高原 上空を バハールダルから ラリベラに飛ぶ
機上より タナ湖見下ろす 昨日の 小島二つと 半島が下

アビシニア 高原機上 見下ろすと 黄土の大地 緑集落
谷刻み 高い山脈 連なりし 緑育たぬ 黄土の大地
有名な 一枚岩を 彫り抜いた 岩窟教会 ラリベラに着く
切り立った 崖の岩棚 窪みには ナクトラブ村 古い教会
教会の 岩棚の下 滲み出して 滴り溜まる 聖水崇む
ラリベラに 岩窟教会 十二あり 超有名なのは 聖ギオルギス
岩盤を 周囲方形 彫り込んで 内部も削る 岩窟教会
ラリベラの 岩窟教会 高台と 坂の下とに 二グループあり
本日は 岩窟教会 高台の 第一グループ 六つを巡る
ダニが出る 岩窟教会 見学は ビニールの上 靴下履いて
履き替えは 見学の度 煩わし 我はサンダル 裸足で通す
最大の 聖救世主 教会は 内部も広く 今もミサする
内部には 二十八本 柱彫り 窓の形に 特徴がある
聖マリア 教会残る 壁画には 聖書の話 フレスコ画にし
人類の 起源終焉 描かれた 長い柱が 布に覆われ

取り囲む 崖の上から 見下ろすと 岩窟教会 凄さが分かる
一枚の 岩窟の中 繋がった 聖ミカエルと ゴルゴダ教会
聖人の 像が四壁に 彫られたる 聖ゴルゴダは 女人禁制
教会の 近くで丸い 家に住む 子らが現地語 声上げて読む
ロッジ風 部屋の扉は 開けづらく 明かりは暗く ヘッドランプで
夕食の 冷しうどんは 腹具合 良くない割りに 食進みたり
エチオピア 音楽ショーに 飛び入りを 肩振りダンス 酒が回りし

二月二十一日（金）ラリベラ 晴
今日もまた 第二グループ 坂の下 聖ギオルギス 六つを巡る
掘り込んだ 岩の裂け目に 溜まる水 地元の子らが 水汲みに来る
外壁の 形が残る 美しい 聖エマニュエル 教会一周
十二使徒 三賢人の うっすらと 壁画が残る 聖マルコリオス
ガブリエル ラファエル教会 見終わって 横穴進み 次の教会
真っ暗な 四十メートル 岩穴を ライトを点けず 手探り進む

漆黒の デコボコだらけ 岩穴をうっすら出口 安心したり
岩壁を 横にくり抜き 繋がった 聖アバリバノス 最小なりし
高台で 遥か下には 十字架の 岩が見えたり 聖ギオルギス
道端で 機織り機にて お土産の 白地に赤の 布織る男
近づくと 岩盤うがち 十字架の 形彫り下げ 十二メートル
実物は 映像よりも 小さいが よくぞ彫ったと 感心したり
降り方は 岩を削った 隙間下り 岩の小穴を くぐると正面
正面の 横の岩陰 穀物の 石取り除く 男が二人
下に降り 周囲一周 十字架の 形通りに 上から下へ
教会の 周囲の壁の 小穴には 萎びたミイラ 寝かせたままに
内部には 柱がなくて 外壁と 天井残し 彫り込みたりし
屋上と 内部四辺の 天井と 窓に十字架 形を彫りし
昼食は 変な建物 山の上 谷間見下ろす 絶景の地で
山と谷 望む民家で コーヒーの 本格的な セレモニー見る
豆洗い 煎って香を嗅ぎ 粉にする お湯で沸騰 寝かせカップに

香を炊き コーヒー入れた 水差しで カップに注ぐ かなり上から
芳香で 砂糖入れずに 味見する 苦味がなくて 円やかなりし
蜂蜜の ワイン味わう 口に合う それを蒸留 酒は強かり
ジャカランダ 咲くコテージで 洗濯を 木の枝に干す すぐに乾きし
エチオピア 通貨のブルを 使い切る 手持ちの額で 値切り交渉

二月二十二日（土） ラリベラ 晴→アジスアベバ 晴
ラリベラの 朝坂下り 散歩する 若者たちと 声掛けあって
エチオピア アジスアベバの 首都目指し 国内線で ラリベラを発つ
山下る 山腹からは 高原の 大パノラマが 朝日に映える
機内では 現地女性が 隣席で 乳房丸出し 赤子に授乳
目のやり場 困った我は 反対の 窓の外見て 終るのを待つ
ぐずる子を 我が手ぶりや 顔崩し あやしてやると にっこり笑う
どの道も 車が多く 渋滞に アジスアベバの 交通事情
近代化 アジスアベバの インフラは 道路鉄道 ビル建設に

新しい ビルの建設 バラックの 小屋の密集 対照的に
中国の 投資拡大 目に見えて 首都も地方も 漢字が目立つ
大都会 アジスアベバに 伝統の 民族服を 着る人見ない
ノーベルの 平和賞受賞 エチオピア 首相のメダル 博物館に
俗称が ルーシーという 原人の 化石レプリカ 博物館に
レストラン コロナウィルス 蔓延の 中国人と 思われ騒ぎ
夕食を 後から来たる イタリア人 我々を見て キャンセルすると
店主来て 日本人だと 説明を 添乗員と 伴に行きたり

エチオピア→韓国→日本

二月二十三日（日）アジスアベバ 晴→ソウル 晴→成田 晴
今回は ダナキル砂漠 アビシニア 高原巡り 自然満喫
エチオピア 歴史宗教 民族の 特異性をも 知る旅なりし
砂漠での キャンプ生活 火山での シェルター泊も 楽しからずや
塩掘りに ラクダキャラバン 塩奇岩 彩色火山 ダナキル砂漠

エルタアレ 火山カルデラ 溶岩の 火口噴煙 赤いマグマが
カルデラの 中は真っ黒 溶岩が 流れた跡に 立ちすくみたり
キャンプにて 二十年ぶり 寝袋で 星空見上げ 青春回帰
寝袋で 四泊するは 初めてで 満天の星 月が夜空に
アビシニア 高原続く 山と谷 大パノラマに 目を奪われる
沿道の 集落の家 子供たち 耕す畑 放牧のヤギ
エチオピア 正教教会 宗教画 描く人物 独特画風
アクスムは 歴史ある町 オベリスク シバの女王 神殿跡が
デパークの シミエン公園 渓谷と ゲダラヒヒ群れ 生態を見る
ゴンダール 歴代王朝 宮殿と アフロヘアーの 天使教会
青ナイル 流れたタナ湖 クルーズで 壁画教会 バハールダルで
ラリベラの 岩窟教会 圧巻は 十字架形の 聖ギオルギス
アビシニア 高原の町 ジャカランダ 紫の花 何処も咲いて
エチオピア コーヒー文化 根付きたる 女性が給仕 町も地方も
エチオピア 旅行中には コーヒーを 毎日飲みし 紅茶党には

コーヒーの 香りと味は 地方ごと 違いがあるが 我には濃過ぎ
二週間 ソウルインチョン 空港は 検疫強化 防護服にて
成田着 コロナウィルス 検疫は 何もしてなく 日本は緩い

二月二十四日（月）成田 晴↓羽田 晴↓大阪 晴
顔洗い タオルで拭くと おでこ皮 日焼けで薄く 剥け始めたり
朝食に ご飯味噌汁 納豆に 豆腐漬物 日本の味が
二週間 キャンプ登山と 高原を 体力使い 疲れ切ったり
墓参る 半月ぶりに 草生えて 一つ一つを 手で抜き取りし

著者略歴

吉岡節夫（よしおか　せつお）

1949 年、大阪市生まれ、大阪大学薬学部卒業。
大阪市住吉区在住。

短歌紀行
―短歌で旅日記―

令和三年一月二十五日　第一版第一刷発行

著　者　吉岡節夫
発行者　藤波優
発行所　㈱燃焼社
〒558-0046　大阪市住吉区上住吉二―二―二九
TEL　〇六―六六一六―七四七九
FAX　〇六―六六一六―七四八〇
振替口座　〇〇九四〇―四―六七六六四
印刷所　㈱ユニット
製本所　㈱免手製本

ISBN978-4-88978-148-9　Printed in Japan